剖开这些字，会有血流出来；那是有血管的活体。——爱默生

风雪将至

董新建 / 著

江苏人民出版社

图书在版编目(CIP)数据

风雪将至 / 董新建著. —南京：江苏人民出版社，2017.11

ISBN 978-7-214-21455-3

Ⅰ. ①风… Ⅱ. ①董… Ⅲ. ①长篇小说—中国—当代 Ⅳ. ①I247.5

中国版本图书馆 CIP 数据核字(2017)第 265875 号

书　　名	风雪将至
著　　者	董新建
责任编辑	张晓薇
装帧设计	刘葶葶
出版发行	江苏人民出版社
出版社地址	南京市湖南路 1 号 A 楼，邮编：210009
出版社网址	http://www.jspph.com
照　　排	南京紫藤制版印务中心
印 刷 者	江苏凤凰通达印刷有限公司
开　　本	880 毫米×1 230 毫米　1/16
印　　张	23.75　插页 2
字　　数	242 千字
版　　次	2018 年 3 月第 1 版　2018 年 3 月第 1 次印刷
标准书号	ISBN 978-7-214-21455-3
定　　价	48.00 元

引 子

我叫陆小红，26岁，风华正茂。 可惜，我已经是一个死人了。

2008年4月16日，我清楚地记得这一天，那是一个春暖花开的季节。清晨，我正在南山上等着我的爱人。不知道是哪个该死的混蛋在背后用铁榔头猛然砸向我的后脑，并将我放在南山上的一棵老松树下。那个混蛋，还听了听我的呼吸，摸了摸我的脉搏，以确信已经把我干掉了。我昏昏沉沉的好像听到有人在叫我的名字，该死的混蛋又将我推下了山。我的心脏停止了跳动，全身的骨头都散开了架，脑袋也摔开了花，满脸都是杂草和鲜血。

为什么要这么对我？我活得好好的，从来没有和谁发生过纠葛。我在江城路面机械厂当了八年的会计，厂长对我一直很信任的。我和爱人陈昌平下个星期就要结婚了。那个该死的混蛋害死了我，我失去了爱人，失去了家，失去了身边所有的朋友。 可怜母亲胃癌刚动完手术，一定眼睛直直地紧盯着大门，眼巴巴地等着我回家照顾呢。

很快，警察来了，拍照，拍照，拍照……解剖，将我的头颅打开，将我的胸腔剖开，法医在查我的死亡原因，确认我是从山上摔下来，颅脑出血死亡。我的天啊，他没有发现我是被铁榔头砸死的这个细节。也难怪，我的脑袋都摔开了花，真的很难看清。

一床白被单将我从头裹到脚，我被搬到了正对炼炉膛的火化床上，火化员手指按动了电动按钮，只听“哗——”的一声巨响，炼尸炉的膛门自动闪开，霎时炉内火焰呼啸而出隆隆作响，我踏上了阴阳相隔的分界线。

工厂的同事们来了，厂长也来了，我听到了哭声，那都是我最好的姐妹。母亲没有来，他们一定不想让她知道。 昌平为什么也没来？我要见他最后一面，噢，我忘记了，我现在已经面目全非了，不见也罢了。

火化员的手指触动按钮，火化床即刻载着我顺着轨道呼啸着冲入炉膛，各色火舌狂蹿乱耀，迸发出咄咄逼人的哭丧咆哮。我升天了！可怜的昌平一定痛不欲生，原谅我的不辞而别，我也不情愿啊！我从心里吟出一首《诀别》诗，从天上飘落。

我孤零零地站在天堂边

天堂清宁　没有人生八苦

独留给你一座冰冷的坟墓

我们已人天永隔

你在新家的孤岛　泪流成河
我还想端一端那只白瓷碗
还想喝一喝那杯清水茶
还想对你说　饭烧好了　一起吃
你的唇吻破了那轮中秋的月
肤热溶化了我一生的情血
爱魂在死亡的沼泽地里生根发芽
洁白的婚纱　化成灵堂丧幡
你像幽灵一般向我奔来
我无法控制想拥抱你
伸手扑了一个空
与你诀别　不会再见　我不甘！
我在遭受烈火喷焚
我裹着一团团黑烟
从烟囱里爬出去
像绝笔　像一句黑话
我去不了天堂也入不了地狱
我是一个冤魂！
……

江城的北端高地上坐落着一座阎王庙。阎王庙气势恢宏，阴森可怖。大门居于拔台子之上，大门的两侧，黑白无常威严挺立。迎着庙门上有一对联："王灵官寻查世界，黑虎将镇守山门。"

院内古柏六株，躯干之粗须数人伸臂合抱，树下一盘磨，磨眼里倒插着一个罪人，两个厉鬼正在推磨研人，那鲜血顺着磨盘向下流淌，一只巨大的黑狗正在那里舔食着……绕过鬼推磨前行，便来到二门。二门的门框上有对联："善来此地心常泰，恶过此门心胆寒"，楣批为"赏善罚恶"。二门内是一座四合院，大树遮天蔽日，院里昏暗无光。正堂三间，为"天尊宝殿"，正中端坐救苦天尊。左右偏殿为阎王殿，青面獠牙的小鬼分列阎王爷两侧。那阎王爷居高临下，俯视着江城里的街街巷巷，贪官敛财、为富不仁、卖淫嫖娼、吸毒赌博、坑蒙拐骗……桩桩件件，尽收眼底。

其实，人间的事情，阎王爷是管不着的。不然，怎么就会有"好人不长命，祸害活千年"这一说？在现实社会中，并非像人们希望的那样"善有善报，恶有恶报"，好人得恶报、恶人反获善终的事情并不为少呀！不信，你们看，除了那些落网、不得善终的罪犯们，不是还有不少潜藏于水底，正在那儿逍遥地漫游着吗？

我不是神明，不能洞察人间发生的事情，只能在阴间飘荡寻找。杀人偿命！我在地狱没有发现那个混蛋的踪迹，那个杀人凶手至今仍逍遥法外！一身断骨、伤痕累累的躯体，让我躁动的灵魂痛苦不堪。阎王庙的楣批上说"赏善罚恶"——大概是只有到人死后，阎王爷才能根据王灵官查到的情况来赏善罚恶。

找到那个婊子养的凶手，抓到他之后，一定要敲断他所有的骨头，用为酷刑特制的尖针戳进他的头，拿把钳子把他的牙齿一颗一颗地拔掉，让他一次又一次地尖叫。然后让厉鬼推磨研人，最后再让那只巨大的黑狗舔食。

我可怜的妈妈刚开过刀，早早地就来阴间与我相见。妈妈，您怎么也来了，跟着干嘛？我说过会去医院照顾您的，结果没去成。这次我走了，走得很急，没跟您老人家打招呼，您一定是受不了白发人送黑发人的楚痛，心痛而绝。

生前没有好好照顾，死后一定要好好报答。只可惜那个龌龊的杀人凶手没有抓到，我在坟墓里辗转难安，整日东飘西荡，搅得父母在九泉之下不得安宁。

雪轻柔地落下。 六月飞雪，必有冤情，还有人比我还冤？我失神地望着飞舞的雪花，闭上眼睛，仿佛逐渐沉入睡眠，泥土的气味混入我的回忆。

我承认，我并没有看见经书中所描述的金色天堂别墅以及从其身旁蜿蜒而过的河流，也没遇见长着硕大果实的宽叶树木或是美丽的少女。除此之外，我也没有见到那传说中的四条河流，说这些河流中满是牛奶、美酒、清水与蜂蜜。我去不了天堂也入不了地狱，我是一个愤愤不平的冤魂，在这无边的黑夜里飘逝，实在也不太可能见到天堂中的河流。

这个让我愤恨难当的凶手究竟是谁！他为什么要用如此出其不意的手段杀害我！睁大你们的双眼，请注意并探究这些细节。我提醒你们：我死亡的背后隐藏着一个骇人的阴谋，阴谋后面隐藏着真相，真相后面还隐藏着另一个真相。

一

苏方圆没料想这次任命竟然来得这么“突然”。她 40 岁刚出头，就接受这样一个关键性的重要任命。

在南城市人大会议厅里，市委书记兼市人大主任赵子涛宣布，苏方圆全票当选为南城市人民检察院检察长，顿时台下一片掌声。

在官场上，掌声是很有讲究的，有鼓励的，有赞赏的，有支持的，有尊重的。当然，也有应酬的，极少有喝倒彩的。

苏方圆身着蓝色的检察制服，英气挺拔。她走上主席台，恭恭敬敬地对代表们深深地鞠了一个躬。这是代表南城市四百万人民的利益和意志，不可小看！苏方圆是南城市有史以来第一位女检察长，也不可小看！赵子涛带头鼓掌，台下再次响起暴风骤雨般的掌声，但不是经久不息的。

全票当选意味着什么？全部欢迎？省检察院张天成检察长在苏

方圆上任前与她的谈话在她耳边响起：南城市是腐败的重灾区，组织上派你到南城市检察院担任检察长，重任在肩，加强对贪污受贿案件的查办力度，这是当务之急……苏方圆抬头扫了一下全场，鼓掌的人中有熟识的、不熟识的或半熟不熟的，这些人都有可能成为今后检察院查处的对象。苏方圆微微一笑，腮上陷下去两个浅浅的酒窝。

初来乍到，一笑一颦、一举一动都会引起众多的关注和猜测。再加上检察长这个职位位高权重，非同寻常。

她当检察长?

众人的目光聚焦到苏方圆的身上。标准的瓜子脸，高挺的鼻梁，大大的眼睛，端庄秀丽，美而不艳。怎么看也不像职场上的女强人，虎虎生风让人忌惮；倒像一名女教师，谦逊随和，温文儒雅。

再看她的简介，简单中显出不简单。

苏方圆，女，汉族，1972 年 2 月出生，江南省江城市人，1993 年 6 月加入中国共产党，硕士研究生，三级高级检察官，全国检察业务专家。

1995 年 9 月在江城市检察院工作，先后任书记员、助理检察员、检察员，公诉处副处长、处长；江城市江洲区检察院党组书记、检察长；江城市检察院党组副书记、副检察长；先后被最高人民检察院授予“全国十佳公诉人”“全国检察业务专家”等称号。

2013 年 1 月 22 日下午，南城市人大举行了一场庄严的宣誓仪式，会场上悬挂着中华人民共和国国旗和国徽，苏方圆为领誓人。她左手抚按《中华人民共和国宪法》，右手举拳。七名新当选人员作为宣誓人同样右手举拳，跟诵誓词：

> 我宣誓，忠于中华人民共和国宪法，维护宪法权威，履行法定职责，忠于祖国、忠于人民，恪尽职守、廉洁奉公，接受人民监督，为建设富强、民主、文明、和谐的社会主义国家努力奋斗！

宣誓完毕后苏方圆又接受了记者的采访，对记者她没有说得太多、太具体。她只说了一句话，一定要不辜负人民的希望和重托，切实履行好检察职能，维护法律至高无上的权威，维护人民群众至高无上的利益！

誓言旦旦，旦旦誓言。虽然空了一点，但苏方圆是发自内心的。

下雪了，猝不及防。风卷着雪，雪夹着风，雪花被撕成碎粒，打着旋儿在空中翻卷，叫人睁不开眼睛。苏方圆刚出了人大的大门，一群上访的群众好像是早就准备好的，一拥而上，将她团团围住。

雨雪已经将他们的衣服湿透了，手脚也都冻得麻木不仁了。说句心里话，如果心里没有冤屈，不是为生活所迫，谁愿意跑到这儿来受罪？

一个六十开外的男人，脖子右边上长了一个拳头大小的瘤压迫着头往左歪，黝黑的面孔上，皱纹交错，隐藏在皮肤皱纹之下怨愤的神情汩汩地泛起。他怒不可遏地指着苏方圆的鼻子：“你是检察长吧？你拿人民的钱，就要给人民办事吧？查办贪官，还我们公道！”

“查办贪官，还我们公道！”身边一群激愤的群众齐声应和着。

“我下岗了，就给那么点钱就打发了，一家老小怎么活？啊？说啊？”那男人的声音有点像质询，又有点像发难，还透着几分伤感。

苏方圆和颜悦色地对他说：“我刚到对这里情况还不了解，有什么情况你们可以向检察院举报中心反映。”

“我们反映过了，反映了多少年了，我们的钱给贪官贪去了，也举报过了，顶屁用啊！贪官还是好好的，检察院不是查贪官的吗？这么多年了，又没见到查处几个。”

“我们一定会切实履行好检察职能，将贪官一查到底，绝不手软！”

“不要说大话、空话，给我们定一个时间，一个月，还是一年？”

“好吧，有什么你就说吧。”苏方圆从包里拿出笔记本，不知是谁为她撑起了一把伞。

“我叫姜大龙，是来举报路面机械厂厂长张荣发的，你不要记了，这个材料给你，上面全有。”看苏方圆这个样子，不像是糊弄老百姓的。姜大龙将举报材料递给了苏方圆，抹了一把脸上的雪水，怒气渐渐平息了，脸上的皱纹也柔和了。

“搞什么名堂啊？老百姓举报都闹到大街上来了，真是检察院的耻辱！”苏方圆从内心里狠狠骂了一句。

“大家都回去吧，放心吧，我一定会给你们一个交代的。”苏方圆是认真的。

“好，就相信你一回！”姜大龙一挥手，跟他一起来的人都随着他走了。

“‘太上皇’卖了我们的土地，夺了我们的口粮，不管我们的死活，你们检察院查不查？”

“还我田地，还我家园……”一群情绪激动的上访群众将苏方圆围得里三层、外三层。

苏方圆捋了捋额前被雪水打湿的头发说：“不管是谁，只要他搞腐败触犯法律，检察机关一定会一查到底！”

“你们说话算数吗？”

“算数！我们检察院一定会为你们讨个公道！”

“你们如果有问题要反映，来检察院找我苏方圆！”苏方圆的声音显得越来越清晰，越来越坚定。民怨就像一把烈火，烧得苏方圆心里热辣辣的……警察来了，连拖带拉地将人群驱散了。苏方圆折腾了好一阵子，方才脱身。刚到南城就来这一手，什么意思？是民意？还是有人在幕后作推手？

南城市至今已有三千多年的历史。三面环山，一面临江，城中有山，山城一体，素有城市森林之称。最著名的是卧龙山、浮玉山、圌山，这是数千年古韵漫溢的城市，绝非平凡之都。

雪渐渐地下大了，雪花如成群的白蝴蝶，扑棱地撞到玻璃窗上。窗外窗内两个世界，东吴宾馆里热气腾腾，市委书记赵子涛以市委的名义，请苏方圆和外地来的领导干部聚餐，也算是欢迎宴。

赵子涛虽说不是土生土长的南城市人，但是在这里当了三年市长、四年市委书记，也算是个老南城人了。身材高大，宽阔的前额和稍嫌稀少的头发，胖胖的脸上充满了慈祥和笑容，吐字十分清晰的男中音，那双皮鞋擦得锃亮，闪烁着经典的光彩……他一转身，一投足，秘书邱林都会心领神会。邱林 30 多岁，中等个子，浓黑的眉毛下一双不大不小的眼睛透着清秀和机灵。邱林对赵子涛耳语一声，人到齐了。

赵子涛入席坐在主位席，右边主宾位是从京城空降的市长汪长生，长得清秀儒雅，是班子中唯一具有博士学历的成员，年富力强，潜力颇大。左边副宾位是市委副书记兼政法委书记李跃中。还有组织部江部长、纪委项书记、公安局蔡局长、中级人民法院吕院长，这些都是中组部明文规定必须异地任职的干部，一共十名。

赵子涛端着酒杯站起来说："我先敬大家一杯，欢迎大家到南城市工作。我还有一年多就要退了，衷心地希望大家对我以后的工作给予大力的支持！也为我的从政生涯画一个圆满的句号。干杯！"赵子涛说得情真意切。在场的人都感动了，站起身来，不问杯中有多少酒都一饮而尽。

赵子涛又专门敬了苏方圆一杯酒，"今天特别是欢迎苏方圆同志到南城来当检察长。来，干杯！"苏方圆站起身来，端着满满的一杯酒，走到赵子涛面前，说："今后还希望赵书记对检察工作大力支持！”

“那是一定的！”赵子涛与苏方圆的酒杯碰了一下，全都干了。

“苏检来了，给南城增加了活力和色彩。欢迎，欢迎！”

赵子涛对“色彩”的说法，在场的人都心领神会。原来南城市有一个叫张莉的女副市长，人长得漂亮，性格开朗，在酒桌上还特别活跃。她一年前突然跳楼了，最后法医鉴定说是患了忧郁症。

苏方圆也有所耳闻，就是有一点想不通：她怎么会得忧郁症呢？不是说性格开朗的人不容易得忧郁症吗？是不是听说检察院要查她了，思想负担过重得病了？还是……苏方圆与李跃中的目光在空中交汇了，这个话题沉重、复杂、只能意会，不能言传。

说来也巧，今天是苏方圆走马上任的第一天，习近平总书记在十八届中央纪委二次全会上发表重要讲话，强调要坚持“老虎”“苍蝇”一起打。反腐败老百姓拍手叫好，不等于当官的都拍手叫好，更多的是胆战心惊。说实在的，前几年，比较放纵，严格对照党中央廉洁自律的要求，有几个能做到？说不清哪一天就变成“老虎”“苍蝇”了。

今天酒宴比较沉闷，没敢多喝，也没敢放肆。苏方圆礼节性地敬了酒后，就再也没有出声。赵子涛是老书记了，有着高度的政治敏锐度，心意到了就行，欢迎宴简单快捷。

李跃中原先是江城市公安局长兼政法委书记，去年调来南城市，一直是苏方圆的领导，也是她今后在南城的工作中最值得信赖的人。李跃中想约苏方圆饭后喝茶，苏方圆回绝了。两个人本来就是老乡，来日方长。再说，苏方圆今天真的累了。

雪花好似一个个六角小精灵，在空中飞舞着。物体的轮廓、线条、色彩和距离都变得模糊起来，一切景物都仿佛是不真实的，飘忽不定。袭来的阵阵江风，让苏方圆不禁打了一个寒战。

一个神秘、颤抖的声音在黑夜中飘荡："苏检察长……是苏检察长吗？"

是谁在叫？苏方圆循声寻去，只见在招待所左边有一排宣传栏，墙根底下有个怪物在动。声音是从那里传来的。

苏方圆定神仔细一看，好像是一个身穿灰黑色棉衣的老太太倚在墙边，腿好像要软瘫下去，手掌紧紧抵住墙角。身上落满了雪花，快成了一个雪人了。看样子，她在凛冽的风雪中站了很久。

"是您在叫我吗？"

"是苏检察长啊？"老太太一下来了精神，向四周张望了一下，确定没有人，迫不及待地扑到苏方圆的面前。

老太太先跺几下脚，把鞋上的雪抖掉。借着招待所门前的灯光，苏方圆看见了，眼前的她，圆脸上几乎没有鼻梁，两个特大的颧骨隆起，极像荒原上耸立的两座蒙古包。

"总算等到你了，我儿子让我来找你。"老太太好像遇到了久违的亲人。

"你儿子是谁？"苏方圆始终保持着高度的警觉。

"我是陈昌平的妈妈。"

陈昌平？苏方圆想起来了，他和他妈妈长得真像，就脸上那两座“蒙古包”，苏方圆就能确定眼前是陈昌平的妈妈——陈昌平是苏方圆五年前办的一起杀人案件的被告人。

“苏检啊，我儿子没有杀人，是冤枉的。”黑暗中，她嘴角微垂，带着一丝沮丧与诡异。

苏方圆郑重其事劝说她：“能不能明天到检察院去谈，有什么冤枉可以直接写申诉书，申诉是他的权利，会有人专门办理的。”

“我儿子他害怕，不敢写，他就相信你。当年是你给他留下了一条命。”陈妈说着从衣襟里面拿出一个信封，递给了苏方圆。

苏方圆安慰她：“陈妈，材料我收下了，天已经很晚了，你先回去吧。”

陈妈两只干姜般的手捏绞在一起，像是在祈祷。随后，转身走了。没走两步，又转身回来，像幽灵般地飘到苏方圆的面前，神秘兮兮地对她说：“南城市奸人当道，您千万要小心啊。”

随后，她又被漫天飞雪卷走了。等到两座“蒙古包”彻底消失在视野里，苏方圆才转身进了招待所。不远处突然传来了几声野猫婴儿哭泣般凄厉的叫声，使人毛骨悚然。

苏方圆回到房间，拿出陈妈交给她的信，里面只有一份当年的起诉书。陈昌平没有杀人，是冤枉的？我这个全国十佳公诉人怎么会办冤假错案呢？一定不会的！

天呐，陈妈该不会因为儿子坐牢，受了刺激，患上精神病了？！

苏方圆迷迷糊糊地刚有了点睡意，手机突然间惊心动魄地响了起来。她本能地鲤鱼打挺般蹦起，扑过去抓起手机。

“阿花，你在哪里啊？”手机里传出了一个带有闽南口音的男人的声音。

“你打错了！”

“没有错啊，阿花，我们昨天还在一起的。”那男人的酒气随着粗重的呼吸声传了过来。

她挂断了手机，这个酒鬼一定是喝多了在找女人寻欢作乐，打错了电话。

是什么人啊，色胆包天！

她刚睡下，手机又响了！这个色鬼又打来了，她接了电话刚想发火，不料是分管刑事检察的汪检打来的，说市博物馆被盗了，明天他直接去现场，不能参加省院召开的电视电话会议了，报告一下。

南城市博物馆里有很多国家一级文物，盗贼竟然盗窃到了博物馆。看样子，南城真的不太安宁。

二

大片大片的雪花落下来，大地铺上了洁白的绒毯，在人们踩过之处溶化成一道道黑色的轨迹，紧接着，雪花又重新把那儿填补上了。汽车小心谨慎地移动着，发出朦胧不清的黄色的光。苏方圆不时地向车窗外张望，天地混沌，远处的大楼也变得模模糊糊。

南城东门外有座迎江桥，桥北面有一个三面环水的高地，名叫“凤凰墩”，因相传在很久很久以前，曾有一对凤凰飞落此地而得名。又说古代南城的布局就像一只腾飞的凤凰，故南城自古又称凤凰城。南城市检察院坐落在城东边，离“凤凰墩”不远。

“铁检，苏检马上要到了。”办公室主任吕文章向“铁头”报告道。

“让班子成员都到大门口列队站好。”周铁军一声令下，班子八名成员，身着检察制服，按照职位高低依次站在门前，清一色的老爷儿们。个个精神抖擞，笔直挺拔。

周铁军外号“铁头”，是一个老检察了，个头不高，长得很壮实，几十年不变的板刷头，黑黑的脸上一双眼睛小而犀利。“铁头”这个外号也不是白起的，在他面前没克服不了的困难，从不言败。时间长了，大家都直接管他叫“铁检”，不知情的还以为他姓铁呢。

“铁头”从部队转业到检察院一干就是三十年，在检察院当了十五年的副职，如今也是奔六的人了。这回好了，来了个年轻的领导，年纪比他小一转还拐弯，年轻就不谈了，还是个女的。

他是个大男子主义十足的人，干完活回家，往沙发上一躺，头一仰，脚一跷，一声咳嗽，妻子就会将茶端来，一个眼神，妻子就会心甘情愿地为他揉搓，真是惬意至极。女人嘛，就要像这样。如果非得要和男人一起打拼天下，女人素来都只是配角、摆设。

不是吗？政法系统，历来是男人的天下，南城市政法部门领导班子这么多年来还没一个女的，连副职都没有。这个苏方圆倒好，一来就当正职，特别是爬在他一个大老爷们的头上，吆五喝六的，真的难以接受。

二十分钟过去了，苏方圆还没到。“铁头”朝吕文章瞪了一眼。吕文章立刻给司机打了个电话，小声地对“铁头”说：“吃了两个红灯，就到了。”

话刚说完，苏方圆已经到了门口，下了车。“铁头”迎了去，苏方圆过去听说过他，近距离的接触还是第一次。

果然不同凡响！苏方圆年轻漂亮，挺拔端庄，腰肢袅娜暗藏刚劲，柳眉凤眼流露出须眉之气。“铁头”握着苏方圆的小手，手感特别好，纤细嫩滑，他又下意识捏了一下，天啊，这哪是手啊，比面团还柔软。

“周检，我们以后就是一家人了。我初来乍到，以后还请周检多多支持。”苏方圆彬彬有礼地说道。

“铁头”一下子还没有缓过神来，放开了苏方圆的手，脸红了，好在皮肤黑，别人一下子看不出来。

“这是我应当做的，应当做的。”“铁头”依次向苏方圆介绍班子成员，苏方圆和他们一一握手。

大家依次步入会议室，会议室整洁明亮，温暖如春。桌子上每个人面前都放了一个烟灰缸，苏方圆面前也不例外地放了一个，让她看了觉得特别扎眼。

苏方圆对吕文章说：“将会议室的烟灰缸全部收了，省里两年前就对公共场所禁止吸烟做出过明确规定，我们也要带头执行。找个地方设一个吸烟室，好让吸烟的人有过瘾的地方。”

这是苏方圆来到南城市检察院下的第一道指示，就让“铁头”非常不爽。 吕文章将目光投向了“铁头”。

“铁头”对吕文章厉声说道：“望什么望？按照苏检的指示办，烟灰缸全部收了，在茶水间的通道边设个吸烟区。”

吕文章将烟灰缸全收了。苏方圆微微一笑，腮上陷下去两个浅浅的酒窝。

笑得倒是蛮甜的，“铁头”心想，女人就是和男人不一样，过去的邵检是一个老烟枪，进了会议室自己带头抽烟不说，还每人甩上一支，不吸烟的人都慢慢会吸了，会议室的小烟灰缸都换成了大烟灰缸。现在好了，遇到一个小丫头片子，自己不吸，不谈了，连烟灰缸都给收了，老领导留下的“光荣传统”，就此结束了。

妈的，丫头片子刚来第一天，就给老子难堪。

苏方圆捋了捋头上的短发，她在走马上任前一个星期将长发剪了，为的是让人看了更加成熟点。“铁头”也学着苏方圆，在板刷头上捋了捋，也笑了，只是没有酒窝。

苏方圆首先组织党组中心组学习，让吕文章通读了一遍习近平总书记在十八届中央纪委二次全会上发表的重要讲话。“猛药去疴”“重典治乱”“刮骨疗毒”“壮士断腕”，从这些词汇中可以看出党中央反腐败的决心和勇气，苏方圆深受鼓舞。 会上大家结合自己工作，都作了一个简短的表态发言。

“铁头”是有三十多年烟龄的老烟枪，不许抽烟比断粮还难受，他不知不觉地从口袋里摸出一支烟来。 苏方圆才来给她一个面子？“铁头”不大情愿地将烟收了回去。老子抽支烟还要受你这小丫头片子管？受罪！

苏方圆宣布：“休息十分钟，分管反贪的领导和反贪局长留下来，我们商量下一步工作。”

“铁头”一口就把一支香烟吸掉半寸长，烟雾咽下去，抿住，在肺腑里打个滚，才慢悠悠地吐出来，真爽！“铁头”好好地过了一把烟瘾，又去厕所放松了一下。接下来，研究反贪案件。会议室里只有苏方圆，还有“铁头”，反贪局长向东方，反贪局侦查处处长王正义。

向东方皮肤白里透红，是晒不黑的那种。只要一上案件就发胖，听说是“过劳肥”。王正义长着一对小虎牙，瘦高个，上下一般粗细，像个电线杆。同样是因为工作压力大、饮食不规律，他就是长不胖。王正义是个黑脸汉子，与向东方有着强烈的反差。工作中常常一个唱红脸，一个唱黑脸，大家都叫他们“黑白配”。

苏方圆拿出省检察院交办的“一号案件”案件函。去年省委巡视组进驻南城市开始巡视工作后，发现国企改制中暴露出资产处置、股权设置及人员安置等方面的很多问题，导致群访频发，原国资委主任肖阿丹把管国资变成了谋取私利的工具。“一号专案”就是要查处肖阿丹，他现在是容县县委书记。

苏方圆郑重其事地宣布：“为了落实省院交办的案件线索，我们南城市检察院将成立‘1・23’专案组，由周铁军副检察长担任组长。”

“铁头”推辞着：“苏检，我不行了，老了，还是年轻人干吧。”一双眼睛挑剔地望着她，有几分鄙薄，又有几分不屑。他过去不是这样子的，只要邵检一说要成立专案组，“铁头”立马冲在一线，拍着胸脯保证。明眼人都看得出，他这是看相，给苏方圆出难题。

苏方圆看了“铁头”一眼，直截了当地说：“你是老反贪了，非你莫属。就不要推辞了，这也是省院张检的意思。”

“铁头”的弱点是吃软不吃硬，听不得软话。这时，苏方圆如果说些软话，他说不定就干了，哟，拿上锋压我？我就是不吃这一套！张检又能怎么样呢？

"铁头"的头摇得像个拨浪鼓："不，不不，苏检，我真的干不了。肖阿丹是我的战友，我要提出回避。"

苏方圆委婉地提醒道："南城就这么大，同学、战友、朋友，数一数都会有，过去案件不都照样办？"

"对不起，苏检，我回避，必须回避。""铁头"没等苏方圆表态就退出了会场，给她一个下马威。

苏方圆心里咯噔一跳，像是忽然间被人推下冰冷的河水，她来不及发出一声叫喊，河水就把她劈头盖脸地淹没。

怎么会这样？是怎么样的奇怪心理？苏方圆明白周铁军是看不起她这个年轻的女领导。呵，呵呵，男人啊，有时比女人的心眼还小。她心里想要进攻，可是她表示出来的却是退让。她是女人，但不是小女人，要大气，再大气点，她有十倍的耐心准备应付残局。

"铁头"退出了会场，从苏方圆的表情上看不出任何动静，她不动声色地说："这样吧，这个专案组长，我来当，反贪局局长向东方任副组长。还有哪些组员，由向局长拿个方案。下面我们一起分析一下案情……"她的声音不大，但是清晰，每句话都能准确地传递到大家耳朵里。时不我待，苏方圆没有时间纠结在关系处理上，她开始切实履行检察长的职能。

"铁头"出了门，深抽了一口烟，闭眼仰头数十秒钟，一股青烟才从鼻尖慢慢散发出来。没有他这个组长，这个专案组还不散伙？

他等着苏方圆亲自出门来邀请他回去。

他错了！要知道离开谁地球照样运转，分秒不差。

“铁头”连抽了三支烟，没见有人出来，倒是有人进去了，只见反贪局侦察员刘立立抱着过去查处荣发集团董事长张荣发的卷宗进去了。

“铁检，向局长让我送来的。你在抽烟啊，我先进去了？”

“铁头”朝他呶了呶嘴，进去吧。“铁头”这回出得来，就进不去了。他仿佛吃了一次败仗，甚至感到伤了他的自尊心。他想嘲笑自己，他心中隐隐约约升起一股无名的怒火。

妈的，不给老子面子，我明天就休假。“铁头”干脆回到自己的办公室。

雪花在努力地飞舞着，打着旋儿，铺天盖地向大地扑来。办公室里格外宁静，平静得出奇，平静得让他心底发空，平静得使他濒于窒息。竟然没有一个人来找他请示工作，这一天对他来说落差太大了。

是啊，一把手检察长到任了，大家都请示她去了，他是分管反贪的副检察长，现在连专案组成员都不是了。这也不能怪苏方圆，是他不给人家面子，连挽留的机会都不给，说走就走了。

反贪工作不是请客吃饭，不是作文章，不是绘画绣花，不能那样雅致，那样从容不迫、文质彬彬，那样温良恭俭让，当然更不能迁就了。

他失落了，一落千丈！

不过这个丫头片子还真不简单，要查处肖阿丹就从查张荣发入手，这条路走对了！想起张荣发这起案件，“铁头”觉得很窝囊，就像一根鱼骨头卡在喉咙里，吞不下去，又吐不出来，每咽一次口水都让你感受到它的存在。难受啊！

前任邵检提前半年退休了，他与苏方圆没有见过面。对南城检察院她是一点都不了解，大家对她也不了解。她再怎么说都是“一把手”，一个女人孤身来到南城检察院，容易吗？我让她下不了台，我还是个男人吗？人心都是肉长的，“铁头”有点内疚。他心里还在检讨：我居然在苏检召开的第一次会议上就中途逃脱！他心里简直要诅咒自己，抱怨自己大男子主义的脾气怎么就改不了！？

办公室的门被推开了。苏方圆悄无声息地走了进来，只有女人才有这样的雅致。

对南城检察院她还一点不了解，大家对她也不了解。她需要和“铁头”推心置腹地谈一谈。这一招，叫以真诚换真诚。

苏方圆进了“铁头”的办公室，大家关注，异常的关注，但不敢惊扰。

只见苏方圆在“铁头”的对面坐了下来，“铁头”开始抽烟了，苏方圆没有阻止。窗户外，只看到她有一个完美的侧影。

在密谋？还是在谈判？

是交心？还是摊牌？

是合作？还是对峙？

只有他们两人知道，好戏就要开场了！

三

月光朗朗，同号子的牢友睡得正浓，我睡不着。眼睛直直地望着监房上一块玻璃天窗，薄薄的冰面一样，把照进屋里的月光冻成青白，冻成一粒粒晶莹的碎屑，散在一个个光头上。四周万籁俱寂，一点点的动静都会让人汗毛乍起。

两层楼交接处的墙面棱角线条往里收着，神似女人的腰肢。从腰往下看，监房的一道铁门，似女人阴部，深不可测，墙上端左右两侧的窗户便像极女人的乳房——在这个环境中的男人，渴求女人太正常不过了。

我想自己的女人了，想陆小红了。陆小红是藏在我灵魂最深处的那个人，我会在静夜无眠时想着她、呼唤她，想起她的时候会热泪盈眶。此时此刻，点点记忆从心底的暗处爬出，像黑夜里沙滩上的蟹，一只引着一只悄然而迅速地涌出。

说实在的，我可是一个诚实守信的生意人，在江城市开了一个公司，生意做得还不错。就是人长得丑了一点，身材还说得过去，五官长得有点对不起观众，稍显扁平的脸上几乎没有鼻梁，颧骨还高得出奇。越是长得丑陋，就越是想找一个漂亮的女人，生个孩子可以中和一下，不是吗？就这样高不成、低不就的，三十好几了，还没有找到心上人。

平日里我不多话，有什么心思都憋在心里，大家都叫我：闷屄！

闷屄就闷屄！心思，心思，就是放在心里想的，不是放在嘴上说的。我相信缘分，缘分没有到就要等。天地之间，冥冥之中，总有一人在等我。

我爱情的春天是从江城市滨江路开始的，我的公司就在滨江路上。

春风像把柔韧的桃木梳子，梳理着大街小巷急着脱去冬装的女生。女生真是个奇怪物种，不管什么季节，总喜欢少穿。再冷，就算别人裹得像粽子一样，女生都打扮像个甜点。

天啦！我突然发现一个女生，像只优美的天鹅一样雅致，卓尔不群。她朝我走来了，没错，真的朝我走来，还推门而入。哇！仙女下凡，真的是来找我的？

“陈总，在吗？陈昌平，在吗？”

“在，在，我就是。”我一个踉跄跌了出来。

“我是荣发集团的会计，叫陆小红，张荣发总经理让我来和你结一下账。”

陆小红？听张荣发提起过她，也通过几次电话，没想到是这样一个精致漂亮的女人。身材苗条娇小，白皙细腻的鹅蛋脸上镶嵌着精致秀气的五官，乌黑的长发用一只镶有亮珠的黑色发箍从额头向后箍着披在肩上，穿一件灰色的紧身连衣短裙，肉色的长丝袜配一双当下流行的玫红色的系带短靴，挎一只粉红色的提包。

哇，我体内的荷尔蒙立马提升，心跳加快，浑身发热出汗。我能听见自己浑身已经沸腾的热血扑扑奔流的声音，那一刻好想解开衣扣和裤钩。

可恨！英雄气短。当陆小红结完账走了，我居然像田鼠一样，猥琐而惊恐，嗖地闪进墙角，屏住呼吸，一动不动。人家走过很远，才缓过神来，马后炮般跟随过去，却已经看不到风景。

陆小红就是我一生等待的那个人，她就是我的暗物质，看不见、摸不着，却时刻锁定我、包裹我、作用我。我的心被这种魔力紧紧拽住，有生以来第一次坠入爱河，不想上岸。

让我喜欢得要死的女人，只有陆小红。我要和张荣发做更多的生意，就有更多有机会与陆小红接触。魔力随年月增长变得强大，直到有一日拽着我的身体奔向南城，颤抖的双手拉着她的小手放在我的心口。没想到陆小红没有拒绝，好像正在等着我的到来，不能说这不是一种缘分。我没有想到陆小红会爱上我，服从我，赞美我。我陶醉了！

“不嫌我丑吗？”我说的是真心话。说到长相，我总缺少自信。

我是凡人，她是仙女，或者这么说吧，我是麻雀，她是凤凰。麻雀能把凤凰怎么着？两人在一起能生出孔雀吗？

“我可不是外貌学协会的，只要你人好就行！其实，男人是七分身材，三分面相，你就有那么一丁点丑。”陆小红的话说到我心坎上去了。

为了掩饰我那一丁点的丑，陆小红送给我一副宽边墨镜，我戴上它隔着浅茶色玻璃镜片对着镜子迅速扫视，哇，气场立马就上来了，这才像个大老板陈总嘛！我的自信心也直线飙升。

闷屄，就是闷，自从认识陆小红后，连一句“我爱你”都没说过。陆小红不是在嘴上说来说去的女子，需要用心体会，甚至，只能独享意会。不知道这算不算意淫？

闷骚！陆小红就是这样骂过我的。我承认自己是个呆傻级闷骚选手。

我精心挑选了一块意象水晶送给陆小红。心一样的形状，里面有山，有水，浓缩了大自然的美。

“山无棱，天地合，才敢与君绝。”陆小红拿着这块水晶对我说。说对了！就是这个意思。这是在《还珠格格》剧中多次出现的紫薇与尔康的深情誓言，也是我们的誓言。一刹那的凝视，生命已经吸取了足够的能量，等待着为对方绽放。

我心潮澎湃，热血沸腾，将她的小手贴在脸上，放在胸口，塞进裤裆，让她抚摸到那杆昂扬向上的长枪。亲吻、爱抚、做爱，一切完全用肢体语言来表达，来完成。就这样，我由男生变成男人，她由女生变成了女人，一切尽在不言中。

我们的恋爱进展神速，顺顺当当一步踩出一朵莲花似的向前，我不敢相信自己真有这样的好命。而所有那些悲伤的破碎的令人扼腕长叹的，都悄悄潜伏在暗处，鬼魅一样无声无息，专拣不经意时，呼啦一下子蹦出来，打你个猝不及防，人仰马翻。

有人说，颧骨高的人命不好，特别是婚姻命运不好。我和妈妈就像一个模子刻出来的。你不要不相信，还真有这么回事呢。妈妈还没生下我，父亲就因车祸离我们而去了。而我呢？还有一个星期就要结婚了，喜剧刚开场就以悲剧结束了。新娘死了，而且是死在我这个新郎的手中！

上帝是不是出错了牌？还是上帝搞的恶作剧？把我的人生际遇完全颠覆了，仿佛在梦里已经排练过这场死亡。

那天清晨，我收到小红发来的一条短信，约我到江城南山不老松下见面，咦？怎么昨天晚上还在一起时都没提起？小红今天已回南城，怎么一早又约到江城南山上见面？结婚前的人都会有点神经质，小红常常会给我一个惊喜。

好浪漫啊！我没有多想，立马动身。好在南山不远，半小时后我赶到了山顶。看见小红身着一件红色的外衣坐在不老松下，霞光中，郁郁葱葱的万绿丛中，一点红色像一簇火焰，太美了！我蹑手蹑脚地走了过去……

“小红，我来了！”我一下子跳到了她的面前，给她一个惊喜。

她不理睬我，为什么？我来迟了？生我的气了？

“小红，你看太阳出来了，多美啊！”我换了个话题。

她坐在那里，还是什么也不说，头也不抬。

小红，我的好小红，这是怎么了？我推搡她，她还是不理我。不理我就算了，我生气了，将她一推，没想她竟然摔下了山崖。

我仿佛五雷轰顶，一下子呆住了。“小红——”一声凄厉的惨叫，回响在南山的上空。南山不老松下山崖陡峭如削，摔下去，万劫不复！

我没有勇气和她一起下去，不！我要下山找她去，上天会眷顾我们的，她会挂在一个树叉上，却是半山腰。我要去找她，去救她！我刚站起身来，随后发生的一切令人猝不及防。

“有人坠崖啦！”不知道是谁大喊了一声。

“有人杀人啦！”叫喊声让我更加惊慌失措，我站起来刚要走，却被一双大手牢牢地钳住——是一个30多岁的男人，他的脸上充满了敌意和兴奋：“杀人犯，你想跑？给我老实点。”他掏出手机，报了警。

“你放开我，我要去救小红！”

他冷漠地说：“这么高的山崖，摔下去还能活吗？你不就想她死吗？啊？”我脸上一阵痉挛，浑身颤抖，软瘫在地。

警察来得真快，荷枪实弹。

“他是杀人凶手，我亲眼看见他将那个女的推下山的。”那个男人一手钳住我的手臂，一手指着我，每个音节都说得十分明确、清楚、肯定。“他想跑，是我将他抓住的。”他洋洋得意地微笑着，语气更加铿锵有力了。

警察一拥而上，将我按在地上，铐上手铐。我的腿突然软了，背上一阵发冷，完全失去了控制。我是被悬空拎下山的，然后，被塞进了警车，呼啸而去。

警察在南山脚下找到了陆小红，全身多处骨折，面目全非。法医鉴定，系颅脑破裂，出血死亡。

小红死了，真的死了！我满脑子小红的身影，头脑里乱七八糟的，像灌进了糨糊，晕晕沉沉的一片，难过得想大哭一场。

世上的事就这么背运！没想到旦夕的劫难就在眼前。晴朗的早晨竟会降下一片迷雾，一步之错，生命就走到了尽头。

“哐啷！”一声刺耳的金属声骤然响起。我被关进了看守所，锃光瓦亮的手铐卡在手腕上，脚腕上箍着一寸多宽、半个指头厚的铁扣，一堆指头般粗的黑铁环，环环相扣，像一条毒蛇一样缠绕在我的两脚间。血肉之躯被这样拘禁着，即便转个身都有点困难，“哗啦啦”，金属的磕碰声随着我的每个动作在耳边响起。

“来了一个杀人犯！”监舍里的六个光头不约而同地扭过身来。一张脸，冷酷、凶悍、宽大坚硬的下颌上剃过的络腮胡子处泛着铁青光泽，眼光如刀子般刺向我。他纹丝不动地杵在那，无声无息地对峙着。冰凉的空气似乎凝固了，越来越冷了。满屋的人屏声静气，谁也不敢弄出一点声响。大家都随着这两张脸保持着初始状态。一秒、两秒、三秒、四秒……

“有种！”那个家伙的脸上没有一丝表情，就像冰冻的河面，吐出的两个字像冬天从西伯利亚吹来的寒流般从室内刮过。

那个一脸冷酷、凶悍的家伙，被看守所的所长亲自带走了，跨过铁门，漆黑阴冷的走廊里回荡着“哗啦哗啦”的脚镣声。

“他今天要上路了！”不知道是谁轻轻地伤感地说了一句。他的今天，就是我的明天。我目送他的身影，“哗啦哗啦”的脚镣声，随之渐行渐远地消失了。

看守所长从上衣兜里掏出一包香烟，随手一扬扔了过来：“你们以后给我看好了他，晚上轮流值班，天天有烟抽，明白么？”这是死刑犯的特别待遇。我看到每个光头的脸上都带着笑容，很快又响起丁零当啷的锁门声。

“陈总，你不认识我了？我是‘虾米’！”一个小光头贴着我身边坐了下来。

“虾米？”不记得了。

“沙总记得吧？就是沙老邪，我是他的跟班，和你做过一笔生意，你不记得了？”

“大明宣德炉。”“虾米”对着我耳语了一句。

嗯？我这才正眼看了看这眼前的小光头，瘦小的身材，大大的眼睛，一脸无邪。

大明宣德炉？我没有心思说这些，我都是一个快死的人了。

不过，他们给我的大明宣德炉倒是货真价实的，给“范一眼”看过了，他可是古玩界大佬级的人物。他让我转给他，说是有一个大人物想要。我本来是想自己留作传家宝的。“范一眼”看准的东西不会有错的，他出价100万，我可赚50万，到了他手里价格还会翻番。我没答应，我要它用来抵张荣发的货款。

那个沙老邪50万元与我成交，古玩界愿买愿卖，不问来路。

犯罪了？不犯罪谁还会不请自来地光顾这种晦气、倒霉、阴暗的地方？

“我们是盗墓的。”“虾米”对我做了一个扒的姿势。

“大多数被逮住了，不过，沙老邪神通广大，没进来。我只是为他们望望风，是从犯，又是未成年人，不会坐多久的，有什么需要我做的，只管说。”“虾米”一下子活泛起来了。

“陈总，你怎么会杀人呢？”

怎么不会啊？人不可貌相，都像刚才走的那个杀人犯，一脸杀气？嗨，不想和这个小屁孩说。

天快亮了。灰色的晨光透过监房污浊的玻璃渗了进来。

小红戴着我送的意象水晶，带着誓言，坠入了山崖。对了，小红送我的那副宽边墨镜呢？噢，进来的时候被没收了。我要睡了，初尝自爱疗法，轻轻抚摸着自己，不错，很舒服，有快感……朦朦胧胧地看见小红走来了，我终于可以得到小红了。一种无法遏止的冲动，我不顾一切地扑了过去，紧紧地抱着她。我不相信自己的眼睛，又推开她仔细地端详着。

“是小红，你想死我了！你到哪儿去了？”

不是被我推下山，死了吗？小红没死，那是梦？啊哟，搞不清什么是梦，什么是现实了。只见小红什么都不说，眼睛睁得大大的，凝视着我，两片嘴唇饥渴地嚅动着。我紧紧地抱住了小红，就像找到了失散多年的亲人一样激动万分。吻她，狂野地吻着她……

“陈总，醒醒，吃早饭了。”“虾米”将我推醒，我揉了揉眼睛，小红不见了，性感的胴体也不见了，唯一还有些印象的就是内裤有点潮湿冰凉。

“嗨，真的是在做梦！”我懊恼极了，小红的体温、呼吸和手指的触觉，都记得清清楚楚。

这样的梦魇，在以后的日子里，不止一次出现在我的睡梦中。不只是夜晚，在清晨的鸟鸣间，在黄昏的日落中，在每一个可以入侵时刻，都浸淫在我的脑海中。小红的灵魂站在高高的云端，凝视我的身影，渴望着有一天能跟我结为伴侣。可是，小红死了！被我杀死了，再也回不来了……

“我不吃，吃不下，也不想吃。”我推开“虾米”端来的早饭。

生不如死，等死的日子真难熬。我想着有一天，警察用粗壮手指扣动扳机，在“砰”的一声中，枪管喷出一团金红色火焰和白色烟雾，一颗子弹就会钻出枪口，在空气中旋转着，“噗”地钻进我的心脏，魂飞魄散。

一了百了！

四

办公区空无一人，像她的心，空空荡荡的。雪，绽开了冷。在南城，苏方圆除了感到寒冷，更多感觉到的是孤独与寂寞。

她 41 岁就成为一名检察长，还全票当选，看起来像是众望所归。在男权至上的政法系统当政，众目睽睽，又是众矢之的。她来南城市检察院后，每下一个指示，只要“铁头”在场，大家的目光首先投向“铁头”，看他的眼色行事。而她这个“一把手”，简直就是聋子的耳朵——摆设。

她孤身一人来到南城，没有人说知心话。当然大家不了解她，认同需要一个过程。这个过程是痛苦的，处处谨言慎行，不苟言笑，大概这就是所谓的“高处不胜寒”吧。

她想江城了。她生在江城，长在江城，亲人在江城，朋友也在江城。在江城检察院十多年了，她有一大群同僚、知己、朋友。大家知根知底，知情知心，嬉笑怒骂，共同分享快乐与忧伤。莫小耘、罗宏、肖婷婷，外号“啄木鸟”的祝茂姚——眯着他细长的小眯眼，两片锋利的尖嘴就是不饶人。还有袁卫国，是他们一群人中有名的歇后语专家，说话幽默风趣，“啄木鸟”的嘴巴又硬又尖，一遇到袁卫国就斗嘴仗。

苏方圆看着桌子上放着的“全国十佳公诉人”的铜质奖牌，这是她参加第三届全国优秀公诉人大赛捧回来的。大赛中论文写作、检察业务知识笔试、审查文书制作、论文答辩和辩论赛，对选手们是智力和体力的双重高压考验。她终于过关斩将，打开了通往成功乃至辉煌的红漆大铁门。

“和谐”号高铁动车缓缓地驶入了车站，莫小耘手捧一束鲜花，带着露水，真切而芬芳，拨开人群，向她跑去，给她一个紧紧的拥抱。“啄木鸟”打开了一个横幅，“欢迎公诉女神载誉归来！”

苏方圆没想到欢迎仪式这么热烈、隆重。一种无法言喻的感动与幸福浸染心田。她感觉自己的眼睛有些湿润，有泪水样的东西模糊了她的视线。苏方圆在荣誉、鲜花和掌声中接受了记者的受访。

记者：我是《江城日报》的记者，苏处长荣获“全国十佳公诉人”称号，这可是全国公诉人的最高奖项哎，我想现场采访一下。

苏方圆接过记者递过来的话筒。

记者：“十佳公诉人”的参选和获选经历，带给你的收获是什么？

苏方圆：首先感谢高检院和我们院的领导，给了我这次参赛的机会。最大的收获是业务水平得到一定提升。和各省顶尖公诉人同台竞技，更多的是享受一场公诉“盛宴”，得到一个更高层次的锤炼。

记者：通过参赛，你认为合格的公诉人应该是怎样的？

苏方圆：公诉人代表着国家，除了要有深厚的法律理论功底外，更重要的是拥有正义感、良知和责任心。对他人的自由持有正义感和敬畏感，心中充满正义，目光不断地往返于规范与事实之间。

记者：公诉工作带给你最快乐和最痛苦的事是什么？

苏方圆：能真正为他人的自由做出努力，这就是公诉工作带给我最大的快乐。最痛苦的事就是错诉。我不允许自己的职业生涯里出现“佘祥林”现象，以前没有，以后也不会有。要将每件案件办成铁案，经得起历史的检验。

……

晚上，大家在一起喝酒庆祝。“啄木鸟”用牙齿咬开啤酒瓶盖，为一个个酒杯倒满了酒。袁卫国说：“苏方圆是我们这批同时到检察院来的人中的骄傲，为我们的女神干杯！”

干杯！苏方圆端起酒杯，一饮而尽。

“方圆姐，将你的奖牌拿出来，给我们看看。过五关斩六将得来真的不容易。”苏方圆将奖牌递给了莫小耘，莫小耘将奖牌擦了又擦，羡慕不已。

“啄木鸟”无不惋惜地说：“如果我当初一直在公诉，也许，今天，我就是全国十佳公诉人。”

莫小耘说：“你拉倒吧，‘小鲜肉’第一次出庭时读起诉书时手抖声颤，后来到搞侦查，才是你的长项。”

袁卫国说：“咦，不要小看人，他可是被窝里放屁——能文（闻）能武（捂）。”

苏方圆诚恳地说“我是幸运的，真的，如果不在公诉工作，就没有机会参加大赛，没准这回得奖牌的就是他。”

“我真心的感谢，这么多年大家对我的关心和帮助。”苏方圆举起酒杯，与大家一一碰杯，一饮而尽。

“啄木鸟”受到刺激，心一横，英雄一样“嗖”地站起，举起一瓶啤酒对苏方圆说：“我们一人一颗手榴弹，怎么样？”

“来就来，谁怕谁啊？检察院只有‘女汉子’，没有‘软妹子’！”苏方圆也用牙齿咬开啤酒瓶盖，与“啄木鸟”的酒瓶碰了一下，“我炸掉你的！”苏方圆来了个细水长流，一瓶酒一口气下去，这才叫爽！

“啄木鸟”知道苏方圆的酒量，一瓶啤酒，对她来说小意思。“比速度啊，看谁喝得快。”“啄木鸟”嘴对嘴咕噜咕噜猛灌下去，灌得太猛，酒喷了出来，喷自己一身。

袁卫国在一边拍了拍“啄木鸟”：“你这是飞机上挂暖壶——高水瓶（平），跑、冒、滴、漏，全了。胜之不武，胜之不武啊！”

“我还有一个喜事和大家分享。”苏方圆拿出自己由中国检察出版社出版的《我的公诉战争》分发给每个人，这是她当公诉人的心血结晶。她学着最高检领导的口气，说：“希望你们以对国家、对人民、对法律高度负责的精神，坚持法律面前人人平等，维护司法公正，将每件案件办成铁案，经得起历史的检验。”

“啄木鸟”又来劲了，对着《我的公诉战争》亲吻了一口，站到了椅子上，大声朗读起来：“将此书献给在公诉战场上奋斗的战友及所有关心、支持公诉事业的人们。”

白云从天空悠悠飘过

收敛了雨暴风狂　歌声缥缈

苹果树下　孩子们在欢笑追逐

夕阳下　携手漫步的老人　行走在地平线上

江水自身旁缓缓流过　流向梦想中的自由和广阔

有时候　我真的想去做一名花匠

用自己的心血和双手　培育出美丽的花草

去装点世界

真的不想经常面对人性的丑陋　人生的悲剧

真的害怕　太多的取舍抉择　爱恨情仇让人无法承受

可是责任需要我们必须去担当

让折翼的鸟儿舒展新翅

让枯萎的花草重沐春风

让久违的彩虹再现蓝天

让悲痛不再啃噬人们的心灵

让那些丑陋慢慢变美

也许　我想做的是心灵的花匠　悉心的呵护

又何尝不会织出　满园春色

……

袁卫国摸了大脑袋："苏方圆什么时候当上了诗人了，我记得'啄木鸟'才是我们检察院的诗人啊。"

"你嘲笑我？""啄木鸟"还要说些什么，没有站稳，一个趔趄坐到了地上。没有人去拉他，只是前仰后合地笑成了一团。他很窘，嘴角一瘪笑得像哭。

"啄木鸟"爬起来，指着袁卫国："是不是你？暗地给我下绊子？"

袁卫国说："你真是，打开棺材喊捉贼——冤枉死人，我坐在这里一动也不动，大家可以作证。这是你自己，厕所里点灯——找死（屎）。"他说完，啧了一下嘴，脖子里像安上弹簧一样，一颗大脑袋在肩头上摇来晃去。

大家爆发出更加响亮的笑，弯腰，抖背，笑得站立不稳。苏方圆笑得趴倒在桌上，肚子都笑痛了。开怀大笑，开怀畅饮，只有在这里，她才敢如此放肆。

自从来到南城检察院，就连笑都不敢放肆，再说也没有什么好笑的。大部分时间她很严肃，嘴角有两个小小的坑，看起来总觉得她时刻在笑，然而不是。深深的压抑感，让她产生了想到雪地里跑一下的冲动，她要让生命张扬起来。

雪后的阳光终于出现了，是那么的耀眼，是那么的让人渴望。阳光通过玻璃窗，斜照进检察院的会议室，整个会议室充满着阳刚之气。“1・23”专案组正在进行专案讨论。

五年前，向东方当上了反贪局局长，在“铁头”的直接指挥下，查办了一批大要案件，去年还被评为“全省十佳反贪局长”。说真心话，“铁头”是他的偶像，是他的精神支柱。他那一整套办理职务犯罪案件的方法，都缘于“铁头”的言传身教。

“铁头”离开了会议室，大家觉得屋里的空气顿时凝结了封冻了，向东方感到窒息，甚至还微微地渗出了些许冷汗。苏检让他当专案组副组长，地位一下子提升了，身上的压力一下子加大了。

“向局长，你先谈谈对这个案件查处的想法。”苏方圆望着他。

向东方有着研究生的法学理论功底，结合这些年办理的一起起案件实践，将过程和结果串联起来，写成了四十多万字的一本《受贿犯罪侦查探索与适用》。简单总结就是一定、二摸、三查、四熟、五审。

向东方搓了搓手说：“肖阿丹线索还是很有价值，主要问题是涉及国有资产改制方面。肖阿丹在南城根深蒂固，是一个响当当的人物，算得上是一只老虎，直接查处有一定难度。可以先从肖阿丹的外围进行摸底排查，从他最亲近的人中开始着手，可以先排一排。摸排一下与他走得最近，在改制中反映最大的人。”

向东方看了看苏方圆，毕竟是头一回，他不敢夸夸其谈：“苏检，我是按老方子吃药——老一套，也没有什么新方法。”

王正义接过话头说：“可以先从张荣发入手，这个人我们以前查过，但由于种种原因没有拿下。从我们过去查处的情况看，张荣发原是路面机械厂厂长，改制后成立了荣发集团，任董事长兼总经理，他与肖阿丹关系密切，职工反映也最强烈，上访量最大，企业又最不安定。”

讨论在热烈进行，目标在锁定……

向东方说：“王处长将张荣发的情况向苏检汇报一下，我让刘立立将张荣发的材料拿来，给苏检看一看。”

干反贪工作的人常年都绷着一张脸，两只黑眼圈——这是长年加班加点留下的印迹——香烟就着方便面。这些年已经吸烟成瘾了，要戒烟还真是难。向东方习惯性地摸摸口袋，这才想起将烟放在办公室了，没带进来。作为部下一定要适应领导，而不是让领导适应你，他告诫自己。

张荣发？苏方圆想起来了，昨天那个叫姜大龙的给了关于他的一叠材料，“是不是这个人？”向东方一看材料，太熟悉了，没错，就是他。

“好，就从张荣发入手。说一下具体情况。”苏检的眼睛一直盯着发言的人看，好犀利的眼神，似乎可以洞察一切。

王正义叹了一口气：“哎，张荣发的情况五年前就曾经查过，问题肯定是有的。当初，在调查的过程中会计死了，就没查下去。”

向东方打电话让刘立立拿来了当年查处张荣发的卷宗，向东方示意他给苏检。刘立立把卷宗放下后，就拿起保温瓶给苏方圆的杯子里续了水，又给向东方和王正义续了水。

向东方介绍说："这是我们反贪局年轻的精英刘立立，计算机高手，侦查能手。"

苏方圆抬头看了他一眼，一米八的个子，浑身充满了青春的活力。苏方圆看着刘立立就想到自己的儿子帅帅，总是弱不禁风的，要是能长得像刘立立这么健壮就好了。苏方圆思想上开了一会小差，帅帅的身影在眼前闪了一下。

苏方圆示意刘立立坐下。她拿过卷宗，迅速翻阅了一遍。问道："怎么没有书证？"

向东方解释："五年前，路面机械厂的姜大龙带头联名举报张荣发贪污，反贪局开始调查，找到会计询问，她称账本在公司搬迁时遗失了。张荣发称是会计贪污了。在调查的过程中，会计又死了，就查不下去了。会计死前将账册全部销毁了，计算机上的数据也全删除了。千万资产，不翼而飞了！"

"会计是怎么死的？"苏方圆问道。

"会计叫陆小红，被她对象陈昌平害死了。"

陆小红？陈昌平？

这么巧？会不会另有蹊跷？

王正义插话："会计已将账本全部销毁，计算机上的数据也全被删除了。"

"我们现在要改变现有的侦查方式，原先只依靠口供定罪的侦查老路不能再走。修改后的《刑事诉讼法》明确规定：电子数据可以作为一种新型的证据种类。在网络化、信息化时代，必将对案件侦破、印证、审查发挥重要的证明作用，这对于侦查部门来说既是机遇，更是挑战。”苏方圆的提醒，让大家脑洞大开。

刘立立雀跃起来：“运用计算机技术生成的电子数据中必然会留下蛛丝马迹。对，可以用计算机复原技术。”

“刘立立，有问题吗？”苏方圆问道。

“应当没有问题，我可以与技术处的同志一起干，从这里入手，我就这样——啊呜！”刘立立一伸脖子，做出一个奋力啮咬的姿势。

苏方圆继续说：“我们可以以大数据运算技术为依托，建成海量的职务犯罪侦查数据库，组织力量自主研发高度智能化的职务犯罪基础信息及线索管理应用平台，科技强检，不是空话，要落到实处。”

“太好了！耶！”刘立立兴奋地跳了起来。

刘立立的手机突然响了起来，唱着一首流行一时的歌曲，“你是我的小呀小苹果，怎么爱你都不嫌多……”，刘立立吓得赶紧掐断了，引得大家哄堂大笑。

这个小子是谈对象了？没人问，都这么想。

王正义说：“张荣发一口咬定是陆小红贪污。陆小红已死，陈昌平又坐牢了，张荣发便逃过一劫。”

向东方补充道：“当初，铁检带领我们决心一查到底，可就在这当口，市委领导为安定人心，让检察院不要再深究了，并给下岗职工发了一笔安置费。服务大局，服从党的领导，张荣发的案件就这样搁下了。现在，张荣发截留了下岗职工的工资，引发职工再度上访。”

苏检一直在听。与“铁头”的风格完全不一样，她稳健含蓄，不露声色，你不知道她心里怎么想的。

是巧合？还是有预谋的？当初，检察院正在查处张荣发时，账册被销毁，会计陆小红被她对象陈昌平害死了。

苏方圆隐隐约约地感觉到，陆小红的死会不会与张荣发被查有关？陆小红真的不是陈昌平所害？还另有其人？

昨天晚上那两座“蒙古包”幽灵般地在眼前飘过。陈妈的声音在耳边响起：“苏检啊，我儿子没有杀人，是冤枉的。”

苏方圆将任务布置给了向东方：“今天案件讨论会就到这里，向局长看看下一步应当怎么办？拿出完整的侦查方案报给我。”

难道陈妈没有精神病？她说的是真的？冤枉？这个念头在苏方圆的头脑里一闪而过。她希望抓住张荣发这个线头，就势将陈昌平案件这团乱麻也理清楚。

凛冽的寒风停止了，人行道旁边的法桐树下尚未融化的雪，提醒着人们不久前刚刚下过一场大雪。苏方圆没有想到，她生命中的一场暴风雪正悄然而至。

苏方圆回到宿舍，拿出陈妈给的那个信封，里面只有一份当年的起诉书，上面落款处清楚地写着：检察员：苏方圆。

在起诉书上有一处用黑色的笔深深地画了一道横杠：2008 年 4

月16日上午，陆小红约被告人陈昌平在南山悬崖边不老松下见面，陆小红不理被告人陈昌平，被告人陈昌平失手将陆小红推下山崖……在“失手”二字下面画了两个圈。

什么意思啊？不是失手？当初为了“失手”这两个字，苏方圆可是下了不小的气力。公安认定陈昌平是故意杀人，“失手”是过失，两个字之差将陈昌平从死亡线上拉了回来。不对吗？又出错了？

苏方圆抚摸着“全国十佳公诉人”奖牌，她珍惜荣誉，就像珍惜自己的眼睛一样，纯洁无瑕，容不进一粒沙子。

陈昌平没有杀人，是冤枉的？那么，是她这个“全国十佳公诉人”办了冤假错案？怎么可能！

五

夜阑深宵，万籁俱寂。

南城郊外圌山上的明法寺中，却是灯火通明。

“沙老邪，弟兄们都到齐了。”

这个被称为沙老邪的，是一个瘤瘦的中年人，身着黑色的长衫，头发扎了个“道士髻”，颌下留着山羊胡，闭目盘坐在佛像前。

沙老邪心中最敬佩的是三国里的诸葛亮，智慧的化身，神机妙算，千古流传。他也曾经是“光头帮”里的诸葛亮。不，不，不，这样说有毁诸葛亮的名声，他只是一个狗头军师而已。

他在边城的“光头帮”中出出主意，摇摇鹅毛扇，装神弄鬼骗骗人，送小兄弟上路，黑锅有老大背，还可以狐假虎威，作威作福。在边城他们称霸一方，耀武扬威了好一阵子。边城是历史古都，遍地是金子。他们主营文物，来钱！

可惜好景不长，“光头帮”被警方开展的打黑除恶的专项行动给端了。沙老邪在帮中排行老三，一直躲在幕后，主要是出出点子，联系出手的下家，没有公开参与“光头帮”的行动。在打黑除恶的行动中，他逃过了一劫，但老大、老二都没能逃脱，面临着牢狱之灾，性命难保。“法网恢恢，疏而不漏”，只是说说的，他还是给漏了，这不，沙老邪带着一群残兵败将，从边城逃亡到了南城。

南城里有他常年的合作伙伴，叫“黑狼”。“黑狼”不会见死不救的，沙老邪要是落难，也一定会拉他下水，这一点“黑狼”心知肚明。

什么叫风雨同舟啊？什么叫在一条船上共沉浮啊？这时就充分体现出来了。“黑狼”就是他的大后方、大后台。“黑狼”在南城黑白两道通吃，沙老邪相信他的运作能力。到了南城，他要有所作为，有为才能有位，在黑道和在官场一个样。他不能依赖“黑狼”，这不是长久之事，他要有所作为，才能在南城立下脚。谁也没有见过“黑狼”的庐山真面目，有事总是通过一个叫“地龙”的传达。

弟兄们在外面混，总要攥成一个拳头，团结就是力量！他要成立自己的组织，不能再叫“光头帮”。俗话说，“东北虎，西北狼”，他想好了就叫“西虎帮”。他手下从边城过来的过命的兄弟一共十三个，就叫“十三太保”。这个名字好，含义深，叫得响，有士气！

沙老邪还是当上了老大。没办法，“世无英雄，遂使竖子成名”。李其尽管没有什么特殊的才能，但他遇事敢于担当，在兄弟中有威信。沙老邪让他当老大，他就是不肯，原因很清楚：当今社会是市场经济，一个企业全靠供销员玩呢，企业供销员当老总的多了去了，到了南城没有沙老邪是玩不转的。

有的人认为混黑道的人很风光，有的人认为混黑道的人是社会边缘的人，见不得光。其实黑道就是一种选择，一种生活方式，没人逼他们一定要混黑道，一定要做大哥。沙老邪觉得骨子里的东西真的很难改变，总之一句话，就是贼心不死。

李其屈居第二当了二太保，三太保是神手孙来，四太保王飞身轻如燕……按照出道迟早功劳大小论资排辈。好在大家年纪都轻，最小的“虾米”只有16岁。聚集在一起就是缘分，有福同享，有难同当！

斩过鸡头，烧过黄纸，歃血为盟之后，他们要学习三国中桃园结义。无论黑道白道，都有自己的规矩，沙老邪也给帮里定了自己的“三大纪律，八项注意”：第一，一切行动听指挥，不得擅自行动；第二，不拿群众一针一线，专门盗有钱人；第三，一切缴获要上缴，不得私自上腰包……总之，打家劫舍，不欺负平民百姓，不欺负良家妇女，除恶扶弱，杀富济贫。

跪拜、大声念出誓词，电影上歃血为盟的场面让他们看了热血沸腾。“西虎帮”也用这一套，要营造归属感，按指纹才能获得宣誓证书，还有玉牌项链当作信物，过火炉三圈，象征对大哥效忠。在任何情况下绝不出卖兄弟，不出卖大哥。结义，义字当先，这是必须的。

这伙人中数沙老邪读书最多，四书五经全读过。孔子说：“君子有三畏：畏天命，畏大人，畏圣人之言。”意思是说，君子要有三种敬畏：敬畏天命，敬畏尊长，敬畏圣人的教导。手下人没有什么文化，也没有什么信仰，但是必须要有敬畏之心，“离地三尺有神明”。就冲着对神灵和天地的敬畏，沙老邪最后还加了一句：“替天行道”，这句好！感染力强，有梁山好汉的精神！让这不正经的行当，增加了正经的神色。

杀富济贫！杀富是一定的，济贫就视情况而定了。谁最贫还不一定呢，让自己先富起来，这是硬道理。说实话，老百姓一个穷字！也没什么值钱的。这些年在江湖上混，最值钱的就是文物，老百姓有吗？没有！什么地方有？文物商店，博物馆，坟墓里，还有当官的家里。不过，在南城人生地不熟的，盗墓高手也派不上用场。沙老邪正在发愁时，“黑狼”派“地龙”来给他们指点迷津。

沙老邪说：“我应当拜见‘黑狼’大哥，给大哥给见面礼才对啊！”

“地龙”说：“你知道的，‘黑狼’从不见客。”

沙老邪双手作揖：“谢谢大哥，在家靠父母，出外靠朋友。过去做鬼货（专门指盗墓得来的古文物），大哥为我们‘化霜’（销赃）。我们不会白摽杵子（分别人的钱花），从边城到南城，杵门子（挣钱的法儿）还要靠大哥指点。”

“地龙”递过一张纸条：“这是‘黑狼’交给你们的第一次任务，今晚就动手吧。”

沙老邪接过“地龙”递过来的纸条，看了一看，“黑狼”好像挺恨南城官场上的人，盗窃的是一个国土局局长的家，哈，哈，正合他意。“放心吧，这种事，小菜一碟。”

当晚，沙老邪派出手下的得力干将三太保神手孙来、四太保王飞，小试牛刀，手到擒来。这位国土局局长当晚刚收了20万元，还没来得及收起来，就让他们给盗了，还顺手将他家的一只玉观音和一只宣德炉给带了回来。

沙老邪将玉观音和宣德炉送给了“黑狼”，“黑狼”说玉观音不值几个钱，宣德炉也是赝品。

出鬼了！局长一转身桌子上的20万元钱就没有了。这个局长还真的没有报案，想是来得快，去得也快，反正不是自己辛苦挣的，也不心痛。沙老邪寻思着，最好盗当官的，被盗后大多数不敢报案。 盗文物不仅值钱，而且又有下家，到手就出手，不愁销路。方向明，目标准，下手快，当然，来钱也快。

不管怎么说，初战告捷！

打土豪嘛，就应该分田地，不然谁会打？

发财了！沙老邪论功行赏。 这比打工来钱快，兄弟们好好庆祝了一下。

“黑狼”又下达了一项重要任务给他们，去盗南城博物馆的七件宝物，其中一件是镇馆之宝，这是考验他们能力的时候了，也是他们能不能留在南城的关键一步，只能成功，不能失败！

沙老邪摸着山羊胡子，眯上眼睛，盗窃文物不是小事，而且是博物馆的七件宝物，都是一级文物，搞不好就会鱼死网破，一定要天衣无缝，才能下手。

“黑狼”承诺只要他们将宝物盗出博物馆，下面的事情就不要管了。沙老邪想公安局又不是吃干饭的，宝物到了“黑狼”的手里，他们再被公安一抓，保不准小命就会玩完。沙老邪这个是懂的，玩命的交易，他是不干的，命都没有了，还要钱干什么？盗窃文物会交炮（枪毙）的！沙老邪不能完全相信“黑狼”，“黑狼”鬼得很，他到现在都没有见过他的庐山真面目。

“黑狼”看出了他的心思，传出话来，只要盗出博物馆就算成功，外面有人接应。先付他100万，货一到手，再给500万元。

重赏之下必有勇夫！干！

为了稳妥起见，沙老邪先混在“长江中下游学术研讨会”的人群中去了一趟，后又带着孙来和王飞去了一次。

南城市博物馆不同于寻常博物馆，它的馆舍由新、老两部分组成，沿着古街向东南走，就看见了市博物馆的大门。老馆原是英国驻南城总领事馆，它本身就是全国重点文物保护单位，文物级的建筑群。领事馆依山而建，现存五幢独立小楼，前后两座花园：前花园为欧洲常见的迷宫式，后花园为慢坡式。两处雕塑喷泉，两个露天茶台。当初英国人按照自家经典庄园样式移植，是准备世代扎根吧。紧邻老馆的是新馆，新馆的外墙、大门墙、装饰墙，红、灰两色相间，与老馆英式建筑的色调一致，就像老树繁衍出来的子树。

应当说，南城博物馆平日里看守并不严密。大门门楣上有电子屏，黑底上一行红字：“南城市博物馆常年免费开放”。

沙老邪在三万多件藏品中找到了“黑狼”点名要的七件珍宝，让孙来和王飞记下了它们所在的位置。

明代宣德年间青花缠枝莲纹盘、明弘治年间黄釉瓷盘、明德化窑回纹三足炉、“鬼谷子下山”的青花瓷，还有就是南城博物馆镇馆之宝“龟酒令”，西周时期的青铜器凤纹尊和鸟盖壶。“龟酒令”沙老邪是头一回见到，看介绍是1982年窖藏出土，是反映唐代人饮酒行令具体规范内容的珍贵实物。由龟座和圆柱形筒两部分组成，刻花处皆鎏金。龟形昂首曲尾，背部隆起，四肢内缩，五爪落地有力。龟背中央设双层仰莲，上承圆柱形酒筹筒，筒身正面錾双线长方框，内书“论语玉烛”四字，两边一龙一凤盘绕，衬以缠树花叶和卷云，以鱼子纹为底。酒筹筒里装有五十根银制鎏金酒令筹。

“黑狼”虽说要的不多，可都是珍宝中的珍宝。要想得手，并不是难事。再说不是就拿几件嘛，又不是连锅端。沙老邪再三交代孙来和王飞不要贪心，就拿“黑狼”要的那几件。

黑夜中的城市上空笼罩着一片蒙眬的睡意，马路旁的路灯发出昏黄的光，让树木投下斜斜的淡影。

孙来和王飞身轻如燕，翻墙跃入博物馆，攀上花坛边的半截斜墙，登上博物馆大楼北侧走廊平顶，撬开铁窗护栏。孙来进入室内后，将展厅警报器用红色平绒布蒙裹，并用票夹固定。警报器失灵后，两人尝试使用玻璃刀划破玻璃展柜，因玻璃坚固而改用吸盘破取，手到擒来。两人配合默契，将文物整理打包后，从窗口处转运。而后又将文物运出墙外，逃离现场。外面有人接应，里应外合。

三十六计走为上计，沙老邪让孙来和王飞赶紧连夜逃跑。沙老邪在江湖上行走这么多年，深知防人之心不可无啊！

六

“铁头”在检察院一干就是二十多年，从来没有休过假，一直冲锋在前。现在有人在前面冲锋了，他可以歇一下脚，也好调整一下思路，下一步应该怎么干，干什么，还干不干？

苏方圆来的第二天，“铁头”就交给她一张休假条，休多长时间，没有填写，也就是说想休多长时间，就休多长时间，看你怎么着吧。反正假是休定了，“铁头”确实也要给自己的心休一下假。

太过分了！大家一定都是这么认为的。

一向敢说敢当，讲义气、重感情，不争名、不争利，当了十多年副职，从没有叫过委屈。还经常教导大家“做什么事，一定不要计较个人得失，一定要将工作放在首位”。这回怎么了？是不是主持了一阵工作，思想就变了？还是来了女检察长心里不服气？

“铁头”第一天退出会场，拒绝当专案组长，第二天就给苏检送休假条，彻底甩手不管了。苏检初来乍到，情况不熟，人员不熟，邱检又没见到面，“铁头”这样做不是故意撂担子吗？“铁头”的这种做派实在让人大跌眼镜，威信大跌。

管不了这么多了，这是秘密，不能讲。真的不能说！

“铁头”将休假条直接交给了苏检，她什么也没说，什么也没有问，毫不犹豫地同意了。

“苏检，再见了！”“铁头”趁机狠狠地握了下她软得出奇的小手。

“铁头”在等她“啊哟”一声叫，再放手，可她不但没叫，脸上还露出了微笑，两个浅浅的酒窝，让人陶醉。

这个女人啊，不寻常！这时“铁头”突然想起京剧《沙家浜》中刁德一唱的一句台词。

“铁头”回家后在微信群里发了一个广而告之：我“铁头”休长假了，工作上的事不要来烦我！随后就倒在床上睡了。“铁头”好像一台开足了马力高速运转的机器，骤然停了下来，就像是被人暴打了一顿似的，浑身酸痛。

三天了，没有一个人给“铁头”打电话，原来“铁头”两个手机忙得来不及接，事情一个接着一个地等着他拍板，这回“铁头”好像被人遗忘了，失魂落魄，痛苦不堪。说不上自己心里涌集的是一股啥滋味，就像中药店柜台上的那块擦桌布，苦涩辛辣咸，五味杂陈。混乱的思绪和模糊的希望交织着，油然而生的茫然若失、孤独无依，不知身将何去何从……

忙习惯的人，就是不能闲着，闲会闲出病来的。“铁头”真的不知道那些整天游手好闲的人是怎么过的。

老婆阿菊以为“铁头”病了，嘘寒问暖，忙前忙后的。“铁头”这一辈子修了一个好老婆，当兵时相中的，当时阿菊在村里当小学教师，是村花，被他抢到手了。人长得水灵，心眼又好，这些年，“铁头”在外打拼，家里全靠她一个人。儿子周亮学习成绩一流，人长得也是一流，“铁头”将儿子的照片放在手机屏幕上，经常在别人面前显摆。儿子现在美国一流的大学上研究生，是不是找到对象了？还回不回来了？这都不在“铁头”的书中交代。这个家，“铁头”没有操过什么心，全是阿菊的功劳，论功行赏阿菊排第一，劳模，“铁头”是落后分子。

“阿菊，明天我想将妈接过来，住上些日子。怎么样？”

哈，哈，哈，阿菊笑了，像盛开的菊花。好啊！这么多年了，还是第一次听“铁头”这么说。

阿菊知道“铁头”是一个大孝子，这些年，心里总是觉得对不起母亲，总是没日没夜的忙。这回好了，闲下了。“铁头”是一个好强的人，不用问就知道，来了一个女领导，心里憋屈。

当年，“铁头”母亲幸亏孩子生得多，兄弟三个，姐妹三个，大家都知道“铁头”工作忙，照顾老人的事全担下了。这些年“铁头”一直忙工作，还从来没有接她老人家到南城玩过呢。这回有空了，一定要带妈来南城到处转转，尽尽孝道。

冬日的阳光是让人感到温暖的。“铁头”一想到母亲，心里也暖洋洋的。一早他去江洲接母亲，弟媳妇不放心，一定要跟着一起过来——老娘得了老年痴呆症，怕他管不了。

“铁头”妈 86 岁，满头银发，干瘪瘦小，浑身没有二两肉，脖颈上有些很深的皱纹。嘴里没有几颗牙了，嘴唇深深地瘪了进去。手开始颤抖，头会摇晃，可说话嗓门特别大。上了公交车，“铁头”陪妈刚坐定，老妈就拉开嗓门唱开了，家乡的杨柳叶子青小调：

东庄的哥哥出远门呐
呵呵咿呵呵
西庄的妹妹来送行呐
杨柳叶子青啊呐
七打七呀蓬呀呐
杨柳叶子青啊呐
送又送呐蓬又蓬呐
送呀末有情人啊
杨柳叶子青啊呐
冷呀热呀我不多讲啊
呵呵咿呵呵
送一双新鞋表心肠呐
杨柳叶子青啊呐
……

一车人的目光一起转向了“铁头”的母亲，目光让他感觉如芒刺在背，巴不得赶快逃离这个地方。

“妈，能不能不唱了？”“铁头”拉了一下母亲的衣角。

“就你麻烦，你看大家都喜欢是不是？”车上响起了一片掌声，老太太更来劲了，摇晃着脑袋，又唱起京戏：

“垒起七星灶，铜壶煮三江。摆开八仙桌，招待十六方。来的都是客，全凭嘴一张。相逢开口笑，过后不思量。人一走，茶就凉。有什么周详不周详？”

“铁头”还是头一回听母亲唱京戏，唱得还真像那么一回事，有板有眼的。正听得来劲时，老太太对着“铁头”大喊一声：“你这小刁，这是怎么回事？”

怎么回事？“铁头”一下子懵了。弟媳妇提醒他说，该你唱了。

我唱？我又不会唱。母亲大脑有毛病，我又没有。

“妈，我们回家再唱，行不？”

“这小刁，一点面子也不讲。”老太太指着“铁头”唱道。

这一句接得这么顺溜，不像大脑有病的，车上人又鼓起了一阵掌声。

“小刁，唱啊？不唱，我就下车了。停车！停车！”老太太开始耍起了性子。

“新四军久在沙家浜，这棵大树有荫凉。你与他们常来往，想必是安排照应更周详。”“铁头”的弟媳妇唱开了。

“嗯，这小刁，还不错！”老太太也没搞清这句是从谁嘴巴里唱出来的。

"铁头"赶紧拿出一根香蕉塞到了母亲嘴里，总算堵住了她的嘴。这一路闹腾的，差点儿让他收不了场，幸亏弟媳妇圆场。

"铁头"扶着颤颤巍巍的母亲下了车，回到家中，阿菊早就将一桌饭菜烧好了。晚饭后，"铁头"打来水，亲自给母亲洗脚。母亲的脚底板处生了一只"鸡眼"，他将母亲的脚抱在怀中，用剪刀一点一点把"鸡眼"挑了出来。

俗话说："脚干眼湿可怜人。"这句话的意思是，一个人的脚变得越来越干，容易龟裂，一个人的眼睛变得不自觉地爱流眼泪——母亲已经老了，越来越可怜了。

"妈，痛不痛？"

"不痛，一点都不痛。"母亲摸着他的板刷头说："我家三子，好是好，就是到现在还没有找媳妇。唉！"

阿菊在一边叫道："妈，我在这儿呢。"

"嫂子，你这些年还好吧？啊？"母亲拉着阿菊问道。

天啊，她将儿媳当成嫂子，真是让人哭笑不得。

"我的床呢？我的枕头呢？要回家，我不在这里住，我要回家啊。"母亲开始吵闹得不行，幸亏弟媳妇跟着一起来了，不然，"铁头"还真的摆不平她。

母亲折腾了一夜。第二天，哪儿也没玩，只嚷嚷着要回家，只好打道回府。"铁头"觉得母亲就像小孩子，有点瞎胡闹，可又打不得，骂不得，只有哄着，骗着，随着她的性子。

“‘铁头’，伯母来了，也不言语一声，说起来我还是战友，还是生死兄弟，不够朋友。”是肖阿丹打来的电话。

“老娘走了，她在这里待不了，回去了。”“铁头”万般无奈。

“怎么？听说你休假了，明天我们战友聚一聚，喝喝酒，我带一个人来，包管叫你吃一惊，怎么样？”

“好，战友聚会喝酒，带一人来，还让我吃惊，不会是女的吧？”

“不会，清一色的带把子，一言为定！”

水至清则无鱼。但水太浑了，最后也得死鱼。“至清”与“太浑”间的界限到底怎么拿捏准确，这里面大有讲究。

战友转业二十多年了，难得一聚。不要看“铁头”和肖阿丹是同期入伍、同期转业，又在一个城市，可是这些年在一起喝酒的机会不多，特别是这几年，从来没有在一起喝过酒，什么原因？彼此心照不宣。

肖阿丹多次邀请过“铁头”，他总是找个理由，推辞了。“铁头”整天将自己封闭起来，不对外交往，怕影响公正执法。

啾！就你正统，正经，正派？来哦，战友聚会，与公正执法有什么关系？不要扯得太远好吧！这回肖阿丹终于将“铁头”请出来了，一定要一醉方休！

容县县委书记肖阿丹，外号“小炮弹”。人长得不高，甚至于有点矮，但很圆，圆脸、圆眼、圆球般身段。这次请客肖阿丹精心安排，同城战友少说也有四十多人。这回肖阿丹选了四个人都是处级领导，建设局王局长、财政局程局长、档案局秦局长，还有一个暂时保密——不是南城的，和南城有关，从江城赶来，正在路上。

肖阿丹要请战友去儒里品尝一下全羊席。提起吃羊肉，人们自然地会想起北京的涮羊肉，陕西的羊肉泡馍，还有新疆的烤全羊。南城儒里还有全羊席？

每年立冬前后至腊月二十冬令，一到傍晚，儒里各村各镇的羊肉店便顾客盈门，熙熙攘攘，都是来品尝羊肉的。儒里的羊肉只有香味，没有膻味。在选料上要选当地生长一到两年且阉割过的山羊，制作工艺十分讲究，羊肉肥嫩可口，油而不腻，风味独具。

七

霓虹灯照亮了“醉仙楼”酒店的大招牌，店堂里灯火通明，仿佛里边正在举行什么盛大的庆典。摆满花朵的大门两侧站着两个女服务员，穿着同样鲜艳的制服，梳着同样高耸的发型，生着同样的面孔，脸上挂着同样的微笑。太同样了，显得有点假。

“欢迎光顾。”

茶色的玻璃门在“铁头”面前闪开了。肖阿丹脑门锃亮，双眼神采奕奕，肥大的鼻头下，长着一张丰满的小嘴。

“铁检，欢迎，欢迎！我们上楼，我个人请客，绝非公款，放心！”

酒是中华民族的瑰宝，自从杜康发明了酒以来，中国人的一生似乎就与酒结下了不解之缘：高兴喝酒，不高兴也喝酒；喜事喝酒，丧事也喝酒；相聚喝酒，分手也喝酒。

白酒杯里斟上了茅台，葡萄酒杯里斟上了王朝干红，啤酒杯里斟上了青岛啤酒。

“今天，我们这些曾经为了祖国的安宁和人民的幸福而无私奉献了青春岁月的战友欢聚一堂，共叙战友之情，为友谊干杯！”肖阿丹端起酒杯，来了个开场白。大家都端起酒杯，站起来，碰杯，一饮而尽——举止豪迈，不减当年。

战友在一起喝酒感觉就是不一样，坦诚直接。当初，都是一二十多岁小伙子，如今都是半百之人了。喊一声老战友，胸膛里涌起一阵滚烫的暖流；喊一声老战友，脑海里闪过一串难忘的镜头。

“我单独敬‘铁头’一杯。当初，在军训时要不是‘铁头’，我的小命就完完了，我们是过命的兄弟。”肖阿丹说的是实话，动了真感情。

干！俩人仰起脖子，咕嘟嘟，喝了个底朝天。

“好汉不提当年勇！战友头碰头，功名利禄抛脑后。”“铁头”敬了大家一杯。

儒里镇上的“全羊席”，通过煎、炸、熘、炒、烧、焖、炖等烹饪技法，达到制百肴、出百味的境界。道道精品，风味独特，色香奇绝，从羊头到羊尾，从羊毛到羊蹄，无一不成菜。

先是冷盘，原色羊糕、精红羊糕、白晶羊肚、翡翠羊肝形成紫红白绿四种颜色。再加上羊舌、羊唇，羊肚、羊肠、羊心、羊肝、羊肺……拼成一朵莲花，全是羊身上的零件。

“‘龙门角’，请品尝！”上一道菜就是一条谜，服务小姐报上菜名，不说是羊的哪个部位让你先吃着再猜。

是羊耳朵，肖阿丹一尝便知道。

“‘双风翠’，请品尝！”

“‘百里顺风’，请品尝！”

“铁头”不敢瞎说，怕闹出笑话。

“‘双风翠’是羊耳中段做的，‘龙门角’是羊耳尖做的，‘百里顺风’是羊耳根做的。”服务小姐说

“都是羊耳朵还分这么细啊？”“铁头”说。

“好了，上什么就直说吧，不要卖关子了。”肖阿丹关照道。

“‘七巧玲珑’，用羊心制成的，请品尝！”

“‘洞天福地’，用羊口腔制成，请品尝！”

“来，喝酒！喝酒！”

“铁头”的喉咙发痒，唾液大量分泌，压迫着舌头滋润着口腔，纯洁透明的酒液微微颤抖着，香气洋溢，产生巨大的诱惑。喝！酒浆如蜂蜜般润滑，舌头和食道的感觉美妙无比，难以用言语表达。

“干！”酒杯清空后又斟满。

“‘明天夜合’，用羊眼、百叶、蘑菇、红萝卜制成的，请品尝！”

“‘四蹄奋进’，用羊蹄筋制成，请品尝！”

……

“‘龙凤呈祥’，请品尝！”

“这‘龙凤呈祥’所用原料是羊的什么器官？怎么没说呢？”“铁

头”问道。

服务小姐声音低了八度说：“是羊的性器官。”

“这是羊身上的珍宝，模样不好看，味道极鲜美，吃呀吃呀，吃，吃，吃！‘龙凤呈祥’！”肖阿丹大声喊道。

肖阿丹高举着的白酒杯清脆地碰到了“铁头”的杯子上：“先干为敬！先干为敬！”

两人二话没说，干了。其他人也喝干了杯中酒。

在全羊席中，有一道叫“鲜菜”。什么叫“鲜菜”？从“鲜”字上就能得到答案，那就是“鱼”和“羊”的结合呀！

服务小姐盈盈款款地托着盘子来到桌前，把盘子放稳后，热情地介绍：“这道菜，是用长江特产鳜鱼，用浓浓的羊汤，经过厨师精心烹调做成的。下面的菜都是与鱼有关的鲜菜系列：

“‘和气生财’，黄鳝羊肉，请品尝！

“‘仙家掉眉毛’，河蚌羊肉，请品尝！

“‘功臣莫贪’，鲫鱼羊肉，请品尝！

“‘朕家风味’，红烧羊肉，请品尝！”

这是“压台戏”——红烧羊肉。一盘羊肉端上，翠绿的蒜叶，灿黄的皮，枣红的酥肉，诱得你迫不及待地要先尝为快。当你举箸品尝时，只觉柔软肥嫩，腴而不腻，微甜芳香，食后鲜美凝舌，双唇粘连，盈盈于口，绵绵余香。

羊菜滚滚，涌上桌来，吃得肚皮如鼓，饱嗝不断。大家的脸上，都像蒙了一层羊油，透过羊油显出了和顺之色，仿佛刚从草地里吃饱了赶回来的羊。

“既然是全羊席，无毛怎能称全羊呢？”“铁头”拉着服务小姐问道。

“羊毛怎能做菜呢？老铁你又故意出难题了。”肖阿丹制止道。

服务小姐不慌不忙地指着其中的一道菜：“有啊，这就是当地精工制成的千张，用刀切成如毛的细丝，用羊汤勾芡，真像羊毛，还没有尝呢。”大家品尝后，又为这道口味独特的“非羊”菜品叫绝。

民间说喝酒有五个阶段：一是处女阶段，要严防死守；二是少女阶段，半推半就；三是壮年阶段，来者不拒；四是寡妇阶段，你不找我我找你；五是老太阶段，明明不行还在乱比画。

战友在一起喝酒跨越式发展，省掉了前两个阶段，一下子就进入第三阶段，很快又进入了最后一个阶段。不按规律办，不醉才怪。

“人生有战友，到老手拉手。”财政局程局长来了一句祝酒词。

“我说老程啊，战友到老手拉手就不一定啊。你要犯罪了，‘铁头’一脚就将你踢进监狱了。对不对？”肖阿丹说的话也是大实话。

“铁头”就是个六亲不认的人，这些年查处的案件当事人中，也不是没有战友。肖阿丹也和他打过招呼，没用！还是依法办事，判了十年。

“我也是没办法，身不由己。我对不起战友。我罚酒一杯！”“铁头”喝了一杯，还给大家亮了底。六杯酒入肚，有些迷糊起来。

“我说，你们检察院整天就是忙着抓贪官，搞得鸡飞狗跳的，妻离子散，家破人亡，你有什么好处？”

“你积积德好吧，手下留情，放人一马，终身感谢。来呃，人总是要犯错误的，你们就抓住不放，将人家打入十八层地狱，你们损德不损德？”

“对于国家，对于党，少查一个，少一个虫。大粮仓，多一个虫，少一个虫，无所谓。对于个体来说，事就大了，倾家荡产，妻离子散，对吧？”

战友们像在开申冤大会，声讨“铁头”。这些年他在检察院所取得的成绩全成了他的罪过？真的是罪孽深重，罪大恶极！人啊，一旦触犯了自身利益，衡量是非得失的天平就会倾斜。

“铁头”真的没想到，党中央提出加大反腐败的力度，老百姓交口称赞，拍手称快，而这些当官的战友们酒后却一片指责，骂声一片。他百口莫辩。话又说回来了，也只有在这种情况下，小范围的战友聚会，酒过三巡，才能直截了当，实话实说，畅所欲言。

“铁头”好像有点穿越，来到了另一个世界，黑白颠倒，是非混淆。他连十个指尖都哆嗦，周身热血沸腾。

“铁头”想说，他妈的，不要看你们是我的亲密战友，要是犯到我的手上，一定铁面无私，绝不手软！谁叫你们当贪官的啊？还有理由呢！特别是肖阿丹给我当心点！在法律面前，友情的小船说翻就翻的。

肖阿丹拆开一包“软中华”烟，递给每人一支，然后自己才深深地吸了一口。在这个问题上，他什么都没说。

“现在腐败也太过了，不反也不得了，真的要亡党亡国的。‘铁头’也是身不由己，屁股决定脑袋。对不对？”档案局秦局长说了句公道话。

“铁头”心想，秦局长是一个清官，档案局没有实权，其他的就难说了，特别是肖阿丹。

“铁头”忍住了没有说，被沉甸甸的战友情压低了头颅，话锋一转：“亲爱的战友，说得太对了，我一定放下屠刀立地成佛，南无阿弥陀佛……”“铁头”双手合十，闭目凝神，有一种飘飘欲飞的感觉。

众人大笑，这哪是他的风格啊？

“他妈的，不要笑，我说的是真的。我现在不干了，我休假，马上我退二线，再下面，就退休了，落叶归根，成为一介草民。”

“我来迟了！”随着一声高喊，进来了一个大个头的汉子，他也是战友？没有见过的？

“我来介绍一下，他叫徐志刚，是我们三团一连的，我们转业时，他刚入伍不久。”

“首长好！”徐志刚给大家敬了一个正规的军礼。

“我来迟了，先罚酒三杯！”徐志刚一坐定就连喝三杯。

好！有军人气魄。

肖阿丹逐一介绍战友，介绍一个，徐志刚喝一杯，打了个通关。好酒量！

“另外，他还有一个身份，他是我们新上任的女检察长苏方圆的爱人。”

苏方圆的爱人？这个肖阿丹想搞什么名堂？

“这是铁检，南城老检察长。”

“是副检察长，你老婆是正的，我叫周铁军。”“铁头”话语中有点酸。

“铁检，我老婆初来乍到，还请多多关照。”徐志刚站起来，双手捧杯，一个鞠躬，一仰头，干了。

“错！是你老婆多关照我。”

他妈的，“铁头”觉得这句话说得有点别扭，一个大男人要小丫头片子照顾什么？

徐志刚又倒了一杯。“铿”的一声，当“铁头”的杯子和徐志刚的杯子撞击在一起时，他的心猛地“荡”了一下。

“干！小徐，战友，继续战斗！”“铁头”已经喝得晕晕乎乎的了，拿起瓶子就往嘴里倒，被秦局长一把夺了过来。

一提到苏方圆，“铁头”就憋屈，想放纵一下的念头像虫子一样咬着他的心。

“多大事？没得事！”“铁头”夺过杯子一仰脖灌了下去，精神亢奋之下一下子站了起来，高举起的双臂在挥动，用沙哑但富有感染力的嗓音高声唱了起来：

日落西山红霞飞

战士打靶把营归　把营归

胸前的红花映彩霞

愉快的歌声满天飞

咪嗦拉咪嗦

拉咪嗦哆来

愉快的歌声满天飞

歌声飞到北京去

毛主席听了心欢喜

夸咱们歌儿唱得好

夸咱们枪法数第一

咪嗦拉咪嗦

拉咪嗦哆来

夸咱们枪法数第一

一二三四　一　二　三　四

《打靶归来》是当兵的人最爱唱的歌曲，大家唱得刚劲有力，激情澎湃，大家完全嗨起来了。

歌曲一唱完，“铁头”一屁股坐了下来，脖子靠在椅背上，头歪在一边，嘴角上流着酒，好像一只歪倒的酒葫芦。

徐志刚将“铁头”扶到了沙发上，“铁头”伸出手，摸摸他的脸，表示和解。弹簧镶革门由一位红色小姐拉开，“铁头”看到了她头顶上的红帽子，还看到脖子，以及胸膛上的丰满的东西。这种窥视伤风败俗，闭眼！

“铁头”沿着酒的味道铺成的彩桥，像是要飞。对的，酒的本质就是翱翔的精神。一条悲壮人生路，既是他向往的，又是害怕的；既是他害怕的，又是渴求的……这就像射出去的箭一样，只有两种前途：要么射中目标，死死地如愿以偿地扎中目标物；要么与目标物擦肩而过，然后在空中摇摇晃晃地耗尽最后一点力气，栽倒在地，光荣奉献。除此以外，再不会有第三种结局，是绝不会有回头的机会和可能的……

肖阿丹喜好酒，但绝不贪酒。控制一个度，把握一个数，这个度和数他一直把握得很好，他很少喝醉。他看不起那些逢酒必醉的酒鬼，他欣赏“举世皆浊我独清，众人皆醉我独醒”的那个境界。

分寸如何把握，的确无时无刻不在检验着、也考验着每一个人勇气、智慧和技巧。好啊，“铁头”今天失控了！肖阿丹暗自窃喜。

这时，肖阿丹接到了一个电话，脸色大变，是张荣发打来的，说是检察院又在查他，调他的资料，电脑都被搬走了。终于开始动手了！来得这么快！

这时，徐志刚也接了一个电话，不知道说些什么，只听见徐志刚一个立正，高喊着：“是！老婆的指示是最高指示！坚决执行！”

原本肖阿丹接下来还有安排，有美女陪着唱唱歌，泡泡澡……接了张荣发的电话，他心不在焉了，结束！打道回府！

“铁头”这回认㞞了，是苏方圆的丈夫徐志刚背他回家的，丢人现眼的。

八

天空云层稠密，死活都不让阳光穿透到地面。一切都显得滞重，四下一片死寂。悲哀是一张网，将人牢牢地罩住了，挣脱不开，心如死灰。陈昌平将肩膀窝起来，蜷着身体，缩在不让人看见的角落，瘫软成一堆烂兮兮的泥巴。

要不要去死？死了算了。早死早投胎！这是陈昌平的脑子里掠过的第一个念头。只求死神之剑早点落下，他与小红就好在九泉之下相见了。

陆小红摔死了，是陈昌平推下去的，现场有目击者，被警察逮了个正着，他没有任何辩解的余地。“是我将小红推下山的……是我将小红推下山的……”

陈昌平惊恐地、无意识地反复说：“我是杀人凶手！我认罪，我服法！求你们，判我死刑吧！”

“为什么要杀害陆小红？”这个问题直到最后讯问时刑警大队的大队长李强还在问。

为什么？陈昌平真的说不清为什么。

“杀人总是要有动机的，杀人动机无非是为财、为色、为仇、为情，你究竟是为什么？”李强一一铺开说起。

为财？不是！他不缺少钱，自己开了一个公司，小红的钱比他少得多。再说小红的钱，也不值得他算计。

为色？不是！他们是情侣，还有一周就结婚了，早就同床共枕了。

为仇？他和小红深深地相爱着，没有恨，更没有仇。

为情？对了，就是为情，就这一点对得上去。当时，她一大早就约他来，他去了，叫她，她又不理。为什么不理？

李强说：“她不理你，你就将她推下山？说得过去吗？”

又说：“是不是，她不理你，你怀疑她在外面有人了？”

故意杀人总是要有动机的。陈昌平在李强的一步一步引导下，终于找到了自己杀人的动机。

陈昌平将犯罪动机从头到尾又重复了一遍：“是这样的，那天早上小红约我去山上见面，我赶紧去了。见到她，叫她，她不理我，我怀疑她在外面有人了。我生气了，一气之下，就将她推下了山。”这样总算顺理成章了，他深深地吐了一口气，终于为自己杀人找到了足够的理由。

“知道将陆小红推下山的后果吗？”李强进一步问道。

“当然知道，悬崖峭壁掉下去必死无疑，我是故意的。”

“这个属于一时激情杀人！主观恶性不是很大的，但陆小红是无辜的，又是你杀的，你就等着法律对你的判决吧。”

“我认罪，我服法！求你们，判我死刑吧！只求一死，越快越好，越早越好！”

“是不是判死刑，就不在我书中交代了，得按照法律程序走，最终由法院决定。”

怎么去死呢？事到如今，死也不是一件容易的事情啊。

其实，事情远不是这么简单。陆小红前一天晚上和他说的话，交代他的事，一直记在他心里。这种隐秘，这种私念，都是藏在心里无法说出来的东西，重重叠叠，压得他肝肠俱裂，痛苦到了极致。

原本想让这些事随他一起带入坟墓里算了，可是，母亲带来了衣服、被褥，还有一张明信片，心里忽然一个激灵，好像一道闪电在头顶炸开。

明信片上只有一句话，“昌平，好好活下去，妈妈等你回来！”

时光飞速倒流，让他逆生长回到了过往。自己一丝不挂，身躯干净洁白，双腿间那蓬毛发不见了，扬起白嫩的手臂，像一截初成的莲藕，一张口也只是些咿咿呀呀之语。他成了一个婴儿。妈妈窸窸窣窣地解开衣襟，露出雪白丰满的乳房，然后一只手托着他的头，将他的嘴向乳头送去。他张开大口，咬住妈妈的乳头。一阵甘甜从嘴流淌到胃里，然后到达心里。他感到了彻底的踏实，整个人安静下来，没有了焦虑与恐惧。妈妈的怀抱才是世界上最安全的地方。他的记忆中没有父亲的身影，他是一个遗腹子。

他恍然明白，为了可怜的妈妈，他要活下来！

“你上检啦！这是最后一次机会。”“虾米”悄悄地告诉他。案件到检察院了，犯人们都这么说。我想活，不想死，为了守寡的妈妈，也为了陆小红……

在看守所，苏方圆提审了陈昌平。他稍显扁平的脸，蒜头鼻，眼睛细长，两个特大的颧骨高高突出，给她留下非常深刻的印象。

“我是本案的公诉人，叫苏方圆，今天来提审你，希望你能如实回答我提出的问题。”

提审开始了，照例，姓名、年龄、出生地、住址、单位……罗列了一遍。

“你现在将杀害陆小红的过程重新供述一遍。”

“陆小红不是我杀的。”陈昌平突然冒出这样一句话。

翻供！？

这是苏方圆的第一反应。被告人在起诉阶段翻供早已司空见惯，就像溺水的人捞到最后一根稻草，不管能不能救命都紧紧抓着。想翻供？没那么容易。好，看我怎么逼他步步就范。

“为什么要到南山去？”

“是陆小红约我的。”

证据？

有！

陈昌平手机中的短信，是陆小红的手机发出的，“亲，到南山不老松下见，就现在，我想你！有话对你说！”俩人的手机上都有显示。

但陆小红的手机显示在半小时前，她曾接了一个匿名电话，这是什么？广告推销？诈骗？与本案有关吗？不清楚，这是个疑点。苏方圆在阅卷笔录上做了一个记号。

苏方圆继续问道：“陆小红刚离开你回到南城，怎么又突然约你去江城南山，干什么？”

陈昌平说：“不知道，她没说。”

陈昌平接着说：“到了南山，我看到了小红，她坐在不老松下，面对悬崖，多危险啊！我叫她，她不理睬我。我不知道发生了什么，我就推了她一下。”

“陆小红怎么坠崖的？”

“是我推她下去的，我不会杀她，我们马上就要结婚了，我为什么要杀她？”

好，陈昌平承认是他将陆小红推下山的。过去，他一直是这么供述的，同时还有目击证人，这一点他是抵赖不了的。

苏方圆继续问道：“你为什么要推她下山？”

陈昌平说：“我不是故意的，是不小心将她推下了山。”

问题来了，不小心将她推下了山，主观上过失，就不是故意。

“过去，你在公安局是怎么供述的？”苏方圆是不会让被告人就这么轻易翻供的。

“过去，我在公安局说过，她坐在不老松下，面对悬崖，叫她，她不理睬我，我一气之下就将她推下山了。还说过，陆小红不理我，不想和我结婚，我就想害死她，将她推下山崖。”陈昌平把胳膊肘撑在桌子上，用手指乱抓自己已被剃光了头发的头皮。

“为什么前后说得不一样？”苏方圆一着不让。

“当时，陆小红死了，我很伤心，我也不想活了，就想陪她一起死。警察让我怎么说就怎么说。”陈昌平显得非常沮丧。

“现在呢？想活了？就翻供了？”苏方圆眼睛死死地盯住他，观察他眉毛、眼神、嘴角上的细微变化——从他的微表情中能发现他是不是在说谎。

读脸可以读心。她想抓住细微若蛛丝的表情，再拉拽蛛丝把人内心隐藏的东西牵连出来。

“我进了看守所接受了普法教育，才知道，将陆小红推下山崖，只要不是故意的，就不会判死刑，我还有救！我想活下去，我不能死在妈妈的前面，我妈妈一个人带我不容易……”他眼泪汪汪地望着苏方圆，希望能得到她的同情。

“是你将陆小红推下山崖的？”

“是的。”

“你为什么将她推下山崖？”

“我不是故意的，我是不小心将她推了下去。当时，我很害怕，大叫了一声。”

苏方圆问到这关键的两句时，他的表情没有任何变化，不像在说谎。

陆小红坠崖后，陈昌平一声尖叫，有十多个游客都能证明。有的说像鬼哭狼嚎，有的说撕心裂肺……总之，凄惨、绝望。

这不奇怪吗？如果陈昌平想杀害她，即便是突发产生的杀人故意，也不会大叫的，只会悄无声息地进行。是后悔了？不！凄惨叫喊是装不出来的。

“在陆小红死前的一个晚上，你们俩在一起，说了什么？”

“没说什么，只是谈谈结婚的事情。”陈昌平开始用手从扁平的鼻梁一直摸到鼻头。

“只是谈谈结婚的事情吗？”

“是的，只是谈谈结婚的事情，别的什么都没说。”他又开始揉搓蒜头鼻。

苏方圆觉得他并没将事情真相全部说出来，他不停地揉搓鼻子就是说谎的表现，但不知道他隐藏了什么。

陆小红是他推下山的这应当没有问题了，问题是陈昌平为什么要杀害陆小红？陆小红是他的未婚妻，他们快要成亲了，犯罪故意是什么？

仅仅是叫她，她不理，就将她杀害？不至于吧？定故意杀人罪有点太牵强了。约他见面，不理他，一气之下，就推下山，置她于死地？好像不太符合常理。

那么，陈昌平的作案动机是什么？是故意？还是过失？如果是故意杀人，最高刑期可以判到死刑；如果是过失杀人，法定最高刑期只会判到有期徒刑七年。

人命关天!

苏方圆回想起六年前，在审查这件杀人案件时觉得认定陈昌平故意杀人，主观故意上证据不足。认定犯罪，主观故意、客观行为缺一不可，这起案件需要补充侦查。苏方圆将案件退回公安机关进行补充侦查，没想到引起了轩然大波。

案件退回公安补充侦查的第三天，江城市检察院门口聚集了一群人，高喊着:“公正执法！严惩杀人犯陈昌平！”“一命抵一命！陈昌平必须死！”“我们要见苏检察官！”

苏方圆在检察院控告申诉处接待室接待了群情激奋的上访人，足有三十多人，站满整个接待大厅。

苏方圆交代控告申诉处小沙，将来访者做个登记。她想知道来访的究竟是什么人，他们为什么这么关心这起案件。苏方圆看了一下名单，大都是陆小红亲属和所在单位的职工。

“你就是苏检察官吗？你怎么能说陈昌平没有杀害陆小红呢？”带头的人叫左二牛，手臂上刺着的一条青龙十分显眼。

“你怎么知道的？”

“我怎么不知道啊？我亲眼看见陈昌平将陆小红推下山的。”

打住！苏方圆好像觉察到了一点什么。

左二牛？那天的目击证人？和死者是一个单位的？

“陈昌平是谋财害命！罪大恶极，必须严惩！”左二牛冲着苏方圆大声喊着。

谋财害命？人群开始喧嚣起来。

一个50岁左右，脖子上长了一个瘤的男人对大家喊道："苏处长来了，大家都给苏处长跪下！还我们一个公道！我们要为陆小红讨个公道，也为我们自己，我们辛苦了一辈子的血汗钱。"

陆小红的死怎么和钱联系到一起呢？苏方圆将陈昌平的案件证据在头脑里迅速地梳理了一遍，没有和钱有关系的证据。

"大家都是我的长辈，不能这样，我受不起，全起来。既然到检察院上访，就是对检察院的信任，找我苏方圆，就是对我的信任，我感激大家，相信我会公正办理的。"苏方圆拉着最年长的一位上访者的手。

在苏方圆的劝说下，大家都起来了。

"这么多人说，我听不清，能不能派个代表谈？"

苏方圆走进了接待室，大家推举那个脖子上长了瘤的男人当代表，他走了进来。

打住！苏方圆突然想起来了，第一天到南城上访的群众中有一个五十开外脖子上长了一个瘤的男人，怒不可遏指着苏方圆的鼻子："你是检察长吧？你拿人民的钱，就要给人民办事吧？查办贪官，还我们公道！"

对，就是他！叫姜大龙，是路面机械厂厂长张荣发案件的举报人。他为陆小红的案件也来上访过。几年不见，脖子上的瘤长大了许多，情绪也激动了许多。这里面有什么关联吗？

陆小红、左二牛、姜大龙是一个单位的，陆小红是厂里的会计，这和陈昌平杀人有什么关系？一定有！苏方圆仔细回顾着。不能放过每一个细节，关键时候细节决定成败！

苏方圆让姜大龙坐下后，替他倒了一杯水。左二牛叉腰站在他的身后。

姜大龙一杯水下肚子，气息也平了。说，“苏处长，我是厂里工会主席，是工人代表，你可要替我们做主啊！陆小红是我们厂的会计，将钱挪走了，姓陈的拿到钱，就将她骗到山上杀害了。”

怎么回事？姜大龙说的与现有证据差距太大了，甚至有点离奇。

苏方圆放下手中的笔，抬头望着姜大龙：“你说的这些，能提供证据吗？定案需要证据！”

“我是听他说的，是他说的。”姜大龙指着身后的左二牛。

苏方圆将目光转向了左二牛，左二牛摸了一下脖子，眼睛也不看苏方圆，而是向右看。

“陆小红是会计，她为了和姓陈的结婚，将厂里的钱贪污了，还将账册给毁了，害得厂里工人钱发不出来，厂长还受牵连被检察院查。最可恨的是那个陈昌平将陆小红杀了，将钱占为己有。你说说，这种人还能不杀？不杀，不足以平民愤！”左二牛说得理直气壮，振振有词。

“你说厂长被检察院查，是陆小红牵连的，我和南城市检察院联系一下，让他们将这件事情查清楚。”苏方圆刚拿起电话，左二牛直打招呼。

"唉，唉，唉，这就不要了，我也是猜测而已。再说，陆小红都死了，死人为大，我们只要替陆小红申冤，将陈昌平给枪毙就行了。"左二牛举手做了一个打枪的姿势。

原来是猜测！为什么要这样猜测？别有用心？！

"你不是说陈昌平故意杀人证据不足吗？陈昌平将陆小红推下山崖，那么高的山，掉下去还有命啊？还不是故意啊？"左二牛突然又理直气壮起来了。

"你怎么知道是我说陈昌平故意杀人证据不足？"苏方圆盯住不放。奇怪！退回公安补充侦查，外面人怎么会知道？而且还知道得这么详细。

"说啊，怎么知道的？"

"我……我也是猜……猜测的。"左二牛语无伦次了。

猜测？这回一定不是猜测。 这么准确，这么及时，一定有内奸！

姜大龙对苏方圆说："苏处长，能不能见一下陆小红的妈妈。"

陆小红的妈妈躺在墙角的担架上。她胃癌刚动过手术，非常虚弱，又失去了唯一的一个女儿，悲痛欲绝。

"我是检察官苏方圆，有什么话就对我说吧。"

她拼命地想爬起来，还是没能爬起来。

"我的女儿是一个好孩子，她走了，我怎么办？你要替我做主啊！"陆小红的妈妈号啕大哭，却没有一滴眼泪，泪水流完了。

"放心吧，我一定会秉公办案的。"苏方圆的喉咙里像梗着一团结石，让她不能口若悬河地说服她，劝慰她。

可怜，白发人送黑发人的生命不能承受之痛，她挺得过来吗？苏方圆端来一杯热水，送到了她的嘴边。

苏方圆站起身来厉声地对姜大龙呵斥道：“你们怎么能将她抬来呢？还有没有人性？赶快将她送回去。不能再折腾了。”

姜大龙抬着陆小红的妈妈走了。

左二牛又带着一群人冲到陈昌平家翻箱倒柜，篦头发似的把陈昌平家的两套房子篦了个密密实实，连藏在桌子缝里的蟑螂们都难逃劫运，爬出来惊慌逃窜。折腾了一阵子，什么也没找到，走了。

九

我叫姜大龙，30 多岁被选为南城市路面机械厂工会主席。有了代表工人说话的权利，才能真正行使主人翁对企业的管理权、监督权、建议权、罢免权。能成为一个工人是多少人梦寐以求、心驰神往的事情啊！

我从内心里敬重毛主席，怀念他老人家。毛泽东时代让工人端上了“铁饭碗”，领上了铁工资，工人成了工厂真正的主人，生老病死，所有的一切都由国家包了。中国共产党以中国工人阶级为基础，而工人阶级又是中国共产党的先锋队。多伟大啊！

工人与中专生、大学生恋爱结婚，谁也不会感到有什么不妥，更不会觉得是门不当户不对。我就是在那时找了一个技术员吕宁做老婆。尽管她是大学生，我是初中生，那时知识分子身上还有“臭老九”的味道，没有工人吃香；尽管她长得美若天仙，我长得有点对不起观众，脖子上还长了一个瘤。但是，我是工人阶级的一员，而且还是工会主席，是工人的代言人，是厂领导，地位仅次于厂长，是吕宁主动找上门的，我就不谦虚，“笑纳”了。

那个年头，我们工人当家做主，将工厂当成了自己的家。肖阿丹当时是我们厂长，年轻有为，带领大家起早摸黑，肖厂长指向哪里我们就毫不犹豫地奔向哪里，不怕苦不怕累，不怕流血流汗，即便牺牲了也心甘情愿，从来不讲报酬、不计得失。厂里效益好，工人福利也好，每个工人还发了一台电视机——这在南城是第一家，让多少人眼红啊。

后来，肖阿丹提拔到国资委当了主任，新来了一个厂长叫张荣发。山还是这座山，水还是这个水，工人还是那群工人，可企业却与从前大不一样了。

我不会背过身去鼓捣人、算计人，更不会去害人、诬陷人。我只是心疼这个厂，心疼我们这群工人，我们对这个厂子有感情。

后来，大形势又变了。说什么要解决干和不干一个样、干多干少一个样、干好干坏一个样的情况，养闲人、懒人、庸人和散人，会直接影响生产者和管理者的积极性，要取消“大锅饭”，砸碎“铁饭碗”。

工厂交给张荣发个人承包了，重要岗位都被张荣发的七大姑八大姨给占了。张荣发的小舅子左二牛原来在厂里是个小混混，现在也人模狗样的当上了副厂长。我在工人中有威信，张荣发继续让我当工会主席，却形同虚设，做样子的，没有话语权。厂里事情全由张荣发一人说了算，工人再也不能当家做主了，谁要敢乱说乱动，对不起，立马走人！为了一家老小的生计，我只有忍气吞声。

左二牛这些王八蛋真他妈的肥透了，一年拿几十万元！张荣发跑到美国、英国、德国、法国去干什么！跑到香港、泰国、马来西亚、新加坡去干什么！名义上是去考察，实际上还不是公款旅游？考察还带着老婆？就这么前前后后两三年，钱花了几百万，屁也没考察出一个！几百万，几百万哪！这都是工人的血汗钱呀！说是承包，不就是把公家的东西变个花样换成自家的？还不就是公家的人在糟蹋公家？

工人一个月才拿到几百块钱，哪来的积极性？工厂开始亏损，最终停产了。我看到马师傅常常一个人默默地走到一台机床旁，伸出手慢慢地在上面轻轻地抚摸。手上沾满了灰尘，但机床却亮了一块，发出幽幽的一丝暗光。一看就知道，这是一台好设备，刚刚从德国进口的。这样好的机床却无声无息地停放在这满目萧然的地方，还没等到出头之日，就可能被淘汰了。

把这么多贵重的机器设备全废弃在这里，如果这些东西是个人的，他们会这么干吗？我突然感到鼻子一阵发酸，心里像被揪住了一样疼痛起来。这到底是怎么了？这一切又到底是因为什么？一个好端端的工厂，一个好端端的车间，怎么一下子就变成了这样？真是一帮败家子呀，把厂子糟蹋成这样，国家凭什么就不管了？

左二牛指使手下的人在夜里将机器偷运出厂，被看大门的顾师傅发现报了警，公安局也派人来查了，顾师傅却突发心脏病去世了，事情也就不了了之了。顾师傅若不是被人害死，就是被活活气死的。

对了，说是承包只是过渡，最终是要将国企改为个人的。没有多久不要说这些机器，就是整个工厂都成为个人的了。张荣发最终以零资产将工厂买断了，将路面机械厂改成了荣发集团，将国有资产折腾到了自己的手上。

我想不通，国有企业一定要改制吗？改革是什么玩意儿？什么计划经济、市场经济，我们工人“大老粗”搞不懂。我们只看眼前，工人当不了家，也做不了主。改制的其他企业都能越搞越活，越搞越好，可偏偏我们这样一个一流的企业，却每况愈下、越来越差，以至停工停产，还欠了一屁股债！眼巴巴地看着张荣发一伙将国有资产卖光、分光。

我不服，狗日的张荣发才来了几天？我姜大龙两代人都在这工厂里干，我带着一群老工人找到了老厂长——现在的国资委主任肖阿丹。

会议室里一片死寂，会议室外边黑压压的人群同样也是一片死寂。

我先开了口：“肖厂长，你现在是主任了，在我们的心中你还是肖厂长，我们相信你，爱戴你。今天找到你就想讨个说法，对改制我们想不通。毛主席让我们工人阶级端上了‘铁饭碗’，凭什么让我们又一夜回到解放前？共产党要是不依靠工人阶级了，那还能叫共产党吗？现在我们还是先锋队吗？还能当家做主吗？毛主席要是知道了会答应吗？”

丁林老书记说得有点激动：“从共产党诞生的那一天起，工人们就把自己所有的一切全都奉献给了党，他们始终对党忠心耿耿，充满信心，希望党领导的改革事业能给国家以富强，能给人民以小康。我是党委书记，代表党在工作，现在也用不着了，共产党到了这会儿，早都靠到钱上头去了，让一些不劳而获、对社会没有任何贡献的人积累起巨额财富，成为百万富翁、亿万富翁，而让千百万勤勤恳恳、一生辛劳的劳动人民挣扎在贫困线上，这还是社会主义制度吗？”

“肖厂长，过去，你要求我们兢兢业业，忠于职守，干一行爱一行，甘做一颗螺丝钉。现在张荣发让我们自谋生路，各找各的办法。可我们一家子真的没办法，实在找不到路子。我们离开自己的工作岗位，是一无所长，又能做什么？我这辈子就以厂为家，我 17 岁到这个厂，我老伴到厂里时才 16 岁，如今连退休金也拿不上。早点死了也就不给儿孙们添麻烦了，我们还图个啥呀，心里整天就像刀割一样哇……”老工人马承一边哭，一边说。声音沙哑细弱，给人一种憋住喘不过气来的感觉，揪得人心疼。

会议室里一片啜泣声。

肖阿丹的眼睛顿时湿润了。他对这个厂还是有感情的，马承还是他的师傅。

肖阿丹说：“今天大家来找到我，是看得起我，说实在的我们吃惯了‘大锅饭’，捧惯了‘铁饭碗’，工人的心理上太有优越感。现在改革开放了，思想真的要跟上形势。但是有一点，‘大锅饭’肯定是吃不成了，‘铁饭碗’肯定是要砸掉的。我们搞的是社会主义市场经济，因此占有城市劳动人口绝大多数的广大职工的切身利益，也就必然代表着党和政府的利益！眼下国家政府有点困难，有点麻烦，我说咱们就咬紧牙关顶一顶，勒紧裤带再熬一熬，只要我们熬过了这一关，一切不就全都过来了吗？难道这会儿的日子真的就过不去了吗？”

我忍不住大声叫道：“国家政府有点困难，大家一起担，为什么我们工人要勒紧裤带，张荣发他们却吃喝玩乐、花天酒地？我就不懂，好端端的一个厂，一说改制怎么就会一钱不值？那个张荣发不花一个子，将工厂买断了，我们工人干了一辈子却被一脚踢出了门？他们的钱哪里来的？不是我们工人的血汗钱？！看看他们一个个肥头大耳的样子，我们连饭都吃不上了，这不是腐败是什么？是什么？……”

“他们吃喝玩乐、花天酒地，就是再腐败我们也认了，就让他们腐败去吧，没人能管得了他们，我们也就不管了。可不管咋腐败，只要能让工厂开了工就行，只要能让我们上班就行哇！我们这些工人没别的本事，不会偷不会抢，不会坑蒙拐骗，就会干活，就会卖力气呀！工厂停产让我们这些工人都去靠谁哇……”马师傅再次号啕大哭。会议室里好多人也止不住地跟着哭出了声，很多人默默地流着眼泪，在脸上擦了一把又一把。

肖阿丹的眼睛又湿润了，将声音提高了八度还带着颤音：“你们的困难，也就是我们的困难；你们的疾苦，也就是我们的疾苦；你们的心愿，也就是我们的心愿！你们的要求，也同样就是我们的要求。这个张荣发真是太不像话了，我会找他的！”

肖厂长和大家还是有感情的。从他那里回来后，张荣发给工人补发了半年的工资，可从长远来看，又能顶什么用？

我理解肖阿丹，有些事也不是国资委能说了算的，不行就找市长，上访，上访，上访……这些年来，我没有少上访过，和市政府大门口的警卫都成了老熟人了，上访好像已经成了家常便饭，见怪不怪了。上访吧，请愿吧，这些鸡零狗碎、鸡毛蒜皮的小事情，闹也是白闹。几只青蛙叫唤，还能把天翻过来？吵吵闹闹，发发牢骚，屎干了也就不臭了，云散了天也就晴了，过上一阵子，什么事情也就没有了。

最终工厂破产了。破产是个好办法，一宣布破产，债没了，包袱卸了，责任也不存在了。工人们自谋出路，最后将一千多名工人，风卷残云般赶出了工厂。工厂都没有了，还要工会主席干吗？我也被打发回家了。彻底地没戏了！怨谁呢？只能怨改革。要骂就骂改革去吧，要骂就骂市场经济吧。

被砸碎“铁饭碗”的工人兄弟姐妹们，丧失了组织，找不到组织，当今的工会基本是聋子耳朵——摆设，他们根本就不能为工人做主。与无依无靠的“打工仔”去谈主人翁地位，谈领导阶级，这不是天大的笑话吗？

我就不服这口气，这些企业的蛀虫们，也正是借这个机会偷梁换柱，瞒天过海，大发不义之财！大家都睁一只眼、闭一只眼，我们的国家迟早要败在他们手上。其他的腐败分子我管不了，张荣发，我是管定了！我就不信这个邪！

有一天，看到大街上检察院在设点宣传，让人举报，我上前问了一下情况，有门了。我和几个老工人合计着举报张荣发，将我们掌握的情况写了一封举报信，寄给了南城市检察院。没几天，反贪局的一个叫向东方的检察官找到了我们，说举报的内容比较空，查起来有难度，最好再具体一点。

我一听火了："他妈的，张荣发干的那些偷鸡摸狗的事，能见得了天日吗？我们也只能看到表面，具体的事情要靠你们查，不然，要你们反贪局干什么？"

向东方语气非常坚定地说："你们说得对，我们不会放过他的，会秘密侦查，希望你们配合，有什么有价值的线索立即和我们联系。"

这还差不多，我激动了，紧紧地握着他的手："如果能将张荣发查办了，我代表一千多名工人，给你们磕头。"

向东方拍了拍我的肩膀说："如果你们协助我们将张荣发查办了，检察院给你们发奖金。我们有这个规定，你们是举报人。"

一言为定！我们击掌为誓，看样子反贪局还是真心想查张荣发呢。终于找到了能伸张正义的地方，检察院就是查贪官的地方，原来以为检察院是检查院，是专门查卫生什么的地方。哈，哈，是我们无知。

我想这些事，会计一定清楚。为了能找到一些具体的证据，第二天，我悄悄地去找了会计陆小红。发现她将门关得紧紧的，敲了半天才开门，屋里乱七八糟的，还有焚烧纸后的烟味。她在干什么？

陆小红好像有点紧张，笑得都不自然。我问她关于张荣发的事，她对我说，她在江城找了一个男朋友叫陈昌平，有自己的公司。她就要离开这里了，要和她的丈夫一起去打拼了。文不对题！她好像真的沉浸在婚前的幸福和快乐之中，像只马上要飞的寻找自由的小鸟。

我觉得不对头，这里面一定有鬼！

我将知道的情况，再加上怀疑，赶紧告知检察官向东方。嗨，检察院反贪局真的来人了，找到陆小红，让她将账本送到检察院。

没想到账本还没来得及送去，陆小红就死了，被她的未婚夫陈昌平给杀了！奇怪吧？

十

苏方圆坐着车子出了检察院。车窗外，运粮河伴路而行，不太清澈的河水不时翻起小浪花，岸边的芦苇丛一片翠绿，偶尔有两三只不知名的水鸟掠过苇丛、水面，消失在远处的柳树林里。

车子驶进政府大院，直开到了二号会议室外。这起案件闹得满城风雨，江城市政法委书记李跃中牵头组织公检法进行了案件协调，统一思想认识。

苏方圆阐述了案件证据不足，退回补充侦查的理由。她从理论到证据作了详细的论述："我经过审查证据和提审犯罪嫌疑人，认为本案认定陈昌平故意杀人在客观行为上有证据，而主要是主观故意上认定陈昌平是故意杀人证据不足。"

李强警惕地抬了眼睛："什么意思啊？什么故意，过失，还不是全听他嘴上说说。当初，陈昌平为什么要杀害陆小红，都是他自己供述的，我们又没有刑讯逼供，噢，他翻供了，就听他的？我将他的口供再翻过来，怎么样？”

苏方圆据理力争：“即使陈昌平的口供说自己就是想杀害陆小红，其理由也非常牵强。他就要和陆小红结婚了，就是叫了她没有理睬他，就想置她于死地吗？情理上也说不过去。还有从证据看，陆小红坠崖后，陈昌平非常绝望地大叫了一声，有十多个游客可以证明。如果是故意杀人，为什么会大叫大喊？”

李强激动地站了起来：“照你这么说，陈昌平不想将陆小红推下山，陈昌平还无罪了？陆小红一条人命就白白死了？难怪老百姓会到检察院去闹。”

李跃中制止了李强：“李强，冷静一点，让苏处长把话讲完，有你发言的机会。”

苏方圆喝一口水，继续说：“我并不认为陈昌平是无罪的，陆小红的死不是意外事件。南山不老松就在悬崖边上，一不小心就会坠落，这一点陈昌平应当知道的。他的这一推陆小红可能坠崖，陈昌平应当预见到。他的行为造成陆小红的死亡，从而剥夺陆小红的生命。他的行为完全符合过失致人死亡罪的犯罪构成。我认为认定陈昌平为过失致人死亡更加准确。”

苏方圆说得有理有据，头头是道，李跃中频频点头，苏方圆真不愧是全国优秀公诉人。

苏方圆的观点得到了法院王副院长的认同。我国刑法从有罪推定到无罪推定，从疑罪从轻到疑罪从无，这是法院办案的原则。

李强将脸转了一个四十五度，说："过去是宁愿错杀一千，也不放过一个；现在是宁愿放过一千，也不错杀一个。按这种理念，案件就没法办了，我也无话可说了。"

李跃中作了最后的总结："对于陆小红之死是陈昌平所为，大家的意见都是一致的。对陈昌平的定性，我同意检察院苏方圆的意见，定过失致人死亡更加准确，法院要顶格量刑。我最担心的不是定性，是维护社会稳定，如果被害人家属不服，再引起上访、闹访，就不好办了，有时候社会舆论会在一定程度上影响案件的处理。这方面公检法三家都要协同配合，做好应对工作。"

江城市检察院对被告人陈昌平以过失致人死亡起诉，法院以过失致人死亡判处陈昌平有期徒刑七年。只判了七年，死神之剑终究悬而未落，这样的判决对陈昌平来说，是意想不到的。本想法院判决后，一定会有人借题发挥，大闹一场，没想到悄无声息，就像没有发生过一样，奇怪吧？

在姜大龙看来一点都不奇怪。你看噢，这个陆小红将厂里的账本全部烧毁了，将钱卷走了。陈昌平又将她杀了，将钱全吞了，有上千万呢。还有啊，陈昌平在江城买通了官场上的人，要保他的命。越说越悬乎，越说越像那么回事。

这个怎么能行？这都是工人的血汗钱啦！我是工会主席，我要为民请命！我带着一群工人冲到了江城市，找到了检察院和他们理论。左二牛还将陆小红刚开过刀的妈妈也抬去了，说是给检察院施加一点压力……

苏处长说得有道理，办案需要证据！

他妈的，左二牛全是猜的。也不全是，陆小红将账本烧毁了是事实。辛辛苦苦地做了这么多年的账，她为什么要烧毁呢？还有一点，就是姓陈的将陆小红推下山，是左二牛亲眼看见的，还是他报的警。真真假假，假假真真，我有点云里雾里的感觉。

陆小红死了，陈昌平被判刑了，关键是张荣发也被检察院放出来了，不再查他了，事情都平息了，还闹什么闹？

有一点我就纳闷了，陆小红一大早去了江城的南山，左二牛怎么也会去江城南山呢？噢，想起来了，左二牛喜欢陆小红，追求过她，是不是这里面有什么名堂？我觉得陈昌平是替罪羊，张荣发才是元凶。不过，没有证据的话不说。

检察院没有说不查，只是暂时放一放，也就是说，找到证据还会查，希望又在我的心中萌发。为了找到张荣发的犯罪证据，我就悄悄地跟踪他。

有一天，我跟到了“东吴宾馆”，看到张荣发正在请领导吃饭。那些领导有的在电视上看见过，都是南城市里有头有脸的人。怎么搞的，国家三令五申不许大吃大喝，怎么就管不住这张嘴呢？想想你的祖辈和父辈，你喝下的一小口就是他们一生一世的粮食，一个人怎么能有这么大福分，一口吞下几代人的东西！想想下岗工人吧，你们一顿饭就吃了我们一年的工资。

他娘的，政府管不住，我来管！我满腔怒火地直往里面冲，我怕谁！赤脚的不怕穿鞋的。

从没有见过这么豪华的餐厅，这么大的一张桌子围满了人，正在进一顿丰盛的大餐。坐在中间那位慈眉善目的大概是市委书记吧。哎哟，我的天啊，我看到了肖阿丹也在里面，吃得红光满面，他已经不是过去那个吃苦耐劳的肖厂长了。

我闯了进去，在他们眼里，我就像一粒突然发现的老鼠屎，筷子到了嘴边又停下来了，一双双眼睛直直地望着我，一张张目瞪口呆、僵硬愣怔的面孔。好啊，你们砸了我的“铁饭碗”，今天，我也要让你们尝尝饭碗被砸的滋味。

一个身着华冠丽服的小姐端着一大盘美味袅袅婷婷地走了进来，我压抑许久的一股怒火，终于像火山爆发似的喷发了出来。

我一把抓过小姐盘子里的一个碟子，猛一甩手，这个碟子便摔在了那个已经摆满了碗碟的桌子上！

紧接着又摔过去一个碟子！

再来一个碟子！

“你们吃的都是什么！都是喝工人的血！都是吃工人的肉！啃工人的骨头！看看下岗的工人，看看你们碗里的东西，再摸摸你们的良心……让你们吃！……让你们喝！……”

我越说越生气，自己似乎已经控制不了自己，陡然一阵强烈的冲动，上去将摆满了美酒佳肴的桌子给掀了。叫你吃个毬！

他们好像大梦初醒，仓皇失措。肖阿丹认出了我，大声呵斥道：“姜大龙，你在干什么？给我住手！”

张荣发想跑，我身子一偏，使了个绊马脚，他摔了个狗吃屎。

警察来了，将我按住了，领导们鱼贯溜了出去。

砸了就砸了，能把我怎样？大不了去坐牢。在派出所里，派出所长递上一根烟，气氛和缓了一些。他熟练地将烟叼在嘴角，眯缝着一只眼，瞄准似的看着我说：“你的心情我都能理解，我父母也都下岗了，没办法，有问题谈问题，打、砸、抢是犯法的。领导大度，说不追究你了，千万不要有下回了。”

没想到我不费吹灰之力就出了派出所的大门，我砸了他们饭局，还没有被追究。他们心中一定是没有底气，为什么被砸啊？是违反了规定，曝光出去，他们吃不了兜着走。我忍不住嘴里哼起了小曲。

正在我得意忘形的时候，路边窜出了一群小痞子，不问青红皂白，对我就是一顿暴打，打得我头破血流。我盘算着一定是张荣发在背后使的坏。

回家后老婆吕宁一边替我擦脸上的血，一边劝我说：“大龙，你个人与他们无仇无冤，工厂破产了，大家都另谋出路，我有技术不怕找不到工作，你也犯不着跟他们过不去。你要是有个三长两短的，叫我和孩子怎么活啊？”

好汉不吃眼前亏，这种事，我以后不干了。你掀了一回桌子，他们就不吃了？照样大吃大喝。再说，这也解决不了根本问题，我也要依法办事，要将他们统统地告进去，坐大牢，将吞下的工人们的血汗钱吐出了，这才是硬道理。

老实说，如果仅仅是为了我自己，也就算了，但我是一个工会主席，总要为工人讨个公道吧！富的富死了，穷的穷死了。我搞不明白，好端端的一个工厂，原先在江城无论是经济效益还是职工福利都是排在前面的，怎么说亏损就亏损呢？一定是做了假账，将企业盈利变为亏损，在“空手套白狼”的“大搬运”中，厂里资产就被神鬼不知地无偿占有了。我不服！我要告他，我就不相信，在中国就没有王法了？就可以无法无天了？不是一直说要反腐败，要依法治国吗？一个张荣发都治不了，国家还怎么治啊？！

我太信赖肖阿丹了，太信任政府了，也太信任这个国家了。当初，一个条件非常一般，甚至是再婚的工人，可以轻而易举地把一个村里最漂亮的姑娘娶到手。现在，有的工人成了农民的妻子、有的工人成了农民的“倒插门”女婿、有的工人成了农民的雇工。改革开放以来，牺牲得最多、付出得最大、承受能力最强、最持久的不是别人，恰恰就是我们工人！

仔细想想，这世上最不经过的就是日子，一天一天，一年一年，飞一样地掠过，飘忽无声地掠过，一丝丝一缕缕的，连缀不成东西，让人心里难过。这十多年过去了，那个张荣发还没被告倒，还神气活现的，吆五喝六的。我就不懂，世界上还有没有公道可言？不是说公平正义吗？不是人民的利益高于一切吗？我怎么就看不到呢？

我不服，人越来越老，脾气也越来越坏，脖子上的瘤也越长越大。医生建议动手术拿了，一问要好几万元，没钱！就这样留下吧，这么多年习惯了，老婆不嫌弃就行了。

俗语说，好汉怕赖汉，赖汉怕歪死缠。我就是一条毒虫，死命地箍住了张荣发不放，一时半刻都不放。他想甩都甩不掉。他碰到了我，活该就是一个“劫”。

一有时间，我就去查张荣发。我坚信，我查不出个水落石出，也能找到些蛛丝马迹。一有机会，我就告他，我就不相信告不倒他。

十八大召开了，反腐败力度大着呢，“老虎”“苍蝇”一起打。真的，我看到了希望，又来劲了。前不久检察院又来了一个新的检察长，是个女的，叫苏方圆，好像就是在江城接待过我们的苏处长。是她，我在人大门口找到了她，将举报信递给了她。

她说，一定会给我一个说法。好啊，张荣发你的死期到了，我就等着这一天！

十一

“老爸，你只会下面条，能不能来点新花样啊？”老爸烧饭，除了面条还是面条，天天一个样，难吃死了。哎呀，我真是受够了。

要是妈妈在家就好了，星期天一定会烧上一桌子菜。红烧肉是我的最爱，一准少不了，还有“蒜炒盐酥虾”，是妈妈看了电视学的，一看就会，味道好极了，妈妈真棒！

我叫帅帅，妈妈苏方圆是我心中的女神！

妈妈是说话算话的人，从不赖皮，每次我与妈妈拉小钩钩的时候，妈妈总是做得很好。记得有一次，我很喜欢那个“火力银电 S”的悠悠球，妈妈说要等期末考试考个好成绩就买。后来，我考了全班前三名，妈妈说话真算数，给我买了，我好开心。

这回期末考试我是全班第一名，年级第三名，我想让妈妈给我买个 Tablet，就是方便携带的平板电脑。爸爸不同意，说会影响我的学习，我要等妈妈回来和她拉钩。

我想妈妈了，我要给她打电话：“妈妈，你今天回家吗？休息也不回来吗？”

“帅帅，我的好宝贝，妈妈真的没空。考试考得怎么样？”

“妈妈，我考了全班第一名，我想买个东西，我要和你拉钩！”

“下个星期天一定回来！和你拉钩，亲一个，阿叭！”

来，视频一个，我的妈妈一张鹅蛋脸，大大的眼睛明亮有神，还有会笑的酒窝。妈妈漂亮，能干，又爱我，还是检察长，羡慕吧！

我有些自卑。妈妈希望我长得高大帅气，名字起的就叫“帅帅”，我也不知怎么了，今年都11岁了，个头又瘦又小，逐渐向前靠都坐到了第一排，班上的女生都比我高。爸爸说，没关系，男孩子长得迟。为了快点长高，我经常去打篮球。啊哟，摔得我浑身上下青一块，紫一块的。昨天，我又去了，累得我气喘吁吁，回家倒头就睡，一觉醒来还是浑身无力。

“帅帅，你妈妈不回来，我们去饭店里吃，带你去吃海鲜西餐怎么样？”

“好，老爸，真棒！”

毕加索西餐厅，装潢奢华美观，极具欧式风格，一走进店内就能听到悠扬的欧洲古典音乐，气氛优雅恬适。有两百多种食物，每样都来一点？这可是自助式的，吃多少都一样给钱，不吃白不吃。

你看老爸，拿了一大堆，转眼就风卷残云全下了肚了。

我也拿了一大堆，嘴大喉咙小，吃着吃着就吃不下了。不是肚子撑不下，哦哟，我嘴里的皮破了，长了“口疮”，痛得不行。

我实在受不了了：“老爸，我嘴痛得吃不下了。”

“我看看，我看看！”我张开了大嘴，让老爸打开手机的电筒，把我的口腔上上下下扫了一遍，说：“啊哟，口腔溃疡，多长时间了？”

“半个多月了。”

“啊？这么长时间了，怎么没听你说？”

“老爸，不是太痛的，吃面条不太影响，今天吃海鲜就受不了了。”

“帅帅，口腔溃疡没有关系，明天到医院去看一下，拿些药。”

有这个必要吗？家里不是有药吗？

第二天，我发烧了，周身酸痛，一点力气也没有了，医院看样子是非去不可了。到了医院抽静脉血做了血常规，三十分钟后拿到了结果，血常规不正常。医生说，需要做骨髓活检和染色体分析。什么意思？

“就是做骨髓穿刺，要从自己的骨头里取骨髓液做分析。”老爸有点紧张。

“医生让做就做吧，我是男子汉，怕什么？”我在老爸面前挺直了腰板。

医生在旁边说：“别紧张，很快的，不会痛的。”

医生拆开骨穿刺包，将准备用的器械依次摆好，取出无菌洞巾铺在我刚才消毒的地方。

我扭头瞥一眼，医生从那包里拿出一枚大约十五公分的针，外径大约一公分，这么粗的针钻进自己的骨头取骨髓液？我有点害怕，从来没有做过。我扭动了一下身体。

医生对我说：“不要动，千万不要乱动。现在给你打麻药，会有点痛，不要动。”

打麻药的时候有点刺痛，穿过皮肉的疼痛，还好，还能忍。医生一边用力按住我刚打麻药的地方一边问：“这里痛不痛？”

我说：“不痛。”

“这呢？”

“不痛。”

“等一下我穿的时候，如果痛了你要说出来。”医生又提醒说：“不要乱动啊。”

针进入我的表皮时，知道针是扎在自己的身上，但又好像感觉是扎在一块绑在自己身上的猪皮上——不痛。当穿刺针的针尖接触到骨质后，医生沿穿刺针的针体长轴以顺时针和逆时针方向反复旋转穿刺针——像原始人钻木取火般不断地扭转，用力刺入骨质向前推进。

我的天啊，我听到金属钻进自己的骨头旋转打磨的声音，就像老爸在家挂画时，用电钻在墙上打眼那般“嘎吱嘎吱”地响。是在我骨头上打洞啊，开什么玩笑啊？

我吓得手心淌汗，脚掌头皮发麻，喊道：“痛！痛！痛！”

医生说：“是有点痛，忍一下，一会就好。”

一会儿后，我发现没有动静就问："好了没？"

医生说："嗯，很快了，再抽点骨髓就好了。"

我感觉到脑袋一阵尖锐酸痛，嘴巴也酸，有点像小便完后人打几个激灵的感觉。

医生对着我说："好了，不痛吧。"

是不痛，想想那种金属旋转进骨头发出"嘎吱嘎吱"声响的感觉，有点莫名其妙的恐惧，真是触目惊心！我想起在学校老师让我们用"触目惊心"造句，总是造不好，今天用在这里倒是非常的恰当。

骨穿刺做完了，结果三天以后才能出来。你看，老爸神色比我还紧张！

回家后，老爸没有告诉妈妈，一直在网上查，在打电话询问。我吃了药，挂了水，躺在床上，想妈妈了。妈妈知道我生病了，她一定会回来的。我知道我在妈妈心中的位置。

记得小时候，老爸还在部队里，妈妈一个人带着我。我经常咳嗽，没完没了地咳，咳，咳！咳得自己都心烦了，三天两头进医院。妈妈工作又放不下来，成天像个陀螺，被无形的鞭子抽得不停地转。

我生病的时候，妈妈成夜抱着我不睡。妈妈哄我睡觉时最喜欢哼着："十五的月亮，照在家乡，照在边关，宁静的夜晚，你也思念，我也思念，我守在婴儿的摇篮边……"我知道，她是想爸爸了。妈妈的泪水流了下来，滴在我的小脸上，我抚摸妈妈的脸："妈妈不要哭，帅帅不要紧的。”我听话，打针吃药从来不哭，我不能再给妈妈添堵了。

小时候，爸爸在我心中只是一个影子，妈妈在我心中是一座山。我离不开她。记得上幼儿园，妈妈不在我身边，我想妈妈怎么办啊？妈妈用纸为我画了个“妈妈”放在我的口袋里，我想妈妈了就拿出来看看。一个小朋友将我的“妈妈”一把抢了过去，撕破了。

“我的妈妈没有了！我的妈妈没有了！……”我大哭起来，拿着撕破的“妈妈”给老师看，就像真的失去了妈妈一样伤心。老师照着样子重新画了一个“妈妈”给我，我有“妈妈”了，这可是我的宝贝，我的安慰。现在想想真是幼稚可笑。

妈妈在我心中是至高无上的，排第一。不过，我知道我在妈妈心中的位置不是最高的，还有比我更高的呢。

记得刚上小学的那一年，有一天放学回家，有个叔叔看见我，问妈妈叫什么？我骄傲地告诉他，我妈妈叫苏方圆，是检察官。

他说带我去玩，我不去。他将我的嘴捂上，硬是拉上了一辆车，躲猫猫吗？不带这样玩的！后来我被带到了一个建筑工地上，看到了一群凶神恶煞的人，太吓人了。我才明白，这不是玩，我被绑架了！

我问他们：“你们抓我干什么？我做错了什么事？”

“你没做错什么，是你妈做错了。”

“我妈妈是检察官，是专门抓坏人的。她不会做坏事的。”

“我们是坏人，是你妈妈要抓的坏人，怎么样？”

他们让我和妈妈通电话，我说：“妈妈，你要抓的坏人在工地上，快来抓……”

“小兔崽子，嘴还蛮硬的。”他们给了我两个嘴巴子，我没哭，在坏人面前，我不能哭。他们骂了很多难听的话，不给我饭吃。我昏昏沉沉地就睡着了，也不知道怎么被扔在臭水沟里的。我以为我要死了，再也见不到我妈妈了。

等我醒来时候，已经在医院里了。我看到妈妈了，她坐在我身边拉着我的手。“妈妈——”我用力叫了一声，不知道怎么的叫出来声音却是那么弱弱的。

“帅帅——”妈妈一下子将我搂在怀中，我哭了，妈妈也哭了，泪水淌进嘴里，那味道又苦又涩。

我在发烧，身体不停地颤抖，抖得整个床都在晃动。我难受，妈妈拉着我的手，给我力量，有妈妈在身边，我就不孤单，我就有靠山，我就不怕。

昏昏沉沉中妈妈掰开了我的手，我又一把抓住她，就像当初抓住我口袋里“妈妈”，我不能离开妈妈。

“帅帅，妈妈下午还要开庭，这是不可替代的，开完就回来。”

我死死地抓住她的手，不让她走，我不管，我难受，我不要离开妈妈！

狠心的妈妈，她还是掰开了我的手走了！我大哭起来，我相信她一定也在哭。

从此，我懂了，在妈妈心中我不是最重要的，在我的上面还有她崇尚的法律。

三天过去了，化验结果怎么样？我想知道真相！

爸爸说没有最后定论，还要继续查。奇怪的是，爸爸从来不许我上网玩游戏，但这次还没有等我和妈妈拉钩，老爸就给我买来了Tablet，还让我玩最喜欢的游戏——植物大战僵尸。有得玩，我就什么都不想了，大波的僵尸来了，开火啊……

爸爸一直背着我和妈妈打电话，和医院再联系，又去了一家医院做检查，结果好像都不是太好的。

妈妈周五晚上就赶回来了，刚进门就将我抱在怀里："帅帅，妈妈想死你了！让妈妈看看。"妈妈上上下下地打量了一番，随后，就下厨房为我做好吃的菜。老爸和妈妈在厨房边做边商量着什么，看样子检查结果不好唉。

晚上，吃了晚饭，妈妈拉着我坐在她的身边，对我说："帅帅，你一定要坚强，告诉你一个不好的消息，医院初步诊断你患上了白血病。"妈妈说得很平静，我从她的眼神中看到了恐惧。

白血病？我好像听说过，"白血病"是死亡代名词。

"白血病是不是治不好，我要死了？"我真的没当回事。

"帅帅，不要瞎说，没那么严重。现在医疗水平提高了，能治好的。不过，以后要注意不能激烈运动，玩的时候也要防止摔倒。要注意多休息，多吃有营养的东西，增强体质。"

啊哟，不能运动，不能打球了？我怎么就这么倒霉呢？病魔总是形影不离地跟着我，看着小朋友们在操场上奔跑，嬉笑打闹，可是我不能。不过，可以玩 Tablet，这个可以吗？

“可以，时间不能长，会影响视力。”

知道了，Tablet 我的最爱。

“要过年了，妈妈哪里都不去，专门烧最好吃的给我的帅帅吃，多吃，才有资本去和病毒拼！”

“我明白，就像植物大战僵尸一样，我是植物，向日葵要吸收阳光才能有能量，才能与僵尸战斗。我们努力将僵尸打败！”我和妈妈又拉钩了，我们是正义植物，一定能打败邪恶的僵尸！

我得了白血病，还是白血病中最罕见的一种。妈妈伤心极了，常常背着我流泪，看到我赶紧地又笑，不要以为我看不出来。

过年了，妈妈天天为我做好吃的。“蒜炒盐酥虾，青椒土豆丝，油焖茄子。红烧肉，再来点镇江香醋，味道好极了。”家里有醋，好像是老爸前不久买回来的，放在厨房的储物柜里，还没有开瓶。妈妈忙里忙外的，老爸在一边帮厨，拿盘子，端锅子，擦桌子。

这个年过得真快乐，真舒畅，有吃，有喝。过去，我想干的，妈妈都不许，将我看得死死的。现在好了，想干什么，就干什么，只要对身体没有伤害就行。我挖空心思地想过去他们不让我玩的东西，真过瘾。放烟花，放鞭炮，打水枪，堆雪人……我从来没有这么放纵过。

啊，过年真好，甚至想生病真好！我真没有感到，死神就在我的面前不远处对我招手呢。

十二

苏方圆刚到南城市检察院，工作千头万绪，案件又那么纷繁复杂，她全力以赴，几乎没有休息天。就在决定抓捕张荣发的关键时刻，徐志刚打来了电话，传来了噩讯，儿子帅帅得了白血病。

白血病，就是血癌啊！而且是混合细胞性白血病（MAL），是急性白血病中髓细胞系和淋巴细胞系共同累及的一组疾病，它很可能源于造血干细胞。MAL 非常罕见，这对于苏方圆无疑是晴天霹雳！

可怜的帅帅，她唯一的儿子，懂事，学习成绩又好。凭心而论，她在帅帅身上真的没有花费太多的心力，成天工作、工作、工作，事业、事业、事业……她是一个检察长，更是一个母亲，她不能没有帅帅。她接到徐志刚的电话，放下电话就赶回了家。

“不会被误诊吧？”苏方圆始终都不相信这是事实。

“不会，可以肯定是急性白血病。”南城大学附属儿童医院血液科是全国最棒的，张主任又是权威，他的话不容置疑。“我个人建议，无论你是在这里治疗还是转到其他医院去，都要尽快做出决定，不要耽误治疗。当然了，如果你相信我们团队，我虽然不敢给你保证一定能治好，但一定会竭尽全力，不遗余力去争取。”

过年后，帅帅就住进了南城儿童医院，医院离检察院不远，交通方便，环境优美。这是三号病房，双人房间，靠窗的病床上躺着一位7岁左右的小女孩，她叫甜甜。

“新来的吗？害怕看见血吗？我明天让护士把你的眼睛蒙起来？”甜甜回过头来给了帅帅一个诡异的笑容。

“我不怕，我是男子汉！”帅帅不得不承认带着诡异笑容的甜甜也是极完美的，你不要看她是光头，穿着斑马病服，脸色苍白，一副病怏怏的模样，那双天真无邪、清澈透明的眼眸，真的很漂亮，声音甜甜的，糯糯的。

“你叫什么名字？”帅帅的衣服被拉了一下，回头一看是一个小男孩，一头的黑发。

“我叫帅帅，你呢？”

“我叫波波，以后一起玩？”话没说完，波波扭着小屁股，跳起了“小苹果”，被他妈妈拉回了四号病房。

“刚来都神气，三天下来就不行了。”

“哇，哇，哇！”甜甜吐了。她妈妈赶紧拿出脸盆接着，一阵喷射后，停止了。甜甜“呼哧，呼哧……”像一辆还在发动的小轿车，鼻涕唾液眼泪拧成一条条晶莹剔透的“线”，往下垂至脸盆里。

“没事，有什么事呢。”甜甜比刚才笑得更加大声，但底气不足。

“哇——”的一声甜甜喷出血来，点点滴滴的，像极红色的樱花。

“上次输血的时候我把导管剪断了，血流了好大一片，很壮观哦，昏倒了两个护士和一个医生。”甜甜笑得更加开心。

帅帅有点想吐，真的笑不出来。

白血病如同墨水滴入了一张洁白的卫生纸，开始是一小点，慢慢的，慢慢的，墨水向四周扩散，越来越多，浸入骨髓、脑浆……噩梦开始了。

帅帅住院的事，苏方圆不想让更多的人知道，在单位里也没有声张。

周铁军——苏方圆还不习惯叫他“铁头”——还真不愧是搞侦查的，在第一时间知道了帅帅得病的消息，他来到苏方圆的办公室。

“苏检，我来销假了。”他乐哈哈地走了进来，嘴里一股烟味，肯定刚才又猛抽了一阵。

“我们之间要演戏了，您辛苦了！”苏方圆说的是真心话。

“家里孩子生病也不告诉我一声，不够意思啊。”

“您怎么会知道？”

“也不看看我‘铁头’是谁？让我家阿菊来帮助照看帅帅吧，这边工作少不了你，孩子又不能不问。”“铁头”说的是大实话。

“麻烦菊婶，多不好意思啊。”苏方圆也说的是大实话。

“她在家也没事，我们孩子在国外，也用不上我们。我不帮，谁帮呢？”

说实在的，这对于苏方圆来说真是雪中送炭。帅帅现在住医院，医生再三关照营养一定要跟上。买菜烧好吃的，补营养，这些都是苏方圆最急需做的，也是最无能为力的。她没有拒绝，用志刚的话，这是战友情深。

“想什么呢？就这么定了，我家阿菊，做菜最拿手。”

“那就谢谢菊婶了，钱我们照付。”

“说钱，见外了吧？好，好，等帅帅好了，到时间和你一起秋后算账！”

“苏检，我们私下就叫你苏小妹，不在意吧？”他捋了一下板刷头。

“那我就叫你周大哥？”

“叫铁大哥，我一辈子铁习惯了。”

“铁大哥！”

“哎！”周铁军笑了，脸上的皱纹像水波一样向外荡漾。

人需要相互帮扶，不是在得意的时候，而是在困难的时候，不是锦上添花，而是雪中送炭。

苏方圆感激周铁军在工作上对她的支持。看得出他有大男子主义，但他是一个铁血男儿，坚持真理、坚持原则，是他不变的本质。

这次他退出专案组，对案件的办理起了不可替代的作用，这是他的选择。知己知彼，才能百战百胜！就是委屈了他，让他这样的铁汉子，忍辱负重。因为他们面对的对手势力太强了，他们需要掌握众多的重要情况。这才只是开始，戏还要继续唱下去！

有人敲门。

“请进！”

办公室主任吕文章拿了一份文件进来了：“苏检，这是省院的会议通知，后天上午的。”

“我知道了，放在这里。”

“苏检，这是我的辞职报告，我要提前退居二线！”周铁军也拿出一份报告放到了苏方圆的桌子上。

苏方圆没表态，只是微微一笑，这是她的一贯作风。

吕文章吃惊地看了铁检一眼，赶紧出去了。

“放心吧，在我‘铁头’心中，永远没有二线，永远不会退休！”周铁军的手和苏方圆的手紧紧地握在了一起，她感觉到他手的力量！

办公室是新闻发布中心，铁检要辞职要提前退居二线的消息在全院乃至全市迅速传开了。

在党组会上，苏方圆将周铁军辞职一事提交党组讨论。“老同志提前退下来，给年轻人的提拔腾出空间，这是好事。况且，南城市检察院领导班子老化是全省有名的，平均年龄 55 岁。省院派我到南城来，使班子的平均年龄降低了两岁。当然，周铁军提前退居二线一事，我还要向省院领导报告后才能定。”

散会了，一片哗然。

医院里，张主任坐在电脑前对苏方圆和徐志刚讲解化疗的方案——DA＋VDLP方案，说完后又耐心交代着：“不要吃动物油、动物的内脏。要多吃素，像胡萝卜、菜花、番茄、青菜……”不听不知道，一听吓一跳，苏方圆发现自己以前做错了许多。

“还有，你们给帅帅吃水果时，要削皮，削皮后还要用开水烫一下。”张主任从小推车里拿出一只内有红色液体的玻璃瓶递给徐志刚：“这是给帅帅配的漱口水，记得每天都要漱口，不要用牙刷刷牙，而且过一会就要漱口。化疗过后会引起口腔黏膜炎，要多漱口保持口腔清洁。”

踏着命运步伐一直到了地狱门口，伴随着一系列的酷刑。可怜的帅帅，留在苏方圆心里的全是化疗时的痛苦阴影，以往的音容笑貌荡然无存。化疗的第一天，她摸着帅帅的头，一抹一把头发。第二天，一头黑发全没了，一夜间帅帅成了一个小光头。

帅帅嘀嘀地笑：“妈妈，我是光头，是植物中的高尖果，能挡住僵尸的进攻！”

苏方圆拍拍帅帅的肩：“帅帅是勇敢的战士，能挡住坏人，还能战胜坏人！”

“帅帅，加油！你好样的。”老爸和老妈都在给帅帅加油打气。

苏方圆一心挂两头，一头都不能忽略。帅帅的病牵动着她的心，陈昌平的案件也牵动着她的心。

当初对陈昌平只判了七年，眼看就要刑满释放了，他却喊起冤枉来了。如果陈昌平真是冤枉的，为什么不申诉？母亲为了儿子喊冤叫屈一直在上访的大有人在，而陈妈却悄悄地找到当初的公诉人申诉，这里面有什么见不得人的隐情？

苏方圆决定去找陈昌平的母亲谈谈，尽可能地了解一些情况。

老城区那条铺有灰白色石板的长长小街，古旧的砖砌台阶残破了，洇出的水迹，覆盖着苍苔。小街不宽，并排五六个大人就会显得拥挤，街上两边的人家，都是黑瓦青墙爬满斑驳青苔的老房子，一家挨着一家，门户相对，你家可以看到我家，稍不留意，隐私就暴露在对面人家的眼里。

刘立立在前面带路，来到一间很小而且十分简陋的老式房子。门开着，只有二十平米多一点，又矮又黑的平房被隔成了三个小格子，做饭的地方几乎就在街面上，因为这个所谓的“厨房”，充其量也就是一平米多点。一个七八平米大小的格子是会客室，只有六步长，三步宽，墙纸已经发黄，落满了灰土，眼看就快从墙上掉下来了。小屋非常矮，刘立立低着头走了进去，腰板不敢伸直，担心一伸头就要撞到天花板上。

一台只有八个频道键钮的十八英寸国产彩电，一个单门的老式冰箱，客厅里能坐的也就是几张折叠椅和几个没有靠背的吃饭用的圆凳子，除此而外，就再也看不到什么像样的家具和摆设了。

“有人吗？陈妈在吗？”刘立立叫道。

卧室门开了很窄的一条缝，两道怀疑的目光在黑暗中注视着他们。陈妈像一只饱受惊吓的兔子，缩在不让人看见的角落，惶惶不安地看向四周，时时担心自己会落入一张无边大网。

不会找错吧？

“是苏检察长啊！”陈妈看清了，急忙迎了出来，灰白的脸上，两只深陷的眼睛闪烁着惊讶的神色。陈妈赶紧关上原本四敞八开的大门。

苏方圆的目光在屋里游走，从水泥地面一直看到天花板角落里布满灰尘的蜘蛛网，最后眼光落在了一张照片上，是陈妈抱着年幼的儿子在公园里。陈妈年轻的时候尽管谈不上美，但也绝对不丑，眼睛里充满希望和活力。儿子依偎在陈妈的怀中，让人看了就心动，心痛。

儿子是妈妈的心头肉啊！苏方圆想起了自己的儿子帅帅。对儿子的思念越来越疯狂，肆无忌惮地侵略，小光头稍有一点空间就跳了出来。可怜的帅帅，翻江倒海地剧烈呕吐，吐食物、吐水、吐血……吐得奄奄一息。

嗨，不想他了。苏方圆捋了捋前额的短发，捋去悄无声息地闯进脑海里的思念。

陈妈拉出两张板凳，用衣角擦了擦上面的浮灰——看样子，好久没有人来过了。她自己坐在有一条残腿的凳子上。苏方圆望着陈妈：人老得真快，同样是扁平的脸，高颧骨，原本是青山绿水，可现在是荒原上耸立的两座“蒙古包”，透露着岁月的艰辛和坎坷。

“苏检，你们是来替我儿子平反昭雪的吗？昌平是一个好孩子，他不会杀人的。”陈妈乞求的目光直盯着她。

“陈妈，平反昭雪，要有一个过程，事情没有那么简单。我们先来了解一下情况。”

苏方圆和陈妈从案发前谈到案发后，陈妈将这期间陈昌平做过的大事小事统统捋了一遍，虽然细节上有一点颠三倒四，总体的脉络还是清楚的。她一个劲地强调，儿子和陆小红感情和睦，准备旅行结婚，儿子是不会杀人的。

苏方圆从简短的谈话中，梳理出有价值的线索。

“听说，昌平的案件被检察院退回去了，陆小红厂里来了一帮人，到家翻箱倒柜，不知道在找什么，什么也没拿就走了。后来，后来……”陈妈的话有点吞吞吐吐。

“没关系，陈妈，有什么就大胆说出来。”苏方圆望着她，给她信心。

“后来，昌平被判了七年，没有被判死罪，有一个人来找过我。是一个手臂上刺着龙的人，年龄不大，也就三十来岁，嘴还蛮老的，一口一个老子。好像上次，也是他带人到我家来抄家的。好像叫，什么二牛的，对了，叫左二牛。”

“他来做什么？”

“他拿了一把刀，在我脸上荡来荡去的，说老子今天来找你是给你面子，给你条活路，你儿子没有死在你的前面就是他的造化。去，告诉他，就说我左二牛说的，如果敢乱说，老子就让你先去下地狱！”

“敢乱说什么？”苏方圆紧跟着问道。

“不知道，他让我就这样告诉我儿子，说他知道。我去监狱看望昌平时，告诉他了。昌平说，妈，放心，好好活下去，我什么都不说。你也不要对别人说，我跟谁说？说什么啊？我一个杀人犯的妈。”陈妈眼窝里蓄着泪。

她活着，是为了还活着的儿子昌平。其实，昌平不申冤，还有一年多也就出来了。要是当初判他死罪，不就一切都完了？她知足了。可是她害怕。

她害怕什么？什么都害怕。一队匆匆奔过街角的身影会让她想起抄家的人群，邻居的窃窃私语使得她浑身不安，路人一个鄙夷的眼神令她打个冷战，她更怕在脸上荡来荡去的明晃晃的刀……就连那条长长的、幽暗破落的小街，都仿佛是通往无尽悲伤的窄门，她每天走在这里，心里想到的是黑暗，寒冷，鬼魂，坟墓，死。

“苏检，昌平对我说他相信你，感谢你，没有你，他死定了。他在里面一直老老实实地改造，听政府的，他就要出来了。其实，他可以不申冤的，可是……”

苏方圆拉着陈妈的手，手背上的青筋盘结交错，仿佛要冒出薄薄的皮肤层，说：“不管出来不出来，有冤还是要申的，如果我们办了错案也一定要纠正的。陈昌平是冤枉的，为什么这么多年不申诉？在监狱里也是可以申诉的。”

“苏检，你不来，我家昌平不会申诉的，他不敢。他怕出来后，那些人找他麻烦。”陈妈拉了一下凳子，向苏方圆靠近了一点，好像很神秘地说："昌平听说你来了，左二牛不让说的话好像他又想说了。"

"想说什么？"苏方圆紧接着问。

"不知道。他是被冤枉的，他让我带信给你，全在信中了。"陈妈的神情总是怯怯的，一副饱受惊吓的模样。

信？里面就是一份起诉书，起诉书上"过失"两个字下面画的两个圈又在苏方圆眼前晃了一下，不是过失是什么？是陷害？为什么？那么谁是真凶？

"你不怕吗？"苏方圆望着陈妈惊恐的神色。

"怕，可是怕又有什么用呢？这些年一个人将就着过，提心吊胆地过，只要昌平活着我就有希望。你来了，昌平相信你，有你在，我就不怕！"陈妈沙哑的声音中透着坚定。

有什么比信任更珍贵的呢？

陈妈的话温暖着苏方圆，心中像是烧着一个火炉，橘色的火苗在升腾。嗨，陈妈哪里知道，如果陈昌平是冤枉的，那么案件的承办人就是罪人！

"苏检，您是大好人，您要多保重！我们老百姓全仰仗着您呢。"她瞄了刘立立一眼，贴近苏方圆耳朵悄悄说："南城市奸人当道，你千万要小心啊！"

陈妈还告诉苏方圆，陆小红的妈妈两年前去世了，陈妈知道了，也没敢去，她家人痛恨陈昌平，可昌平没有杀人，是被冤枉的！

过去，苏方圆从来不怀疑陆小红的死是陈昌平所为，现在开始动摇了。

是陆小红走过了悬崖边沿，自己跳下去的？还是不小心失足掉下去的？完全可能！

死者不当心地越过了悬崖边缘。当时起雾，而且在那个特别的位置上小道险峭地转向内陆。由于有雾，死者也许没有注意到危险，一直往前走，在那种情况下往前走两步她就会越过悬崖边沿。

不不不，不可能，苏方圆立刻否定了自己的假设。陆小红是陈昌平推下山的，他一直都不否认。陆小红是被陈昌平推下山的，造成颅脑出血死亡，这一点证据确凿，有被告人陈昌平的供述，有法医鉴定结论，重要的是有目击证人和他的供述相印证，又是当场抓获，证据形成锁链。不是他又是谁呢？

是不是被冤枉的，现在还真不能确定。但是左二牛带信要陈昌平不要乱说，说明他肯定还有什么事情没说清楚。是什么事情这么重要，竟然以陈妈的生命相威胁？会不会与陆小红的死有关？

十三

卧龙山绵绵不绝，一直延伸到长江边，江面上一块巨大的礁石，加之遍山翠竹，古树葱茏，如同浮在江面上的碧玉，故称为浮玉岛。

白玫瑰会所，位于浮玉山下。起初只是公园的一个小茶馆，周围全是芦苇滩。后来有人买下了地，将小茶馆更名为白玫瑰会所，为了一个女人。会所从不公开面对世人，在外人眼中只是坐落在浮玉岛上的一个私人住所。

来到这里的人都是有品位、有文化、有素养的，或者是有地位、有金钱、有名望的。“山不在高，有仙则名；水不在深，有龙则灵。”南城政界之人，都以到这里一坐为荣。

主别墅坐北朝南，背靠浮玉山，面朝长江。走进庭院，门前的一对汉代石雕辟邪，气势轩昂、硕大威武。庭院中有一块巨大的且有瘦、皱、漏、透特点的天然灵璧石，石头的上部，是一只浑然天成的龙，口中喷着飞瀑，飞瀑泻入水池中，汩汩流向两旁长着各种名贵树木的人工湖中，人工湖弯弯曲曲地通到后院，像迷宫。

白墙、黑瓦、灰色的假山、红色的柱、绿树、碧水、翠竹、蓝天，构成了一幅高雅、鲜明、幽静的画面，这里不仅静谧，而且还神秘。南城还有这样的世外桃源？这才是开始，让你震撼的还在后面呢。

“多方胜境，咫尺山林”，这里亭台楼阁全了，有望江楼、听江台、观江亭，倾听江水的诉说，胜景尽收眼底。匾联的题词，让人浮想联翩。

望江楼，望江流，望江楼上望江流，江楼千古，江流千古。

听江台，听江诉，听江台中听江诉，江台万年，江诉万年。

观江亭，观江景，观江亭上观江景，江亭永久，江景永久。

铁门开启，会所最精彩、最珍贵的要数藏金阁了。这是会所的心脏，核心部位。藏金阁前两只瑞兽提灯的造型，一串红红的灯笼。藏金阁里满眼古色古香的家具和文物，玉器、字画、瓷器、青铜器……件件是宝贝，价值连城。

古典的院落，外墙上爬满了绿色的爬山虎。幽静的小院内，装修并不金碧辉煌，而是处处透着文人墨客的雅致。客厅门楣上写着：“谈笑有鸿儒，往来无白丁”。

会所里面功能齐全，别有洞天，亭台楼阁，小桥流水，是才子佳人约会的极佳地点。会所里，西餐、中餐无所不有，影院、足疗、温泉一应俱全。

哈哈，在这里，平日里道貌岸然、人模狗样的男人，都拜倒在女主人的石榴裙下，上至京城的高官，下到南城的土豪劣绅。

知道这里的主人是谁吗？她叫白玫瑰，今年三十有余，依旧风姿撩人。 不是吹的，在南城找不到，就是全省也难找到第二个。她气质高贵，风韵性感美熟，楚楚动人。这么说吧，你看过她第一眼，绝对想看第二眼。姿色撩人，风情万种，白玫瑰便是这种对男人最具杀伤力的女人。

白玫瑰姑娘出生在哈尔滨，有四分之一的俄罗斯血统。她的祖父与一位俄罗斯姑娘结了婚，父亲就有一半的俄罗斯血统，俗称二毛子。她面部轮廓上有俄罗斯人的特征，身上有一种异域的狂野的神秘气质。她有着不寻常的身世，深不可测。

白玫瑰是一个漂亮的单身富婆，围在她身边转的人，都不是一般的人，有土豪、文豪还有高官。

会所是一块福地。也许，是集聚了江南水乡的优雅；也许，是因为女主人的美貌；也许，是因为这里安全，隐秘。别说媒体记者，连只苍蝇飞进来都难。总之，在女主人的周围形成了一个巨大的关系网，如伞一样的网，只要撑开，就能为你遮风避雨，为你招蜂引蝶。

来到这里最大的官要数京城的何先生，权力至大，可以呼风唤雨。省委书记汪华平，南城市委书记赵子涛，都来过。当然，来得最多的要数肖阿丹。听说，他对白玫瑰有恩，女主人是一个重情重义的人，一向念着他的好。肖阿丹一有心思，就会向白玫瑰倾诉，所有的痛苦都会在这里化解。

肖阿丹个性率直，敢说敢干，在容县他就是天王老子，说一不二，想干事也能干成事。另外还有一个重要原因，他与省委汪书记有亲——就因为有这一层关系，南城市上上下下的领导，对他都刮目相看。

“不怕领导讲原则，就怕领导没爱好。”记不清是什么时候从哪儿知道这句话的，反正是印象越来越深，也越来越体会出它的“精辟”了。谁没有一点“爱好”呢?

这些年，女主人用古玩文物打通上层关节，发挥了它神奇的威力。送上一件看似不起眼的字画、玉器或其他古玩，其实际价值可以从几万到几百万。一切搞定。

古玩界的水很深，不懂的人，一不小心就栽了。女主人是个精明人，她与南城的范一文结成了至交。范一文毕业于南京大学考古学专业，理论功底扎实，最重要的是有实践经验。他看古玩，不用手摸，更不用任何仪器，他能“一眼定乾坤”，不仅能看出形、工、质、色、包浆，而且能感受到物品的气场。所以人称“范一眼”。

“范一眼”与女主人之间非常信任，客厅里挂着的晋代名将、大诗人陆机赠朋友的两句诗“江南无所有，聊赠一枝春”就是“范一眼”所赠。“范一眼”开了一个文物店，取名叫珍宝斋，里面大都是赝品，真品都放在藏金阁里呢。

还有的人啊，越有钱，越低调，南城首富冠华集团董事长江仁义就是这样的人。你在街上走，遇到了他，我敢保证，你绝对看不出他是一个亿万富翁。他与肖阿丹交情很深，也是白玫瑰的铁杆粉丝!

你看，肖阿丹今天又来了，还带来一个叫“铁头”的检察长，这人可是第一次到这里来。“铁头”在南城可有名气呢，正直正派，是一个六亲不认的人，他怎么会来这里呢？看来又有戏了!

肖阿丹按了一下门铃，停了一下，又连按了三下，一声长、三声短，这是熟人的暗号。

门开了，一位年轻貌美穿着唐装的小姐将他们迎入客厅的沙发上坐下。

肖阿丹拍了一下“铁头”肩膀，说：“老兄，你难得给我这次机会，我们好好放松一下，怎么样？”

“铁头”今天一觉醒来，已经是下午了，眼皮还是觉得沉重，脑子里也像灌满了一盆热浆子似的。肖阿丹打来电话约“铁头”喝醒酒茶，“铁头”一口答应了。阿菊不让去，老娘们知道什么？这是工作!

肖阿丹亲自将“铁头”接到江边一个隐蔽会所，“铁头”有点坐立不安。

“放心，这是我一个朋友的私人住宅，绝非公款，不对外。今天我们朋友小聚，远离喧嚣，铁检放心。”

“肖书记，白姑娘一会就到。”

“看样子你是这里的常客?”

“老朋友了，是一个患难之交，说来话长。这里的主人叫白玫瑰。这是玲珑姑娘。”

“这是我们南城产的白峰茶，请品尝。”玲珑为“铁头”沏上了一杯茶。

茶叶缓缓浮上水面，然后慢慢沉下去，芽尖直立，汤色清冽，幽香四溢。片片都是明前嫩尖，一经开水浸泡，徐徐舒展身子，透着饱满，沁着清香，氤氲着迷人的气息，有色绿、香郁、味甘、形美“四绝”的特点，犹如眼前这位姑娘。

品茶，品的就是心情。肖阿丹喝了一口，舌尖微甜，一股茶香慢慢从鼻端沁到咽喉，醇香、清雅，一身轻松。

“铁头”喝茶都是“咕嘟”一口下肚了，这叫品茶吗?太没有品位了。

肖阿丹看这位战友还是一介武夫，还是部队作风、部队的装扮，腰板挺得笔直，宽脑门，尖下巴，板刷头，皮肤黝黑，是不晒太阳也捂不白的那种，只是板刷头上的毛不像过去那么乌黑，而是黑白参半了。

人和人就是不一样，二十年过去了，肖阿丹懂得了什么是享受，如何去享受。微胖而白皙的脸上似乎看不到皱纹。人生若茶，茶叶因为沸水才释放了深蕴的清香，生命的清茶只有在煎熬中才能发出一脉脉人生的幽香!

“我不是品茶的人，这么慢腾腾的，让人急出病来呢，还是喝酒爽快。”“铁头”眉头紧拧，一副恨筷子不成擀面杖的幽怨。

“不要着急，今天会让你喝个够的。先介绍一下女主人，再领你参观一下。”

话说到此，白玫瑰进来了。身材高挑颀长，身着一件白底绣有粉色玫瑰的旗袍，色彩淡雅，彰显华美。高耸丰满的胸脯，修长的双腿，臀、腰、胸丰满妖娆，显得格外性感。皮肤有着珍珠般的柔和光泽，鹅蛋形的脸上长长的眼睫毛下一双清纯灵动的眼睛，略显丰厚的上唇，美艳绝伦。

“铁头”的眼睛一下子直了，他从来没有见过这样的女子，真是美若天仙。她的肤色是那样的白净，好像永远不会沾染这尘世的灰土。最要命的是那双眼睛，蓝色的眸子，他从未见过的蓝眸，让人心动。

“白姑娘，这是我的过命兄弟，南城检察院的铁检。”

“我叫周铁军，是副检察长，是肖书记的战友。”“铁头”伸出手想握白玫瑰的手，可又缩了回去。

白玫瑰双手放在腰际，身体微微向下一蹲：“白玫瑰拜见铁检。”一开口，细声细语，柔转千肠。

啊哟，受不了！“铁头”实在有点受不了。过去大喉咙，大嗓门说习惯了，也听习惯了，听了白玫瑰变了味的京腔，实在受不了，浑身直起鸡皮疙瘩。

无法否认白玫瑰的美和她处处体现着的轻盈与温柔。她芬芳无形，气质不凡，动作集合了各种美于一体，一举手一投足，都给人一种音乐旋律般的优雅飘逸。

一位身着青花瓷图案旗袍的小姐飘了过来，在前面引路。“铁头”算是开了眼了，堂堂一个分管反贪的副检察长，成天只知道办案，竟然还不知道南城有这样一处佳境。

院里古林幽密，水石相映，竹林深处隐约传来鸟儿的欢叫声和噼噼啪啪的竹子拔节声。

奇怪了，“铁头”与肖阿丹是战友难得聚会，这回“铁头”一改过去的清规戒律，两人的关系像庭院中的竹子节节高。好啊，一切顺势而为吧，来者不拒!

玲珑引大家进入了藏金阁，按下电源，整个空间刹那间出现在眼前，比那空间和光线更让人瞠目的是满屋的藏品，令人如同置身于一个中国古代艺术品的博物馆。

玲珑讲述一件件宝贝：伎乐纹八棱金杯、狮纹白玉带胯、双狐纹双桃形银盘、鸟兽龙纹壶……唐代瓷器：青瓷刻花结带钱纹合子、白瓷四足罐、酱黄釉划花穿带瓶、青釉褐斑贴人双系壶、绿釉印花纹轮花盘、三彩刻花叶纹三足盘……玉器：玉镂双凤佩、刻花玉杯……

“这可是价值连城啊！”肖阿丹边看边比画着。

肖阿丹喜欢收藏文物，每次来藏金阁都垂涎欲滴。“铁头”不识宝，这些破旧的坛坛罐罐，他不感兴趣。不过，不可小看，这庭院这气派可算得上是南城的珍宝馆。

价值连城，要买要花多少钱啊？收藏的国家级文物是从哪儿来的？“铁头”脑海里闪过这个念头。

“铁检，这些宝贝，不是我的，是替我一个朋友保管的，他是南城的收藏家范先生。他可是南城古玩界的大佬级人物。”

“是不是范一文？”“铁头”问道。

“正是。铁检认识？”

“铁头”摸了一下板刷头，笑了笑。何止是认识？还曾经在十多年前查办过他。当时，他是文物商店经理，因为贪污被检察院立案查处，坐了三年牢。出来后，自己开起了古玩店，取名叫珍宝斋。没想到他还有这么多宝贝，藏在这里。不过，范一文是个人物。

“铁头”曾经领教过“范一眼”的本事。三年前，他们办了一件案子，当事人送了一件元青花龙纹四系扁壶，是真是假，一下难以定夺。在官场上赠送的价值连城的文物十有八九是赝品。“铁头”想到了“范一眼”，请他来鉴定一下。“范一眼”看过这件四十多公分高的元青花龙纹四系扁壶后，说无论是形、胎、釉、纹、工，都是开门见山之真品，其价值不会低于曾在国外拍卖行拍出天价的“鬼谷子下山”青花罐。他不放心，又用舌头舔了一舔——这是他的独门功夫，说确定是真品。按他的话来说，因为一件器物的时间越长，汲取大自然的精华后蕴藏的能量就越大，气场就越强，而自然的气场与人体的气场能够相通。遇到非常特殊的器物，他才需要用舌头舔一舔来最后断定。事后，也证明“范一眼”的鉴定是正确的。

人啊，就是不打不成交，“铁头”后来只要一遇到难以鉴定的文物，都要让“范一眼”掌眼后才放心。

“铁检，您和范先生是老朋友，看重什么，尽管拿，没关系的，我来和他说。”白玫瑰热情周到地说。

“这些破旧的坛坛罐罐，我拿回去也没用。”

“白姑娘，我们还是准备喝酒，这个铁检感兴趣。”

“好，喝酒去！”这些日子“铁头”和肖阿丹在一起天天喝酒，上瘾了。说到酒口水就忍不住溢了出来，又将它咽了回去。

一轮暗红色的夕阳正沉重地向西天坠落，将锯齿般峥嵘的卧龙山吞入。暮霭已渐渐地氤氲起来，给浮玉岛平添了一层神秘的色彩。

十四

"铁头"心里明白，这次酒宴是肖阿丹专为他设的鸿门宴。肖阿丹将他的后台端到了前台，白玫瑰此人有所耳闻，没想到这么神通广大。肖阿丹在暗示"铁头"，检察院查张荣发可以，但是办他肖阿丹不行！

他妈的，肖阿丹跟我来这一招？不灵！不就是有钱有势？检察院就是要查有钱有势的！只要是犯罪，就统统抓起来。有法可依，执法必严，违法必究！不要说一个县长，一个市长，就是省长又如何，你们又算老几？有一个算一个，一查到底，绝不手软！

白玫瑰庄园餐厅的豪华装潢不亚于南城的五星级酒店，不过，这里每天只安排一桌人。

第一个到的是"范一眼"，身着黑底红色万福图案的唐装，60多岁，倒是看不出来；戴着一副眼镜，一把折扇不离手，文艺范十足。

不是冤家不聚头，原本“范一眼”在“铁头”面前就是矮人一截，直不起腰来，毕竟是手下败将。自从“铁头”请他做文物鉴定后，他又找回了自我价值，慢慢地腰板也直了，他和“铁头”成了朋友。

市委书记赵子涛的秘书邱林也到了，他是南城市的“二号首长”。浓黑的眉毛下一双灵动的眼睛四周扫了一下，挥了一挥手，就自己到沙发上坐了下来——他也是这里的常客。

最后来的是南城首富冠华集团董事长江仁义。他不是国企改制中一夜暴富的那种人，而是从小企业。小作坊做起，慢慢做大做强。现在总公司下面有一百多个企业，若干个上市公司，是南城市的利税大户。他为人低调、不张扬，口碑极好，生意越做越大。你看他一身打扮，灰色夹克，蓝色裤子，脚下一双球鞋，身高中等偏上，肥瘦适中，长相也没有什么特点，就是最普通老百姓的那种，农民本色，怎么看都不像亿万富翁。

“这是铁检，这是南城首富，冠华的江总。”肖阿丹介绍道。

“那里，那里，小小个体户，久仰铁检大名。”江仁义从口袋里掏出一张名片，双手递了过去。

这次酒宴，是肖阿丹一手策划，来的都是南城重量级的人物。人到齐了，除了五位男宾，还有五位美女。喝酒有美女陪，这在民间就叫“喝花酒”，而在官场和商场，称为放松、调节。古时朋友之间交际，或是谈生意，在青楼或普通酒馆摆下酒席，然后请几个歌伎陪坐，觥筹交错之间以资调笑。

女主人手中有一批外表清纯的婊子，按照现在网络上流行的说法，就是“绿茶婊”。当然，女主人手中的“绿茶婊”，层次很高，都是经过精心挑选的。

肖阿丹玩女人，还出这么一套理论，真的是蜕化变色。虽说是龌龊，但还是有刺激。“铁头”向来是守身如玉的，他会变吗？难说，什么叫近墨者黑啊？

肖阿丹好像是在寻找“铁头”的“命门”，人都是有软肋的，给你来软刀子，钱，色，情，不信你一招不进。

肖阿丹是拉他下水，还是引他上船？不管！反正是愿者上钩！

肖阿丹知道“铁头”吃软不吃硬，他今天请“铁头”喝酒，一方面是警告，另一方面也是想拉他下水。不过又是喝酒，又有美女陪，对于“铁头”来说，真是难得。

在检察院美女的待遇几乎为零，那些铁肩担道义的女检察官，不要说没有春色，就是有，也让清一色的检察制服给遮掩了。再看看眼前水灵灵的姑娘美的成色，好家伙，俏丫、熟女、嫩模、老妖，色彩绚烂，五味杂陈，一路铺展。薄衣的诱惑，野性的诱惑，美瞳的诱惑，肚腩的诱惑……千般诱惑，尽在眼前。“铁头”看了心里开了花，很有些不干坏事就白来的冲动。

肖阿丹坐上主宾席，“铁头”坐在右边主宾位，一男一女间隔而坐。肖阿丹介绍完了男嘉宾，对坐在对面的白玫瑰说：“白姑娘，几个小妹妹由你来介绍吧。”

女人的容貌，取决于男人凝视她的目光。白玫瑰笑盈盈站起身来介绍坐在肖阿丹身边的梦洁，电视台美女主播，二十四五岁年纪，长得清秀而妩媚，尤其是那双火辣的凤眼，透着摄人心魄的光泽；鼓鼓的胸脯，长腿顶端凸出紧绷的翘臀，浑身透着性感。

“铁头”身边坐的是白玫瑰的表妹秋月，小学教师，大学刚刚毕业。衣着朴素，身材姣好，扎着传统的马尾辫，五官很清俊，脸色纯美、安静，特别是那双水汪汪的大眼睛，含着羞赧的神色。

江仁义旁边的那位身材窈窕、挤胸露腰的女孩是市歌舞团的新秀许倩倩，她穿着一条时下最新潮的牛仔裤，屁股包成蒜瓣形。上身红色毛衣紧紧包裹着她的身子，毛衣被丰满的胸脯绷出极夸张的线条，叫人担心毛衣一不留神就会爆裂。两眼热辣辣的，像抹了辣根。

“范一眼”身边的是玲珑姑娘，两眼放光，五官欢实，娇艳欲滴，皮肤光泽细腻，绸缎一般。一身鲜亮的唐装，很民族，很国学，脚上是一双黑皮鞋，与身着黑底红色万福图案唐装的“范一眼”倒是挺搭的。

坐在邱林身边的那位穿着运动装，灵气十足的留着毛阿敏发型的漂亮女孩是电视台的实习生，她叫汪清，目光温情生动，邱林情不自禁地插话道：“真是一汪清水出芙蓉呀。”

清纯的、妖娆的、冷傲的、性感的、知性的，各领风骚。白玫瑰介绍完毕，问大家喝什么酒，大家都说喝红酒。白玫瑰说：“姑娘喝小拉菲，男士喝茅台酒。怎么样？”

“不行，姑娘喝什么，我不管，男士喝容酒，每人一瓶，就这么定！”这个肖阿丹就是这么霸道。

“好吧，换容酒，我们的肖书记什么时候都念念不忘发展容县经济。”白玫瑰说着就让小姐拿来了容酒。

“这是我们酒乡的容酒大曲，欢迎品尝，多提意见啊。”肖阿丹脸上露出了笑靥。白玫瑰亲自动手倒酒，柔曼的手臂舒展婉约，举手投足，舞蹈一样，韵味弥漫。

说到谄媚这词，似乎人人厌恶，但是在现实生活中，谄媚如果能掌握分寸，恰到好处，往往能收到意想不到的好效果，让接受者能够在难以言表的舒畅感中，享受到赏心悦目的色情按摩。白玫瑰就有这样的看家本领，每人身边安排的美女都是投其所好。

秋月姑娘文静，刚一见面就有亲切感，坐在“铁头”的身边让他安心。刚坐定便聊上了：“秋月姑娘在哪所小学教书？”

“人民小学。”

“好，重点小学，有对象吗？”

秋月面含羞赧，悄悄说：“谈了一个，还没确定，也是你们检察院的。”

“叫什么名字？能不能透露一下？”

秋月对“铁头”耳语道：“叫刘立立。”

“铁头”一拍大腿叫道：“好！刘立立是我们反贪局的，是一个好小伙子。”

秋月姑娘脸上腾地泛起了一片桃花。

“怎么还没有开喝就私聊上了?”白玫瑰诡异一笑。

“表姐，你知道我不能喝酒的。”

“先倒上，喝不完，我来代。”在女士面前，“铁头”要有大丈夫的风范。

“今天是民间活动，大家难得一聚，放开喝。”肖阿丹笑着端起酒杯道，“谢谢本城最美丽的五位姑娘参加今天的民间聚会。我先敬大家一杯。”在酒席上，称不相识的女孩是“小姐”还是“姑娘”是有区别的，“小姐”易产生歧义，“姑娘”则蕴含清纯之意。

在倒酒的间隙，小姐已将河豚、鲥鱼、刀鱼这“长江三鲜”用大盘子端了上来。

容酒瓶上刻有古代四大美女图像。有人把酒喻为美人，有人把美人喻为酒，这说明酒与美人具有某种同一性。怎么样?

邱林抚摸着酒瓶上光滑的碧玉般的美女，与美女亲昵了一下，嘴巴幸福地咧开。

“好啊，肖书记真会做生意，将酒与美人的同一性结合得如此完美。”

酒有通血脉、行药势、舒筋活血、祛湿御寒之功效，酒的强身健体作用也是不言而喻的。同时，酒在官场上的魅力在于沟通人与人之间的感情，增加生活乐趣，为友情增加共鸣的砝码。

有人评论，中国酒文化特别是官场的酒文化是腐败之酒、戾气之酒、愚昧之酒、谄谀之酒，长此下去，必将损害我党的干部形象，甚至将会导致亡党亡国。

言重啦！不好是不好，也没有那么严重。俗话说，无酒不成席，无酒不成欢，无酒不成礼，无酒不成敬意啊。怎么说呢，中央三令五申，要管住这张嘴。酒还是要喝的，高档酒滞销，中档的容酒便乘虚而入，占领市场。

肖阿丹在容县当县长时，酒厂是他们的支柱产业，以酒为龙头，带动了特种服务业、饮食业、畜禽饲养……与此同时，容县就靠酒来拉动内需，拉动经济。容县人民的生活水平也有了大幅度提高，摘掉了贫困落后的帽子，走进了“小康”，向“中康”迈进，他们的目标是“大康”，何谓“大康”？就是“共产主义”呀。

在肖阿丹眼里，酒在经济发展上功不可没。他在容县抓项目，就抓住酒瓶子，每个项目都是一杯酒、一杯酒喝来的。如果说都是四菜一汤，那么一切都会泡汤。你说，“酒里乾坤大，壶中日月长”，“人在江湖走，哪能不喝酒”？

“铁头”喝了两口容酒，味觉还真的不差。

怎么样？这是新产品，支持容县，干！

干！为了早日奔“大康”，干！

酒过三巡，邱林手举酒杯说：“各位兄弟姐妹们难得相聚，总不能喝闷酒吧。我提议，每人说个带点色彩的段子，不说的罚酒一杯。”酒桌上，秘书调节气氛的本领，发挥出来了。

白玫瑰说：“妹妹们都斯文，脸皮薄，还是文雅一点吧。”

邱林：“我给每位妹妹讲一条歇后语的前半句，妹妹们回答后半句，答对了我喝一杯，答不对的妹妹喝半杯，如何？”

肖阿丹附和着："好！"

邱林对白玫瑰说："听好了，'两个男人背靠背——'"

白玫瑰不假思索道："恰恰（雀雀）相反。"

邱林说："梦洁该你了，'两个女人面对面——'"

梦洁用不屑的口吻说："维维豆奶（巍巍斗奶）。"

邱林说："许倩倩，'一个男人光着身子坐在石头上——'"

"以卵击石。"邱林话音刚落，许倩倩答案就出来了。

邱林觉得今天遇到老江湖了，仰起头，连喝了三杯。邱林手指着"范一眼"身边的玲珑姑娘说："轮到你了，女人坐在石板上——'"

玲珑姑娘脸一红，头趴在桌上回答道："因（阴）小失（石）大。"

邱林又喝了一杯。出鬼了，都不简单嘛。

"五百个女人脱光了仰泳是什么？"

汪清一脸迷惘，嗯了好一会儿答不上来，只得举杯喝了一大口酒。

邱林回答道："千岛湖。"

邱林又指着秋月说："秋月姑娘，轮到你了，最后一题最难。"秋月早就满脸通红，连忙说："你别说了，我不会，我不会，我情愿喝酒。"说着猛喝一口，呛得连连咳嗽。

"铁头"轻轻拍打着秋月的后背，语调怜惜："慢点，慢点，不能喝就别喝了。"

邱林见状，只得把最荤的一条歇后语咽到了肚里。

活闹鬼，连大男人听了都脸红，何况女孩子家。

肖阿丹佯装责怪道："人家都是黄花闺女，千金小姐，你的段子太荤了，太荤了，罚你三杯。"

邱林嬉笑着说："东道主指令，我当遵命。"说完，"咕嘟咕嘟"连喝三杯。刚刚坐下，梦洁跑到邱林面前："我代表我的姐妹们敬你三杯。"肖阿丹知道梦洁红酒能喝三瓶，看来今天她是存心想放倒邱林。

这时，"铁头"的电话响了，他出去接电话了。

肖阿丹瞄了"铁头"一眼，"大家今天的重点是他，不要搞错了！"

等到"铁头"回来，酒桌上战略大转移，向"铁头"发起了全面进攻。肖阿丹带头向他敬酒，一桌子人都向他敬酒三杯。"铁头"困难地吞咽了一口黏稠的唾沫，手伸向酒杯，端起来，感觉到体积很小的酒杯变得沉沉甸甸的。他的头开始眩晕。

"铁头"想去夹清蒸鲈鱼，猛然意识到鱼眼竟然牢牢盯着他，颇像阿菊通过死鱼眼嘲笑他的贪吃和桃花运。他忙收回筷子。

"铁头"抄起筷子夹了几根粉丝，那粉丝调皮捣蛋，狡猾异常。秋月用筷子帮他拣起两根粉丝，送到他的嘴边："吸！"

"铁头"用力一吸，刺溜一声响，粉丝抖动着窜进他的嘴里。姑娘开口笑，男人兴致高，宴席上的气氛顿时活跃起来。

一直没有怎么吭声，只是偶尔与旁边人窃窃私语的"范一眼"

像是找到了煽情的机会，喊道：“喝交杯酒，喝交杯酒！”

秋月坐着没动，羞涩地低下了头。梦洁立马站了起来，丝毫没有犹豫。

“你不行，不要乱插足，秋月上！”肖阿丹一把将梦洁拉回了头。

秋月缓缓地站了起来，“铁头”是男人要主动点，勾着她的手臂喝了一大杯，赢来了一片热烈的喝彩声，姑娘们更是笑得如花枝乱颤。

十五

帅帅开始恶心，要吐。菊婶天天都烧好吃的给帅帅，可是一吃下去就吐。

“哇——”帅帅还没来得及放下碗，刚才吃进去的粥成了一条条“泥鳅”从嘴巴里，从鼻孔里，从指缝间溜了出来。

“帅帅，听爸爸的话，吐了再吃，不然，没有能量，我们就打不过坏人。”

“我知道，我要吃，我要有能量，才能打败僵尸！”

可是，一提到吃，又好像闻到猪骚味粥，胃又开始涌动，酸甜苦辣又开始了，帅帅又“哇哇哇”地抓紧脸盆埋下自己的脑袋。只不过已经没有粥可吐了，吐的是黄色的胆汁和白白黏黏的唾液，眼睛里满是泪水红通通的，喉咙火辣辣的，脑袋像刚从冰箱里拿出来似的又冷又麻。最后一个惊天动地的一吐后，他被夺走了身体里仅存的一点力气，鼻子“哼”一声后，闭上眼睛瘫倒在厚厚的被子上。

菊婶拿走了呕吐物的脸盆。徐志刚摸着儿子的光头说：“帅帅休息一下子，再吃。”他实在心痛得看不下去。

徐志刚叫来了医生，张主任一脸镇定的说：“化疗药就是毒药，它杀死坏细胞的同时也杀好细胞，伤害到身体的其他器官，所以那些输液是辅助化疗的药物，有护心、护肝、护胃、防呕吐、防尿酸、抗感染的激素……化疗呕吐是正常情况，不过之前已经推过止呕针了。这样吧，我再开另一种止呕针。”

“张主任，白血病患者的血液为什么还是红色而不是白色？”话音还没落地，后面的一群医生哄堂大笑。张主任摸摸帅帅脑袋说：“看来这小脑袋瓜子里藏了不少新鲜玩意啊。”说完，医生们又一阵哈哈大笑。

就这样，吃了吐，吐了吃。菊婶真好，天天都变着花样烧好吃的。“帅帅勇敢，帅帅坚强，帅帅是一个勇敢的植物战士，一定会战胜邪恶的僵尸！”他天天在这样的鼓励中支撑着生命。

来时的低烧已经被完全压服了，只是心跳有点快。透过薄薄的胸壁，帅帅几乎能够看到自己脆弱的心脏，化疗和癌细胞正一步一步蚕食他的领地。输液袋中的药水仍然一滴一滴地顺着输液管进入血管，输液袋似乎正抿着嘴巴向他挑衅般“咯咯”地嘲笑，帅帅知道大波的僵尸又要来了……

开春，最早是茶花和春梅，被巨大的雪松遮掩着，在僻静无人处，低调、安静地开着暗红色、浅粉色的花。迎春花大张旗鼓、拉帮搭伙，黄灿灿一大片，耀眼，高调，轰轰烈烈的。

该开学了，帅帅不能去上学，他真的很爱学习。他想起早自习上朗读的儿歌《春天来了》：

春天来了，春天来了
来到了小河边
小溪欢快地流着
春天来了，春天来了
来到了田野上
草儿绿了，花儿开了
春天来了，春天来了
来到了小鸟的家
鸟儿唱着动听的歌
春天来了，春天来了
来到了校园里
校园里充满了欢声笑语
……

帅帅不能去享受无限明媚的春光。只能光着脑袋，躺在床上，透过窗户望着一个似乎永不变化的世界，他就像一只被困在玻璃箱里，惊慌失色到疲惫不堪的白老鼠。

天又开始任性地给自己涂上颜色，一笔又一笔地涂，从灰色渐变成黑色，从近处一直到远处，直至窗外出现了一片又一片灯光。

同室的甜甜越来越弱了，要输氧气。她5岁时确诊为白血病，治疗两年两次复发。家里的钱全部花完了，父母还想方设法地借钱为她治疗，可是甜甜的身体每况愈下。从医生的话中听得出，她没得治了。

她还是朝帅帅笑了笑，笑得那么甜美。她躺在妈妈的怀中，安静地走了！

泪奔！多么坚强的甜甜，愿天堂没有病痛！

帅帅第一次感到了恐怖。他的山头空了，连声音都没有响，就轰然倒塌了。我得了白血病，我要死了！可我才十二岁，人生才刚刚起步，我不想死啊！

夜深了，属于每个病床的灯，一盏一盏地被熄灭。走廊上的灯光趁机从病房的门缝里偷偷溜了进来，张牙舞爪的僵尸张开血盆大口向他扑了过来……

“妈妈——我要妈妈！”帅帅哭喊着。

苏方圆来了，帅帅一下子扑向妈妈的怀里：“妈妈，抱紧我好吗？我冷，我害怕，我不想死！”

苏方圆推开他：“帅帅，今天是怎么了？”

“甜甜走了！”徐志刚说。

帅帅哭着说：“他家没有钱，妈妈，我们家有钱吗？”

“孩子，这不是你关心的事情，你只管听医生的话治病就行了。

放心，老爸有钱，给帅帅看病的钱没问题的，放心！”徐志刚拍着胸脯保证着。

苏方圆摸着帅帅的光头说：“我们只有你一个孩子，我们不会放弃的。钱，不是你考虑的事情。”

张主任说，当务之急，是找到配对的血型。化疗就像将身上的杂草全部除掉，骨髓移植就像除掉杂草后再重新移植新苗。找到新苗，是目前治疗的关键。

苏方圆的手机响了，没有停的意思。她要去上班了，帅帅知道检察院没有检察长是不行的。

苏方圆回到办公室，看了向东方给她的资料，她下决心对张荣发动手了，不管过去市委常委会怎么定的，过去是过去，现在是现在。不过，她还必须跟“铁头”通个气，让他心里有数。

“铁头”接了苏方圆的电话后，就好像吃了兴奋剂一样。苏方圆这个丫头片子，好！就要对张荣发动手了，这根如鲠在喉的刺终于可以拔出来了，他浑身的舒服劲就别提了！你不知道这个刺卡在喉咙里有多难受，这些年，一提到张荣发这件案子，他就从了，大气都不敢出。“铁头”深深地吸了一口气，又狠狠地咽了下去。畅快！

好吧，开心喝吧，大不了就是喝醉了，他有准备。

一群女人的笑声那么年轻，那么放荡，像鸽子一样飞到院子里。每人端着一杯酒，就像端着一碗彩霞。他们的脸有些模糊……醉了，“铁头”醉了，必须醉，要酩酊大醉，不然，会死得很惨！

“铁头”不说话，脑袋歪在一边，嘴角上流着口水，又一次成了一只歪倒的酒葫芦。

肖阿丹挤眉弄眼的，示意着什么。秋月将“铁头”扶起说：“铁检，先到客房休息一会儿。”

梦洁也上前来扶着“铁头”，“铁头”的肚子里倒海翻江，一股酸腥的液体从胃里爬上来，“哇”地喷出了，给梦洁洁白的衣服上增添了五彩纷呈的色彩，那就是容酒的光芒。她走了，去换衣服了，走了好，这个“绿茶婊”，不要你扶!

这走廊好像不是通向房间而是通向法庭。“铁头”放慢步子，后面随他过来的人也跟着放慢了步子，与他之间形成的三角形稳定不变，他始终处在被押解的位置上。走廊突然拐了一个弯，红地毯一慢坡倾斜下去。

哪怕下地狱，哪怕进坟墓，狗杂种，老子不怕你们。无数惊险的念头像金苍蝇一般在他脑海里飞翔着，飞跑着……

人啊，要想控制自己的欲望很难，要想放纵太容易了。 同是战友，同是在朝为官，一个就活得如此洒脱，一个呢? 就是一个清道夫。“铁头”有点跃跃欲试的感觉。不行，不行，他妈的他是个贪官，我是查贪官的检察官，不能与之为伍，人生是要有底线的。对，那条底线不能逾越!

“铁头”紧了紧皮带，进了房间，坐在沙发上。吐出来之后，人轻松了，也清醒了。他浑身无力地说：“我要回去了。”

秋月说：“铁检，今天就在这里休息，明天再回去吧。这是肖书记交代的，白姐吩咐的。”

干什么？你们要干什么？想绑架我吗？想引诱我？让我犯错误？

“那不行，我是铁定要回去的。”酒醉心明，“铁头”的态度很坚定。

秋月说：“急什么呢，人家还有事求您呢。答应了就送您回去。”

好，好，一听说秋月有事求他，“铁头”的心就软了。

“你和刘立立对象谈了怎么样了？”

“嗨，正为这事犯愁呢。”

“铁检，不瞒您，我家是北方农村的，家里穷得叮当响。我很爱学习，我的人生理想就是当一名教师。可是，母亲生了重病，没钱看，不得不辍学在家。为了钱，父亲将我许给一个比我大十八岁的包工头，我那时才十六岁，我就是死也不会从的。”秋月的眼中盈满了泪水，她看起来像只弱小、胆怯的小鸟。

真是一个可怜的孩子，一股爱怜从“铁头”心底升起。

“我真的很想上学，于是在网上发了一个帖子，向社会求救。有人同情，寄来钱，有人说我是骗子，将我骂得狗血喷头。有一位先生，给我父亲来了电话，让他停止包办婚姻，说他愿意资助我上大学。后来，他就一直寄钱给我，隐姓埋名，直到我大学毕业。”

“铁检，能不能帮助我找到他？”

“有什么线索吗？”

“有，一开始，钱是寄给我父亲的，后来，我上了大学，就直接寄给了我，这是从南城寄来的。”秋月递给“铁头”一叠邮局汇款单。

要找不难，看看是哪个邮局汇出的，就能锁定范围。“铁头”仔细看了一下邮戳，是四牌楼邮局。他傻眼了，这不是他让老婆阿菊寄的吗？这个邮局紧邻着他家大门，出门向左就是。

有这么巧？“铁头”资助过一个学生，经历和她一样。难道她是秋扬珠？

“秋月，你还有什么名字？”

“秋月是我的笔名，我在杂志上发表诗歌、散文时用的，原先的名字我不太喜欢，叫秋扬珠，工作后我就直接改成秋月了。”

我的天啊，秋月就是秋扬珠，还用找吗？“铁头”想说，不要找了，这个人近在眼前，就是我！

“大学毕业后，我来到南城工作，就是想找到他。我很感恩，我当时就想好了，资助我的人不管是谁，即使是个农民，是个老头子，我也要嫁给他，因为，他有颗金子般的心。”

“不管是农民，还是老头子，一定要嫁给他？”这让“铁头”太激动了。

“是的，我只想将自己献给他，圆了我心中的梦，就心满意足了。这也是我不能和刘立立确定关系的缘由。”

一定不能认了。如果认了，既破坏了她与刘立立的恋爱关系，又破坏了自己的家庭。“铁头”刚想出口想认的话，又生生地吞下了肚。

秋月看着“铁头”，眼神里全是期望，摆明了想要他说下去。可他说什么呢？话到嘴边，已经探出来的舌头又顶了回去。

“铁头”头有点晕，好像破砖乱瓦丢进了平静的池塘，他的脑子里一阵嘈杂，水花四溅，涟漪碰撞……眼前的秋月长着极清秀的一张瓜子脸，身材清秀挺拔。她的身体一下子拉得像杂技演员一样修长，整个人以一种令人吃惊的优雅姿势靠向他，掀开了充满香气的衣裙，她眼睛有毒，扫描他时闪闪发光……不，不，不，这不是他希望的，资助她上学，只是希望她幸福，不求回报。完了，“铁头”快挺不住了。

秋月，你要干什么？

“铁检，您累了吧，喝一杯茶，解酒。不好意思，给您添麻烦了。”

啊咦！秋月没干什么，只是给我倒茶，是我胡思乱想的，我怎么会有这么龌龊想法，真的很缺德。“铁头”突然有一种罪恶感。

记得有个心理学家说过，从根本上来说，男人坐怀不乱是做不到的。腰上皮带那块硬邦邦地硌着肋骨，使“铁头”获得了精神安慰，人在阵地在！

你知道吗？凡是铁面无私的人，反而儿女情长，不愿做出伤害亲朋好友的事情。“铁头”答应秋月为她找恩人，对她说了一些充满希望的谎言。

“铁头”喝了一口秋月倒的茶水，重新找回了自我，所有的记忆好像一下子又恢复了过来。肖阿丹跟“铁头”摊牌，“铁头”就乘机摸清他的底牌。

“铁头”换了个话题：“你表姐做什么生意的？又漂亮，又有钱，是什么来头？”

秋月说：“其实，白姐和我是远亲，到了南城才联系上。人生地不熟的，总算有个靠山，工作也是白姐帮助找到的。”

秋月又说：“她希望我和刘立立能谈成对象，也希望我成为您的朋友。”

“铁头”说：“刘立立是个好孩子，你只要能真心待他，今后的生活一定会美好的。我说实话，你感恩是好事，想报恩也不一定要用这样的方法。你想，如果资助你的人有家庭，你这样做，不是破坏别人家庭幸福，不是恩将仇报吗？”

“铁检，我刚才没说清楚，我是有前提的，就是资助的人是单身汉。”

噢，那就好，“铁头”深深地舒了一口气，他不是单身，他有老婆阿菊。

“铁检，白姐的势力很大的，跟市里省里还有更上面都很熟哎。他们对你客气是表面的，背后常常骂你们检察院，诅咒你们。”

“你怎么看？”

“刘立立跟我说过，检察院是代表国家行使权力，反贪局是专门查处贪官的，恨你们的人一定是腐败分子。”

秋月不愧是人民教师，心里跟明镜似的。“铁头”一定要促成她与刘立立的感情。

一丝凛冽的光线，从一扇小窗上渗了进来。这次酒没有白喝，“铁头”找到了高层腐败的窝点——白玫瑰会所。白玫瑰，这个女人不简单！她是“公共情妇”，官商勾结，钱权交易，权色交易。这次看到的，只是表面；就是表面，也不是好对付的。

“铁头”一脚踩在泥潭里，进退两难。

干，还是不干？

如果被你捅出来的真是一群“马蜂”，而万一你又收拾不了它们，那么，这群“马蜂”不把你蜇死，也一定会把你蜇个半残。

干！我“铁头”怕过什么？干！

天色昏暗，江面上雾气更加浓重，如一匹白布平摊在江面上。只有一盏街灯在昏昏地亮着。

秋月悄悄地对“铁头”说：“希望您以后对我亲近一点，我们今天睡了。”

什么？“铁头”眼睛瞪得老大。我们是清白的，作死啊？自己往自己身上泼污水，疯啦？

秋月神秘一笑：“我是他们的卧底，是你们的内线。”

双重间谍？！

大叔找了个小萝莉？

“铁头”搂着秋月的小蛮腰，走出了白玫瑰会所，身后一双阴险的眼睛在紧盯不放。

十六

走！去监狱会一会陈昌平。

一幢幢深灰色的建筑，三米多高的墙上挂着一道铁丝网，大门前持枪的哨兵，给看似普通的水泥建筑增添了几分森严肃杀之气。高大的围墙，紧闭的铁门，森严的戒备，醒目的警示，表明这是一个没有自由的地方。

一声春雷，屋外雨声大作。千千万万个小雨点儿迎着春雷的召唤，前仆后继地从天空投下身去。

苏方圆和刘立立去监狱秘密会见了陈昌平。他迫不及待地跑了过来，胸前挂着的囚犯牌子也跟着晃动。他意识到什么，悻悻然减慢了脚步。

陈昌平没想到苏方圆会这么快就来见他，他微微地激动起来。不一会儿，这种激动自发地汹涌，像海啸造成的冲击波似的一波连着一波排闼而来，撞击得他几乎难以自抑。

“陈昌平，今天来见你，希望你将事情的来龙去脉如实说清，不能隐瞒，只有你自己才能救你自己，明白吗？要求政法机关公正执法，你自己却不能如实陈述，公正何以实现？”苏方圆非常严肃地对他说，被告人如果不能如实陈述，带来的后果是非常严重的。

“苏检，我对不起您，当初，我说的有的是实话，有的是假话。今天，我要说，我全部都说出来。”陈昌平脸上皱纹交错。这些皱纹，从眼角到荒原上耸立的两座“蒙古包”处上伸再向下，交错成一张粗眼格子的渔网。不像四十岁的人。

“我过去和张荣发一直有生意上的往来，在路面机械厂改制前，张荣发让我将一笔两百万元的货款暂时不要打给他，我觉得有利可图，就照他说的办了。后来陆小红告诉我，张荣发在钻改革的空子，让她做假账，藏匿了一大笔资产，得以零资产，购买了厂子。等改制结束了，成立了荣发集团，再让他的客户将钱打进来，从而上了他个人的腰包。”

这是张荣发习惯的作案手法，苏检和刘立立用眼神交流了一下，相互心领神会，这说明陈昌平说的和他们调查的情况是一致的。

陈昌平继续说：“几年前，检察院开始调查，张荣发让陆小红销毁了所有账本，还将电脑资料全清空了。张荣发拉拢威逼利诱陆小红，让陆小红做假账，又答应改制后让陆小红当副总。为了能够买断企业，他还向领导行贿。”

苏方圆问："你说的这些有什么证据吗？"

"有啊，陆小红出事的前两天，检察院的人找到她，陆小红说了谎，说账本在厂里搬迁时弄丢了。张荣发对陆小红说，如果检察院再来找她，让她将所有的事情先扛下来，他会找人救她。陆小红非常害怕，找到我。她不想坐牢，她想与我尽快结婚，并移居国外，过上太平的日子。"

移居国外？你们想得太美好，太天真了。

"你老实回答我的话，陆小红有没有拿厂里的钱？是指工资以外的。"

"说实话，我也帮张荣发转移过货款，小红又帮他将账本毁了，张荣发答应给我俩一笔钱。可是钱还没有到手，小红就莫名其妙地死了，我也坐了牢，差点儿命都没了。我想这一定是张荣发在搞鬼。小红死得冤啊，我也冤，这里的疑点很多，真的，越想越多。有些疑点是我坐牢后慢慢回味、慢慢回想出来的。"

"那好，你将那天的情况，再回忆一次。讲得细一点，包括你感觉到的疑点都一一说出来。"

"出事的那天清晨，我接到一个短信：'亲，到南山不老松下见，就现在，我想你！有话对你说！'是小红的。原本小红说好当天回南城了，怎么一早又约我到南山见面？这是我的第一个疑问。对了，当时，我曾打过一个电话给小红，想问问她，可是她没有接。"

锁定！疑点之一，短信是可以由他人代发的，而电话不行，必须自己接。这个短信有可能是别人发的。

“小红常常会给我一个意想不到的惊喜。我觉得很奇怪，有事为什么不就近说？要到山上说？”

锁定！疑点之二，为什么要到山上说，不在附近？在山上作案相比其他地方更加容易，凶手选择了山上作为作案的场所。

“当时，我只是兴奋，没有多想。半小时后就赶到了南山，看见小红身着一件红色的外衣坐在不老松下。我上前叫她，拼命地摇晃她，叫她，她都不出声。怎么会这样？我摸了一下她的鼻子，发现她好像已经没有气了。我害怕了，一松手，没想到陆小红就滚到了山下。”

锁定！疑点之三，陆小红主动约陈昌平出来，却不说话。有可能陆小红已经被杀害，凶手将她放在不老松下，等陈昌平来，再加害于他。

对了，苏方圆想起来了，在过去的卷宗里，陆小红的手机通话记录上，在发给陈昌平短信的半小时前，她接了一个匿名电话，是什么？广告推销？诈骗？与本案有关吗？不清楚。这是个疑点，苏方圆在阅卷笔录上做了一个记号。

锁定！疑点之四，陆小红上山，是有人预谋，先约她上山，然后将她杀害。是谁约她，她就会去？一定是熟悉的人。

“小红摔下了山，有人当场发现，并且报警，后来开庭宣读证据时，我才知道他叫左二牛。他怎么会一大早就到了江城的南山？”

锁定！疑点之五，左二牛为什么会一大清早就去江城南山？他可能就是本案的凶手，又是他报案，成了本案的目击证人。

“张荣发是左二牛的姐夫，厂里人都知道的。还有一点，我过去一直没有说过，就是左二牛过去在厂里追求过小红，小红看不上他，认为他是个纰漏筒子，专门惹祸。我没有见过左二牛，是听小红说的。”

锁定！疑点之六，左二牛追求过陆小红，眼看陆小红要与陈昌平成亲了，顿起杀心。

“我仔细想过，我刚上山时，看见一个人影在不老松边晃过。”

锁定！疑点之七，有人先于陈昌平一步上山，将陆小红杀害后放置树下。

如果陈昌平说的是真的，那么，苏方圆可以这样大胆地推测：张荣发指使陆小红做假账，又销毁了账本，陈昌平为张荣发隐匿了巨额资产，检察院找到了陆小红，怕事情败露，张荣发让陆小红顶罪，陆小红不愿意，就想到了杀人灭口。左二牛是张荣发的小舅子，又对陆小红和陈昌平结婚一事怀恨在心，左二牛是不二人选。于是，案发当天，左二牛用匿名电话约陆小红到南山，将其杀害，再将她放在不老松下，用陆小红的手机给陈昌平发了一条短信，约陈昌平来南山。陈昌平来后，不小心将陆小红推下了山。

左二牛没有走远，发现陆小红坠崖后大叫“有人杀人！”立即报警，并当场指认陈昌平是凶手……除掉陆小红，然后栽赃给陈昌平，一举两得。左二牛有作案动机，又有作案时间，认定左二牛杀害陆小红，一切就都顺理成章了。

唯一说不通的就是法医鉴定。如果陆小红不是坠崖而死，死亡原因究竟是什么？没有答案。

如果陆小红是死了以后才被推下山的，那么，陆小红是怎么死的？是被人用绳子勒死的？法医鉴定是摔死的，是被人摔死后又抬上山，放在不老松下？不可能，根本不可能！法医鉴定是铁证！是陈昌平在说谎？

按照陈昌平的陈述，证据确实存在诸多疑点。这些疑点当初没有发现，完全基于陈昌平的口供，不是吗？他先说他是故意将陆小红推下山的，后来又说是不小心推下山的，现在好了，直接说推下去的是一个死人。他的话能相信吗？

沉默。

陈昌平无神的细眼，拼命地睁大，望着苏方圆，想在她的脸上找到答案？

雨下得又大又急。窗户被风吹得嘭嘭直响，屋顶沙沙的雨声已经连成了一片。

风雨如磐。这么多年在检察岗位上练就了苏方圆沉着冷静、不动声色的风格，从她的脸上找不到任何答案。此时，苏方圆的心里也没有答案。

陈昌平的话也不能全听，当初他说了谎，现在就不会说谎了？为了自己能翻案，什么话都有可能说。

面对沉默不语的苏方圆，陈昌平喉咙里像打了结，声音一抽一抽，活生生拽出来似的说："我真的不是凶手，希望你们查到真正的凶手，替小红报仇，她死得冤啊！"

替小红报仇，可是自己身陷囹圄，如何去报？仇恨仍在，但没精力去浇灌它，逐渐成为僵死的花蕾，得不到绽放。陈昌平感到陆小红的魂魄附着在他体内，身体内的灵魂像一颗洋葱被层层包裹着。如今，她遇到了苏方圆，就像遇到了救星，他有了新的力量，灵魂被一层层打开，一点点从躯体里飘散出来，剥掉一层，露出崭新的另一层。

“你如果是冤枉的可以写一个申诉，我们可以走正常的法律程序。”

陈昌平原本低声平静地叙述，突然，又大声叫喊道：“我不写申诉书，我只相信您一个人！苏检察长，说实话，您不来，我还不敢说。过去，我有冤也不敢申冤，我怕他们，我斗不过他们。到监狱里我想申诉，左二牛又让母亲带话来，让我不要乱说，否则就要了我妈妈的命。为了妈妈的安全，我什么都没说，我认了。我原本想将这一切都烂在肚子里，带进坟墓。再熬上一年，我就出去了。您来了，当了检察长，给了我希望，还求您给我申冤平反！我冤枉啊！小红也死得冤啊！ 相信您一定能查清凶手，讨回一个公道！”

是啊，如果他不这么做，他又能怎么样？他还能怎么样？

像黎明前的黑暗，又像黑暗前的黎明。他可以不申诉，还有一年多，他就出狱了。当然，苏方圆也可以不受理，因为他没有申诉，她又是本案的公诉人，否定自己曾经办过的案件，有必要吗？

如果这样，真正的凶手就逍遥法外了！就这一点，苏方圆做不到。有法必依，违法必究，这一点，在她心中是确定无疑的！

“苏检，南城市奸人当道，您千万要小心啊！”

咦？怎么母子俩都说得一样？

“左二牛又让你母亲带话来，让你不要乱说。是指什么？”苏方圆终于发问了。

“一是为张荣发隐匿资产的事，这不是主要的。最主要的是小红将一个U盘和笔记本交给了我。上面有原来账本的拷贝，还有上千万资产的下落。这些能证明她是清白的。在出事的前一天，她交给我的。”

“东西现在哪里？”

“那天，小红约我去见面，我怕她要，就随身带着。后来，出事了，我就顺手将装有这些东西的塑料袋放进了不老松的树洞里。”

好了，找到问题的关键所在！一切疑问就可迎刃而解了！

苏方圆与陈昌平秘密谈话后，没有给他任何答复。赶快行动！

就像狩猎者，终于抓获了等候许久的猎物。兴奋！

苏方圆刚有点兴奋，就接到了志刚打来的电话，说帅帅又发烧了，医生发了病危通知书、苏方圆像头顶上炸了个响雷，将刚有的小小的兴奋，炸得灰飞烟灭了。

苏方圆向反贪局的同志们交代了一下，就赶往了医院。她盯着手机屏上帅帅的照片，儿子的眼睛在看着她，在责怪她，她的心脏就像钉满了铁钉，稍一触碰，已痉挛成一个铁拳的心脏就会爆裂。

帅帅，坚持住，一定要坚持住啊！

弥漫的水汽遮住了远处的山脉，道路被雨幕隔断。到处都是刷刷的雨声。

到了医院，张主任给苏方圆讲了帅帅病情的严重性。志刚嘴唇在颤抖，他将手中的病危通知书又拿起来瞅了瞅，交给了苏方圆，快速背过身拭去眼角上的泪水。

苏方圆抹去了脸上的雨水，拿着病危通知书，手抖得不行了——她签过无数次名字，这样的签字，是第一回。苏方圆鼓起勇气在纸上重重写下自己的名字，犹如在生死簿上勾上帅帅的名字。她实在忍不住了，一个人跑到厕所里，“哇”地一声大哭起来，雨水和泪水混在一起，流了下来。

一分钟，不，也就半分钟，她就让自己止住了哭。她必须清醒，她现在不能哭，要笑！不是吗？帅帅看到她在哭，一定会失望的。她的微笑会传递给他温暖、安慰和信心……帅帅正在最阴暗的时光，他需要灿烂的阳光，特别是来自母爱的温暖。

“帅帅，妈妈来了。”帅帅把自己捂得严严实实的，一点都不透风透气，小手紧紧攥着被子。苏方圆将他搂在自己的怀中。

“妈妈，我冷，冷，冷……”苏方圆摸一下帅帅的额头，就像碰到铁板烧似的烫得很，前额两侧和太阳穴的几根血管在一张一合地跳动着。

“帅帅，没关系，向日葵在吸收阳光呢，有了能量，就会打败僵尸的，妈妈就是太阳！”苏方圆在笑，她坚持笑，笑得像阳光一样灿烂。当一个人连哭都不能的时候，是多难啊！

灯光被雨罩笼得一片灰黄。帅帅的呻吟声和风雨声连在了一起。他身体像条小蜥蜴，缩在妈妈怀里，浑身颤抖。他在妈妈怀中笑着睡了，他在吸收向日葵的阳光，补充能量。

志刚在一边替苏方圆擦去脸上没有抹干净的泪痕。她想说什么，可什么都没说，志刚将她的脸贴在自己的胸口上，苏方圆听到他的心跳，那里跳动的音符和她的心跳连为一体。

医生给帅帅用上了冰块，输了液。帅帅渐渐地不再冷了，他头顶上的那一片密布乌云慢慢散去，天空变得越来越明亮，一片蔚蓝隔着白云又是一片蔚蓝。

张主任对苏方圆说，白血病有钱也不一定能治好，帅帅治病的关键有三：一是能找到骨髓配对；二是要能挺过化疗关，特别是最后两周进仓的强化化疗；三是配对排异关。这三关，每一关都可能丧命。

三关，每一关都是鬼门关。不管怎么样，还是要一关一关的闯！

医院正在中华骨髓库中寻找骨髓配对，这是关键。找不到，就等于宣布帅帅的死刑。配对的基本条件是45岁以下，同样血型。

苏方圆觉得首选应当是父母。志刚做了测试，不行！帅帅是O型血，他是B型血，单是血型他就被淘汰了。我来，我是O型血，配对结果是50%。张主任说，也不行，至少要60%，不然风险很大。

天啦！苏方圆就想不通，孩子是她亲生的，是她身上掉下来的一块肉，为什么就不行呢？反而要到天涯海角去找，能找到吗？

苏方圆相信，在地球的某个角落一定会有与帅帅相同配型的人，问题是需要时间。帅帅只有半个月的时间，他等不及啊！

远处，天空中升出一大团黑青色的东西。像一滴水的渗漏，向着天空的渗漏。接着，四周都升出黑青色，围拢起来。

“苏检，我带人赶往南山，在不老松下确实有个树洞，但没有找到装有证据的塑料袋。”是刘立立打来的电话。

奇怪？是陈昌平说谎？

“苏检，我仔细观察过了，有人来过，树洞边留下了明显的痕迹。”

是被人抢先了一步！

在哪个环节出了问题？一定有内鬼！

十七

狐狸终于露出了尾巴，抓住它!

这是南城检察院侦查指挥平台运用“互联网+”思维在该院检察工作中的一次具体实践。

会议室里，苏方圆在听取专案组的同志对张荣发案件初查情况的汇报。

投影的大屏幕上出现一幅反映张荣发侵占国有资产的示意图，以张荣发为中心箭头，标志线指向及数额都已明确标明。

向东方指着示意图讲述：“这是我们复原陆小红的电脑资料后整理的情况，还通过互联网查到了张荣发担任厂长期间隐匿资产的情况，所涉金额近三千万，主要涉及八个客户。”

苏方圆指着一名叫陈昌平的客户，说：“将这个客户的情况具体讲一下。”

“陈昌平主要是经营二手机械设备的业务，张荣发将厂里报废和报损的设备处理给陈昌平，陈昌平再转手卖出，其间利润还是非常丰厚的。2006 年，张荣发将五台车床以 260 万元的价格卖给了陈昌平，而这些设备仅使用了两年还是比较新的，陈昌平转手卖了 300 多万元。这五台车床在固定资产账上以废品名义作报废处理，而这笔款项到 2007 年底却汇到了荣发集团的银行账上。”

苏方圆点点头。屏幕上又出现了一幅画面，向东方继续汇报：“这是位于城郊的一块土地，面积为 100 亩，是当时张荣发用来作为职工身份置换的保全资产。改制后不久，他就将其拍卖了，仅将资金的小部分用来安置职工。从银行账户看他的资金转移异常，通过查看错综复杂的交易流水及相关凭证，我们发现其余的钱通过广州的一个地下钱庄转到了国外。”

王正义说：“我插一句，这个地下钱庄后来被警方捣毁。”

屏幕上出现了一个人的头像。向东方接着说：“这是张荣发的妻子，叫左琴，今年 48 岁。五年前，张荣发就将左琴和孩子都送到了澳大利亚。左琴与张荣发离婚后，又与一名澳大利亚籍男子结婚，获得了澳大利亚国籍后，又与其离婚。我们发现地下钱庄被警方捣毁后，张荣发又以左琴的名义来转移资产。目前，张荣发名下几乎没有任何财产。”

王正义说：“看得出他与左琴是假离婚。你不要以为张荣发是一个土包子，在这个方面他可算是绞尽脑汁。”

苏方圆提醒道：“希望你们记住，查张荣发不是我们‘一号专案’的最终目的，我们是要通过张荣发查他身后的肖阿丹。”

向东方说：“2009 年底，张荣发听说政府打算征用该地块，想到可以拿到巨额土地补偿款，他去找肖阿丹帮忙，肖阿丹同意用荣发集团的机器设备置换这 100 亩地，作为保全资产的抵押。在肖阿丹的操作下，本已作为职工安置之用的抵押地块被政府征收，张荣发获得 4000 万元。置换的机器设备多为老旧设备，折旧损耗比较大，又长期不生产，最终工厂破产。工人们自谋出路，1000 多名工人被扫地出门，造成工人不停上访。”

刘立立说：“从电脑数据上看，张荣发在改制前后，大量提取现金，这些现金的去向目前还不清楚。”

“对于张荣发的贪污问题，有很多举报，后来，国资委进行了调查，市委常委会也作了专题研究。结论是正常亏损，只查出来一个责任问题。数千万的亏空，查出来的竟会是正常亏损？数千万啊！当它一笔一笔地被侵蚀，被鲸吞，被巧取豪夺，被贪为己有，被挥霍得干干净净，既不算经济问题，也没有腐败行为？我们想不通，上面不让查了，我们也只能停了下来。”说起这件事，向东方就气不打一处来。

苏方圆说：“好，继续汇报。”

屏幕上出现了一张亚太公司的营业执照：“张荣发还有新的招数。在澳大利亚成立一个公司，手续简单，时间短，效率高，无须注册资金，无须提供资金。张荣发利用这一点，在澳大利亚以陈光的名义注册了一个亚太公司，并且投资 2000 万美元。根据澳大利亚的规定，投资者只要在澳大利亚投资1500万美元，就能在一年后获得永久居留权。张荣发已准备好了退路，很可能要逃跑。”

归纳一下，张荣发在国企改制时侵吞国有资产的主要手法就是将国有资产进行隐匿，造成路面机械厂亏损的假象。2007年8月，路面机械厂改制，张荣发以零资产买断，以位于城郊的100亩土地抵押，作为职工身份置换的保全资产。改制成荣发集团后，再将隐匿的资产打进个人的公司，从而将国有资产占为己有。

“下一步打算？”

“苏检，我们研究过了，认为张荣发在改制前后隐匿巨额国有资产，这个基本事实已经查清。可以对张荣发以贪污罪立案，对他进行传讯。”

“好，大家干得不错，对张荣发以涉嫌贪污罪立案侦查，立即拘传！”

抓捕行动正式启动！

刘立立监听到张荣发正在与悉尼的儿子通电话，手机号码显示的归属地是杭州。立即行动！方向杭州市。

城市的上空笼罩着雨前的闷热，空气中弥漫着一切人烟稠密的大城市所特有的那种混为一体的怪味。

当向东方和侦察员们马不停蹄地赶到时，才发现扑了个空。在杭州市人民检察院技术侦查部门的协助下，他们辗转到了上海。

左——右——左——右……

下雨了，车前挡风玻璃上的雨刮器机械地左右摇摆着，水帘从车顶泻下，又被雨刮器打散，不断地划出两道扇形的轨迹。赶至上海的时候，已是第二天凌晨了。张荣发的手机停用了，侦查指挥车也无法准确定位。

怎么办?

向东方望着混沌雨幕兀自出神："茫茫人海，到哪里去找张荣发的下落呢?"时钟滴滴答答地走着，这一路的颠簸和波折，让他们已经疲惫不堪了。

"向局，先去吃点东西吧！我们都一天没进食了。"一旁的王正义苦笑着提醒道。

他们一行五人走到一家饭店，进去买了五盒快餐，狼吞虎咽地吃了起来。正吃着，刘立立猛一拍桌子："有了！"近旁的老板娘被吓了一跳，嘴里嘟哝着骂了句："侬戆头啊！"

刘立立兴奋地对向东方说道："向局，大城市都是有酒店入住管理系统的吧?"

"哎呵，我都忘记了，说不定就能找到。"向东方似乎看到了一线希望。

在上海检察院和公安机关的协助下，终于在一家宾馆找到了张荣发的下落。

啊?床上是空的，被子还有热气，一定是刚走不久。

去向?还用问吗?一定是浦东机场，张荣发想逃往国外，可能会用假身份证，名字叫陈光。对，就是这个名字。

为了确保万无一失，在上海检察院的帮助下，他们请上海警方在浦东机场启动了人像识别系统。

人像识别系统发出了警示，找到了。那个戴着假发，戴着墨镜的。好，哪里逃！

王正义和刘立立还有两名法警，悄悄地贴了上去。

“张荣发！”王正义叫了一声。

那人回头说：“你们干什么？我不叫张荣发。”

“你叫什么？”

“我叫陈光。”

“陈光？”

王正义上去一把将张荣发头上的假发摘了下来，又将他的墨镜摘了下来：“张荣发，我们是南城市人民检察院反贪局的，请跟我们走一趟。”王正义向张荣发出示了身份证件和拘传证。张荣发一下子软了下来，被两名法警一边一个押上了警车。

山穷水尽又峰回路转，经过二十四小时的追捕，终于将张荣发缉拿归案了！

在这场没有硝烟的战斗中，第一枪命中了，初战告捷！

向东方立即给苏方圆报告：“苏检，张荣发被我们抓到了！我们正在押回南城的路上。”

“好，干得好！不要将张荣发押回南城，立即秘密押至江城市检察院侦查指挥中心‘清苑’，那里我已经联系好了，注意保密！”

王正义有点兴奋：“‘清苑’是全省检察院中监视居住场所最好的一个，科技一流，条件非常完备。”

人到手了，向东方大脑紧绷的弦，上得更紧了。

斜歪在后座车位上的王正义，不敢有丁点的松懈和疏忽，他的左手和张荣发的右手被一只手铐紧紧地铐在一起。张荣发上厕所，他也要一路跟着。因为拉扯，他的左手红肿了一片。出于安全考虑，他们不能去沿途的餐馆吃饭，一人啃一块面包充饥……

“向局，你眯一会儿，这里有我，你放心！”

向东方回头望了一眼王正义。这些年的并肩作战，他太了解我了，谁叫我们是“黑白配”呢？向东方就势打了一个盹。

睁开眼，天亮了，雨停了，东边的天空，架起了一座彩虹桥，流光溢彩……警车开进了“清苑”，那里一切准备就绪了。

对张荣发立即开始了突审！

王正义已经急不可耐，跃跃欲试。是他大显身手的时候了。

“叫什么名字？”

“陈光。”

“这是你的假名字，说说你的真名字。”

“张荣发。”

“这才对嘛，在我们面前不要说谎。”

“年龄？”

“55 岁。”

“籍贯？”

“南城市人。”

“履历？”

“我一直在路面机械厂工作，从供销员到供销科长、副厂长、厂长，后来企业改制，现在是荣发集团的董事长兼总经理。”

“知道我们为什么找你吗？”

“不知道。”张荣发的表情很不屑。

“路面机械厂是怎样亏损的，你又是怎样以零资产买断的？”

“我都是按照企业改制的正常程序进行的，资产都进行了评估。五年前，你们不是查过了吗？”张荣发说得振振有词，一副受冤枉的样子。

“你以为五年前，会计陆小红死了，账本烧毁了，电脑上的数据也删除了，你就可以逃之夭夭了？我们查你不是一年两年，看看这材料堆得像座山一样了，说吧。”王正义拍了拍桌子上堆放的材料。

苏方圆来了，向东方和她一起在侦查指挥中心的指挥室里看着王正义的审讯。张荣发人长得倒还蛮正经的，中等身材，五官还算端正，戴了一副近视眼镜，面色发灰，牙齿发黄，是个大烟枪。交叠的双腿，紧扣的脚踝，紧握的双手，这样的身体语言都暗示着张荣发内心的封闭，对外界信息的抵制。

看得出他在顽抗，他老婆和儿子都到了国外，财产也到了国外，他已经没有后顾之忧了。要打开他的心理防线，确实要下点气力。

张荣发哼了一声鼻子：“有证据你们就定我的罪吧，我就不说什么了。”说完后，将头深深埋下，一言不发。

僵持！

张荣发在拖时间，认为自己有“靠山”，等待有人来“搭救”他？打破他的侥幸心理！

王正义靠近了张荣发：“知道这里是什么地方？不是南城，这是秘密侦查点，谁也不知道你到哪里去了，不要想有人救你，他们自身难保了。”

张荣发抬起了头，推了推眼镜，看了看审讯房间的“软包”，仍然一言不发。

继续僵持！

王正义点上一根烟，狠狠地吸一口，两边腮深深凹进去，烟上的火苗把烟丝烧得滋滋响，憋了一口，又狠狠吐出去，一团烟雾在张荣发的前额萦绕不散。随即刘立立也点上一根，也猛吸一口，火苗也烧得烟丝嗞嗞响。透过缭绕的烟雾看到张荣发舔了一下嘴唇，终于忍不住说话了：“能不能给我一支烟？”

“不行，讲问题，说清楚了就给你烟抽。”这个王正义，还有一套——有烟瘾的人，看到烟抽不到就是折磨。讯问室里烟雾沉沉。

王正义紧紧地盯住张荣发的眼睛，龇出了小虎牙：“你认为财务账被毁了，就无据可查了吗？你不知道，现在高科技有电脑复原这一说吗？还有陆小红怕日后说不清楚，自己私下又记了一本账，这一点你没有想到吧？”

张荣发就好像挨了一记闷棍似的，有些木然地僵坐在那里，一动不动地凝视着杵在他眼前的这根电线杆，还是不出声。

王正义忍无可忍、怒火中烧，他腾地一下站直了，“啪”的一声，将一张“亚太公司营业执照”亮在张荣发的面前。

“2000 多万元，你究竟凭什么，竟然能在这么短的时间里聚敛了这么多钱财！”

王正义旁敲侧击，从案子的外围情节剖析，时时释放一些对方关切的问题，从心理上给张荣发以压力。王正义不愧是优秀侦查处长，攻心法、威慑法、敲山震虎法、制造错觉法……全用上了。

张荣发心慌了，面色发白，满脸阴霾，眼镜直往鼻尖滑。

“我想上厕所方便一下。”张荣发刚站起来，突然就倒在了地上。

王正义拎着他不放：“你不要装死！给我站起来！”

苏方圆从指挥室的视频上看到了，立即指示：“将他放在休息间，躺下。快，启动绿色通道！”看样子她对这里非常熟悉。

很快医生就到了，现在做心电图和一些常规检查都不出“清苑”。以往，监视居住多在犯罪嫌疑人家中或宾馆中进行，期间办案人员需要全程二十四小时看管。因环境复杂，嫌疑人有逃逸、销毁证据或串供的可能。

“清苑”审讯、指挥双配合，构筑一体化监视居所。无论在室外活动区还是监视居住室内，高清智能摄像机都能锁定被监视居住人的一举一动，使整个监视居住过程透明化，不仅能牢牢看住嫌疑人，也保护其法定人权，不使监视居住变成羁押。审讯、指挥、监视居住集中在一栋楼内，一体化的流程可以提高办案效率。

难怪“清苑”监视居所模式现在已向全国推广，获得国内法学专家纷纷点赞，这也是检察机关践行修订后的《刑事诉讼法》的一次成功尝试。

真是百闻不如一见！

医生检查后说，心脏没有问题，就是紧张，心理压力太大，一切可以正常进行！

向东方做了一个“耶”的手势，也该他上场了，王正义将近四十个小时没合眼了。

午饭吃过，张荣发也勉强吃了一些，讯问继续。苏方圆也亲自来了。向东方不知道苏方圆的来意，这个张荣发，他向东方吃定了，还需要“一把手”亲自上吗？

好吧，来也好。这就叫作人员造势，领导参与讯问意味着案情某种程度的升级，就可造成紧张的气氛和压力。

向东方拍拍张荣发的肩：“张荣发，你不简单啊，这是我们新来的检察长苏方圆，今天亲自来讯问你，你要如实回答问题。”

苏方圆没有笑容，没有说话，严肃而庄重。冷美人，如同冰山上的雪莲，冷峻、端庄、高傲、绝美。她的眼睛一直盯着张荣发看，先在气势上压倒对手！

张荣发摘下眼镜擦了擦。人一摘下眼镜就露出了本相，满脸掩饰不住的愁容和恐慌。

片刻，苏方圆突然发问：“我问你，会计陆小红是怎么死的？”

天空滚过一阵雷声，张荣发忽然双膝跪地，号叫道：“贪污国家资产，我认，陆小红不是我杀的，我没有杀人！”

苏方圆这招灵，叫作声东击西，打他个措手不及！

向东方将张荣发扶起来："堂堂三尺男儿，早知今日，又何必当初呢？好好认罪吧，这是你唯一的出路。"

张荣发："贪污的事我认，我全认！陆小红的死，真不关我的事，全是左二牛干的。"

苏方圆："左二牛怎么干的？"

张荣发："左二牛喜欢陆小红，追求过她，别的我就不知道了。"

苏方圆："左二牛为你清除了心头大患，不是好事吗？"

张荣发："苏检，不是我，我还想让陆小红为我顶罪呢，真的不是我。"

苏方圆："陆小红同意为你顶罪吗？"

张荣发："她不是太同意。检察长，可要实事求是噢，我又没去南山，我怎么去杀她？"

苏方圆："陆小红为什么要烧毁账本，还有为什么把电脑上的数据全删除了？"

张荣发："这个我承认，是我让她烧毁和删除的，还不是怕你们检察院查嘛。人不是我杀的，陆小红是左二牛杀的，他爱她，陆小红不喜欢她，反正不是我……还有我贪污的事，有些是左二牛做的。"

张荣发始终咬住陆小红不是他杀的。杀人是要偿命的，贪污最多坐牢，他太懂了！

贪生怕死是人性的弱点，生命没有了，金钱、地位、财富还有什么意义呢？张荣发将小舅子左二牛推到了一线，亏损割肉也要践踏而逃！

这时的张荣发是这么的脆弱，这么的虚假，这么的不堪一击。

苏方圆："好了，这个问题今天就谈到这里。下面，你将贪污的问题老老实实地跟向局长坦白，态度好，我们会给你从宽处理。"

"谢谢苏检，我一定老实交代，争取从宽处理。"

向东方给了张荣发一支烟，让他提提神，好好回忆一下，他们开始"四两棉花，八把弓——细弹（谈）"。

没想到陆小红的死真的是左二牛干的，陈昌平真的是冤枉的。不！现在下结论还为时过早，这只是张荣发的一面之词，需要证据！

以故意杀人罪去逮捕左二牛，检察院没有这个权力。刑事案件的侦查权在公安机关，这一点苏方圆再清楚不过了。但左二牛是张荣发贪污的共犯，就以这一点，将他传讯！

这样可以一箭双雕，就这么办！

十八

苍天保佑！帅帅有救了！

医院张主任来电话说，中华骨髓库找到了一名骨髓捐献者，是十万分之一的概率，真的不容易。苏方圆无彩的脸，像突然吃了仙丹妙药，刹那间，激情迸发。

骨髓捐献者今年 32 岁，叫张荣明。初配成功就具备移植条件了，高配血样也寄来了，骨髓配型成功了，高分辨竟然达到八个点，这情况不多见，是百万分之一的概率，缘分啊！苏方圆着急要看看这个年轻人，前世一定与他们是一家人。

张主任说，骨髓移植需要非常多的钱，如果过程顺利最低费用也要 30 万，如果过程不顺利费用可能超过 200 万。有钱吗？苏方圆望着志刚，他是户主，是大当家的。

徐志刚说："有，没问题。刚买了一套新房子，没钱就将新房子卖了。帅帅看病要紧，还有比生命更重要的？”志刚说得那么坚定，苏方圆就放心了。

帅帅后天就要进层流仓了，那个叫张荣明的捐献者还不露面，十万火急！

不会反悔了吧？真是怕什么，就来什么。

张主任说，捐献者暂时不能和她见面，有事要和她单独谈，同意了才能捐献。有什么条件，苏方圆都会答应的，不就是钱嘛！徐志刚反应敏捷，立即将30万元打给了医院。

苏方圆的电话响了，她从病房走到了走廊。是一个陌生人的声音：“我叫张荣明，就是那个和你儿子配型成功的人。”

“啊，太好了，你在哪里？能不能见一面？”

“不着急，我还在广东呢。”他不慌不忙地说。

啊哟，一个在水里，一个在火里。

“我们真是有缘分，能捐献骨髓的本身就是大爱之人。你究竟能不能来啊？”

“我能来，只要你能答应我的条件。”

“为了能救我儿子的命，什么条件我都能答应。”

“好！苏检是一个爽快人。”

“30万元已经打给医院了，你还要多少钱？尽管说吧。”

“我不是为了钱，我是张荣发的亲弟弟。”

嗯？是张荣发的亲弟弟？！世上竟然有这么巧的事情？苏方圆心中一凛。

“我从小就没了父母，是哥哥将我们兄弟三个带大的，我最小，他关心得最多，从上学到工作，没有哥哥就没有我的今天……”电话那边说得情深意切。

苏方圆明白他的条件是什么了，不出所料：“苏检，我求您放过我哥哥吧，他一辈子真不容易。如果能放他一马，我立即过来给你儿子捐献骨髓，分文不收。”

“我知道，张荣发对于你来说是一个好哥哥，对我来说，他可是犯罪嫌疑人。”

“苏检，法律是有弹性的。当初，你们也查过，不是也放过了吗？你再好好想一想吧。”

法律是有弹性的？苏方圆是第一次听说。当初，是因为证据不足，不，也不排除有人放纵。但是，答应他，为自己的私情而放弃党的原则？

亲情固然重要，但国家法律更不容践踏。张荣发怎么能放过啊？苏方圆做不到！绝对做不到！

“还有陆小红不是我哥哥杀的，陈昌平的案件，涉及很多上层领导，希望你三思，否则，你会后悔的！”

什么意思？怎么扯到陈昌平的案件上了？他怎么知道的？

“对不起，我不能和你谈案件，这是机密！”

徐志刚在一边拉了拉她的手，小声耳语道：“先答应了，再商量。”

“拿法律做交易，没得商量的！”苏方圆回答得非常坚决。这会儿没有什么人能动摇苏方圆的决心，她铁下心来想干成的事情，谁也阻挡不了！

因为她是一名检察长！她曾经宣过誓，忠于中华人民共和国宪法，维护宪法权威，履行法定职责，恪尽职守、廉洁奉公。她不能忘却，更不能背叛！

“那为你儿子捐献骨髓也没得商量了！”对方回答得也非常坚决。随后，电话便挂了。

徐志刚在一边急得直跺脚，“我说老婆，不，苏大检察长，你能不能讲究一下计谋，先答应他的请求，待手术完成后再秉公执法？”

“你以为是商品买卖啊？先赊账拿货，再反悔退货？法律不是儿戏！”

“好，法律不是儿戏，帅帅的命是儿戏吗？帅帅怎么办？就等死啊？！”

在徐志刚看来是可以采取的权宜之计，在苏方圆看来，既不是策略，也不是计谋，而是人格的虚伪。再说，这种权宜之计，在法律上是行不通的。单位里的人怎么看？噢，为了自己的儿子先将犯罪嫌疑人放了，等儿子的骨髓移植手术完成了，再将他抓起来？这叫什么事啊！

儿子要救，一定要救。就没有两全其美的办法了？她这个人就是有点“轴”，脑筋不会转弯，也不会变通。帅帅住院的消息不胫而走，有人送来鲜花，有人送来营养品，有人送来红包。送礼中有真心诚意的，有动机不良的，怎么办？她一律拒绝，让护士作了登记，心意领了，东西退了。

护士又拿来一张纸，上面写着送慰问物品和钱的人员名单。今天只有三个人——人越来越少，大家知道苏方圆的作派就犯不着来了。

徐志刚含混道："昨天，肖阿丹书记让他的驾驶员送来了 30 万元钱。"

肖阿丹？30 万元钱？

我说么，这么神速就将 30 万元钱打到了医院，原来是肖阿丹送的。他们处心积虑地设下这么多埋伏，无非是一个目的，就是要把她给稳住。

是的，他们最为放心不下的只能是她。"铁头"退出了，他们放心了，现在他们最担心最恐慌的也就只能是苏方圆。

徐志刚糊涂，真糊涂！糊涂得让人可怜，让人可憎。这么一大笔钱，竟然收下了！

"志刚，肖阿丹的 30 万元钱不能要的，一定要退给他！"苏方圆说得非常坚决。

徐志刚无所谓地耸了耸肩膀："为什么？我和他说了，这是暂时借，等房子卖了就还他。"

"借？说得清吗？不要说没有写借条，就是写了，也会说你是以借为名。纵然你浑身长满了嘴，也照样无处分辩，就是跳进黄河也洗不清的！何况他们最希望的就是你这么不吭不哈地'隐瞒'下去，永远这么不吭不哈地'隐瞒'下去！"这样一来，你就算被他们永远地捏在手心里了，这是自投罗网，心甘情愿地让自己做了人家的靶子和盘中餐！

苏方圆沉着脸，明白无误地告诉他：“借谁的，也不能借他的。”

检察院查办“一号专案”的目标就是肖阿丹啊！不过，这是机密，不能泄露。

“志刚，他不是真心帮助，是别有用心的。”苏方圆苦口婆心。

徐志刚嘴一撇，表情很不屑：“在你眼里个个是坏人，个个都想拉你下水，个个都想行贿你。苏大检察长，不要神经过敏好吗？”

“‘铁头’和肖阿丹都是我的战友，一个出力，一个出钱，有什么不对吗？为什么不能要？”

志刚真傻，就好比一只绵羊，一头钻进了狼窝，还以为自己又幸运又安全。同是战友，肖阿丹和“铁头”能一样吗？一个真心帮助你，一个真心拉你下水，难道一点都分不清吗？

“不要问为什么，反正不行，就是不行！”苏方圆把话说得一点余地都没有。对他这般糊涂的人，只有采取高压政策。

徐志刚是一个压而不服的人，两眼瞪成两颗玻璃球，愤怒地挥了一下手：“肖阿丹又不是你的朋友，是我的战友，又不是你收的，是我收下的。有什么问题，不会影响你的进步，为了帅帅所有的责任全由我一个担着！”他撕心裂肺地喊了起来。

菊婶出来了，伸出一只手指对着嘴“嘘”了一下说：“轻一点，孩子都听到了。”

苏方圆真的要疯了，怎么就不明白呢？这么多年一点默契没有吗？

一切的一切，就是这么明显，就是这么露骨，就是这么毫不遮掩。思路越是清晰越是进退维谷，退一步天阔地宽，有钱了，又有人捐赠骨髓，成功率很高，孩子有救了，现在回头一切都还来得及。

怎么了？究竟是怎么了？明知道是人家设好的圈套，还往里钻？是她想多了？是志刚说的战友情分？是借？以后再还？

不！苏方圆必须保持清醒的头脑。这30万志刚拿了就等于她拿了，收留这笔款子，她将永远不再拥有平静和安宁，这将会成为终生的隐患和心头至死挥不去的噩梦！

那么，找个机会退回去？有那么容易吗？招鬼容易送鬼难，又怎么退得回去？

她郑重其事地劝告他："志刚，30万元退给肖阿丹会伤了你们战友间的感情，交给纪委吧。"

交给纪委？徐志刚好像听明白了。

他警惕地抬了抬眼睛："有这么严重？"

"志刚，为了我们的孩子，我什么都能奉献，就是不能拿权力做交换。你就不理解？我爱帅帅，我想救帅帅，可……"

苏方圆忍了半天的眼泪，到底不争气地悄然滚落。人总有无法消除的软肋，志刚是吃软不吃硬的，最看不得老婆落泪。他心软了，将她一把搂在怀中："老婆，不哭，我全听你的，我明天就去交纪委。家里没有这么多现钱，新房子我已经找到了下户，原本想再找找，可以卖得高一点，急着用，我们就不等了，明天我就去卖了。”

“志刚，我想过了，用我自己的骨髓给帅帅。”她神色非常认真。

志刚推开了苏方圆，目光中显出惊讶和不安：“你？能行吗？”

“我想过了，只有这一条路可走了，这样总有百分之五十的希望。”

他心疼地抱住她：“你要吃苦了。”

“你后天也要陪着帅帅进仓了，也辛苦。”四目相对，从目光交汇中读懂对方的心。我们一起同心协力努力加油！

退缩一步是死亡，往前一步是地狱。用自己的骨髓，尽管有风险，苏方圆也要一试。张主任说，只能这样了，别无选择。

十九

没想到的是左二牛逃跑了！

他越是跑，苏方圆对他的怀疑就越大。不是吗？

左二牛追求过陆小红，他恨陈昌平，还公开说想杀了他。左二牛有杀人动机。同时，他又有作案的时间，他去过南山，是陈昌平案件的目击证人。还有陆小红留下的资料不见了，也可能是他去南山拿的。追捕左二牛，抓住他，才能解开这个谜。在这个关键时刻，他跑了！畏罪潜逃？

那么，陈昌平真的没有杀人？是被人陷害的？现在看来完全有这个可能。左二牛很可能就是真正的元凶。

这关系到一个人的清白，关系到真正的凶手，关系到公平正义的实现！当然，也关乎苏方圆的名声。自我否定，是这么难！要有壮士断腕的决心，而断自己的腕，不是别人的，这需要多大的勇气、和决心啊!

天空阴晦灰暗，像是又要下雨。南城的雨淅淅沥沥，又细又密的花针小雨从惊蛰一直下到清明，柳丝在雨中亮了。

苏方圆还没有足够的把握，她想到了李跃中。他是当年的江城市政法委书记兼公安局长，他主持协调了这起案件，苏方圆应当向他汇报，听听他的意见。

苏方圆来到了南城市委副书记兼政法委书记李跃中的办公室，一杯绿茶放在了苏方圆的面前。茶叶缓缓浮上水面，然后慢慢沉下去，芽芽直立，汤色清冽，幽香四溢。

苏方圆喝了一口，舌尖微甜，一股茶香慢慢地从鼻端沁到咽喉，醇香、清雅，这是江城特产的南山青峰。苏方圆顿时感到一种家乡的情结，在温暖着她的心。

李跃中身材高大，但不粗笨，大概是由于武警出身，训练的结果。不大不小的眼睛，准确地说他是个单大眼。个性坚韧又不乏灵活。他一直是苏方圆敬重的领导，在江城也是唯一可以信任的领导。

李跃中听完了苏方圆的汇报，没有马上表态，开始品茶，瓷盖碰着杯口发出轻盈的叮当声:“苏检，你想过没有，如果要纠正这些案件，会影响一片人，你，我，还有公检法一大批人。”看得出来他是有犹豫的，因为，在仕途上他正处在一个上升期。

“我想过了，如果就此打住，陈昌平也不会主动跳出来申诉。但是如果我知道了这件事，将其隐瞒下来，良心上过不去。如果真是一起冤案，我们可能会受到责任追究，甚至可能会受到处理。可是对于陈昌平呢？如果他是冤枉的，已经坐了五年牢了，还要继续坐下去，对他公平吗？我们崇尚的法律精神，不就是公平正义吗？这是人民群众的最后一条生命线。”

李跃中盖了杯盖，将茶杯搁到茶几上，用欣赏的目光看着苏方圆：“好！当了检察长思想境界也提高了，我佩服！”

苏方圆的脸开始一阵发热，其实，她的内心也有很多的纠结：“我现在没有想那么多，只是想将这起冤案纠正过来，今后应当怎么办，全由组织决定。证据存在着疑点，本应当是公诉人在审查案件中发现的，我还不够认真仔细……”

李跃中打断了苏方圆的话：“苏检，现在不是做检查的时候，更不要自责了。当初，没有认定陈昌平是故意杀人，我们已经将关口把得很好了，不然，定故意杀人，判了死刑，这个陈昌平到哪里申冤？再说陈昌平只是申诉，一切还没有定论，当务之急应当着手解决问题。有什么打算？”

苏方圆摊开双手：“如果不是陈昌平所为，现场一定会留下痕迹。可是五年过去了，现场又是旅游景观，想必也不会找到什么有价值的证据。现在左二牛又逃了，我已经无从下手了。我是来汇报，也是来求援的。”

李跃中说：“苏检，对左二牛追捕是一方面，你有没有想过，可以从法医鉴定上下下功夫？”

对啊！苏方圆怎么就没有想到呢？李跃中不愧是老公安，真的不能完全相信法医鉴定，许多冤假错案都始发于法医鉴定。

“放心吧，这个事就交给我吧。当初是由我负责侦查的，我也有责任，我现在请公安系统最优秀的法医重新鉴定。陆小红火化了，卷宗还在，一定能从中找到答案。一有结果我会通知你的。”

苏方圆很感激李跃中。这么多年，他一直是苏方圆敬重的领导，彼此默契，心心相印。要知道，他做出这个决定，也是需要勇气的，他也面临抉择，在个人名誉和法律面前，他选择了维护法律的尊严。

“苏检，你才到南城检察院当检察长，要干的事情多着呢，要抓好队伍建设，抓好法律监督工作，特别是抓好反贪工作。刚走马上任，就忙着纠正所谓的冤案，我提醒你啊，这里是南城，不是江城。如果需要纠正错误，也不属于我们的管辖范围，你搞搞清楚！”

讲到办理反贪案件，苏方圆将巡视组交办的“一号案件”的情况，向李跃中作了一个简单的汇报，

李跃中喝了一口茶提醒道：“你可能不知道，南城官员之间关系非常复杂，比如说，张荣发与市委赵子涛书记的关系就非同一般。五年前，市委常委会专门就检察院查处张荣发贪污案件形成过决议，为了巩固改革成果，维护社会稳定，对改革中出现的问题，不再追究，张荣发案件就没有能再深入下去。过去，每查处一件处级以上干部都要党委讨论同意，为的是保护干部，也使得一大批腐败分子没有能绳之以法。检察院是条块结合以块块为主的管理方式，所以反贪工作一直束手束脚的，打不开局面。这一回，检察院将张

荣发查处了，一定会触动很多人的神经，下面还会遇到更大的阻力，你要有充分的思想准备。”

苏方圆体会非常深刻。说实在的，现在党中央加大了反腐的力度，但对检察院的管理模式没有变。还要注意工作方法噢，在夹缝中生存，带着镣铐跳舞，不容易啊！

苏方圆从李跃中办公室出来，没想到太阳露出了笑脸，市委大院的路边一排排香樟树，温暖的阳光从密密层层的枝叶间透射下来，地上印满铜钱大小的点点光斑。

空气中弥漫着香樟树清新、淡雅的幽香。这是苏方圆喜欢的香味。她希望自己能够更加成熟、更加完美，或者说，更加圆滑有城府，就像自己的名字一样方圆有度，将案件查办了，又得到地方党委的认同，可是她真做不到。

地球又渐渐地将另一面绕过来面对太阳，移来了黑暗。

自从帅帅来南城看病，苏方圆就从市政府招待所搬了出来，在南城市的南边租了一套两室一厅的房子，离单位近，又安静。

夜又来了，比以往的黑夜更加诡异寂静，悄无声息，一步一步向她迈来，笼罩着，然后慢慢将她推进了梦乡，推向深渊。

苏方圆浑身伤痛，又走进了熊熊烈火的地狱。地狱的行刑者不断鞭打绑在石柱上的人，他们发出凄惨的叫声。灯架上悬挂着碟形的豆油灯盏，借着灯光，她看到隧道中成群的吸血蝙蝠在鸣叫。她顺着隧道拼命奔跑，不停地跑……

终于穿越了幽暗隧道，跑到了冰天雪地的山里，白茫茫的一片，到处是野兽的号叫声和嘶喊声。下雨了，她冷得瑟瑟发抖。听到山崖下陆小红在叫，我冤啊！是谁杀了我？我要和陈昌平结婚！

“妈妈——”好像是帅帅的声音。她看见帅帅在很高很高的楼上，被人狠狠地从窗口往外扔，在空中划下一个美丽的弧线后，继续做自由落体运动……。

“帅帅——”苏方圆从断崖上跳了下去，像一张纸似的飘了起来……她惊醒了。发现自己躺在床上，和梦境不完全一样，没有烈火，没有雨水，没有隧道，没有山崖，更没有帅帅。她额头渗出大片的虚汗，被子甩到了地下。

光扯裂了卧室的黑暗，天渐渐地亮了。

苏方圆浑身酸痛，她伸开双臂，用力向上，使劲跳了两跳——她要振作起来！

一切都准备好了，帅帅要进层流仓了。人呢？不见了！

苏方圆看见身穿斑马病服的帅帅爬上了窗户，正吃力地扒着窗门，将手握成拳头使尽全身力气狠狠地砸窗玻璃，一拳，两拳……

帅帅，想干什么？

跳楼？帅帅想跳楼了？！

帅帅不想活了？！

“帅帅，你在干什么？”苏方圆一下子慌了手脚。志刚冲上前将帅帅抱了下来。

这里曾经有个13岁的女孩从窗户里跳了下去，跳进了天堂。

“锁、锁、锁……一定要死死锁好窗户，一只苍蝇都不能飞出去。”医院的领导见媒体过来如坐针毡，打电话下着命令。挂完电话，在办公室“咔咔咔”踱来踱去后，又拨起电话：“锁死了没有？快点，记得啊。”

于是，血液科病房的所有窗户被螺丝钉死死卡住，只露巴掌宽的通风口透气。别说帅帅是一个身体虚弱，没了力气的孩子，即使没病没灾的人也绝不可能扒出可以塞进一个人的空间。

“帅帅，你想干什么？啊？！”苏方圆又气又急。父母为了救你，掏心掏肺的，你倒好，想放弃了？

帅帅突然像疯了一般，歇斯底里地吼着：“妈，没有钱，没有人捐骨髓，我都听到了，你就当没我这个儿子……”

是梦境？不，不是梦境，是现实！

“帅帅，是的，是没有人捐骨髓，不是还有妈妈吗？妈妈给你移植骨髓！”

“帅帅，爸爸将新房子卖了，我们有钱了。我们怎么会不管你呢？”

“妈，我活得好辛苦啊，真的好辛苦，我是治不好了，早死晚死都要死，还不如现在让我舒舒服服地去死。”随后便倒在苏方圆的怀里放声大哭。

“帅帅，一切都会过去的，再忍忍，忍忍，妈妈给你能量，都会好的。”苏方圆拭去帅帅脸上的泪珠，只觉得喉咙口一阵咸咸的，是泪水往心里流。

夕阳淡淡的光，轻轻洒落到银色的窗框上，洒落到灰白色的地板上，柔和地在帅帅脸色抚摸着，似乎这一切都有生命气息。

帅帅又矮又小，皮包骨头，两只脚像鸡爪一样细，装在两只宽松的塑料拖鞋里。苏方圆拉着帅帅的小手，在走廊里晃了一圈，就走不动了。

张主任说的“三关”刚刚开始，两周进仓的强化化疗是关键，帅帅能挺住吗?

二十

博物馆珍宝悄无声息地失踪了。第二天上午 8 时 30 分，讲解员像往常一样，熟练地打开博物馆展厅大门，准备迎接参观者。但一进门，她们大惊失色，眼前一片狼藉，几个展柜已空空如也。按当时市场估价，失窃珍品总价过亿元啊！这是南城有史以来最大的文物盗窃案。

南城刑警支队队长率侦技人员迅速抵达博物馆，马上展开勘查工作。随后市公安局局长、主管刑侦工作的副局长，还有检察院分管检察长、公诉处长也从不同地点赶到现场。公安局成立了侦破指挥部，以刑警支队为主，从市区各公安分局直属科室以及交警大队、治安大队等调集了两百余名精兵强将，各路侦查精英齐集一堂。

公安局长在电视上，抖出一块红色平绒布，向市民展示 10 万元悬赏金，希望市民们能提供有价值的线索。这一消息立即在南城炸开了锅。

现场勘查组经过连续几昼夜的奋战，提取案犯留下的物证、痕迹。通过对各种物证、痕迹的科技监测和经验分析，最终，看似毫无破绽的作案现场，被痕检专家们寻觅到 12 种 109 处证据。运用物证学、法医学、行为学、心理学等综合知识，警察通过逻辑推理，重建现场。在侦破指挥部看来，这真是一次堪称完美的作案。

案犯在两人以上。直接进入现场的案犯有两名，一个身高 1.70 米左右，身体健壮，体态中等，年龄在 25 岁上下，此人作案时穿一双“回力”运动鞋；另一名案犯在 1.72 米左右，体态偏瘦，年龄约 30 岁，此人作案时穿一双弧型底的鞋。

随着调查的深入，各种信息接踵而来。警方顺藤摸瓜，找到了关键的目击证人。渔场工人老吴反映：案发当日凌晨 1 时 50 分，他和同事三人巡湖到加油站北墙外时，发现有一辆白色桑塔纳轿车停放在此。

“桑塔纳轿车可能就是突破口。”指挥部当即决定两案合并侦查，以车找人或以人找车。通过十多天的紧张工作，在公安干警的不懈努力下，千里追踪，主要六名案犯抓获归案，所有被盗文物也全部被缴获。

在审讯中一人交代是有两人将珍宝盗窃出来交给他们的，不是他们一伙的。这两人是何方神圣？姓甚名谁？又说不清楚。偷了珍宝又不要了，有这种傻子吗？替人卖命又不讲报酬？会吗？要么背后有高人，高人是谁？

这样一起盗窃文物大案，八个案犯抓到六个，特别是珍宝毫发无损地完璧归赵，这是巨大的成功！公安部门也就没有再深究。

天网恢恢，疏而有漏。那两个人，一个孙来，一个王飞，逍遥法外，沙老邪让他们跑得越远越好；给他们的钱，也足够他们花一阵子的了。

有一点沙老邪始终没有想通：就是这么一来一去，一往一返，“黑狼”两手空空，最终什么也没得到。可是“黑狼”还是异常兴奋，照样给了他500万元。绝不食言！怎么样？佩服！买卖最讲究的是诚信，江湖上最讲究的就是一个“义”字。“黑狼”就是“黑狼”！

“黑狼”帮沙老邪注册了一个公司，叫“平江有限公司”。在南山脚下他们租了一处带园子的房子，这样就正式挂牌了。500万元是“黑狼”给公司开张用的。好啊，以后就是正经的生意人了，沙老邪可成了正儿八经的“沙总”了。

沙老邪在考虑下一步，平江有限公司生意要做，老行当也不能丢，这是他们的看家本领。另外，活还是要靠自己去找，不能依赖“黑狼”，他布置手下去踩点。

任何一个行当都有道和技两个层面，沙老邪研究的是偷盗中技和道的结合。手下人在人多的地方活动，眼观六路，耳听八方，锁定一个目标就跟踪上去，画上一个圈，表示这家来过一次，画上两个圈表示这家有钱。

沙老邪将手下获得的第一手资料认真研究，对于数据再细致地加以比较、核实、统计、分析，最后得出结果。再将每户作为样本，圈圈点点，比较之后，还要现场勘查，确定作案对象……这种脚踏实地的办法使他们屡屡得手，而且安然无恙。失窃者恨得牙根痒痒，却拿他们没办法。好像一个人和空气作战，每一拳都落不到实处，有劲使不出来。

南城谁最有钱？谁家有钱被偷不会报案？谁家会收藏文物？当官的不会个个是贪官，绝大多数家里不会放太多的钱，有点钱就会存起来。只有大贪官，有钱不敢存银行，实名制存款让他们只有将钱放在家里。现在又有了新招，开始收藏文物：一是不会坏，二是增值，三是听说还不收遗产税，好处多多。

当今时代都讲创新，做贼的也不能墨守成规，也要与时俱进，创新发展。“黑狼”从沙老邪这里收取文物，再卖给那些当官的，或者是有人从他这里买文物送给当官的。沙老邪再将其盗窃来，转手再卖给“黑狼”，“黑狼”再出手……这样形成了一个“良性循环”。这是他们这行当的创新发展，太有意思了！

太好了，就顺着这条路走下去，大有作为，前途似锦！

沙老邪摸着山羊胡子，品尝着新上市的名茶。这是平江有限公司新开发的“圌山新芽”，包装精美，口感一流。“圌山新芽”四个字是他亲手题写的，刚柔相济，正宗魏体。怎么样？书法沙老邪可是正儿八经练过的，小时候还拿过书法比赛一等奖。

沙老邪开始做起正经买卖来了，手下人都改口叫他“沙总”。

“西虎帮”的弟兄们都按月领工资，再按功劳大小，发放资金。不要以为只有官场上才人才济济，其实，黑帮中也是人才多多。

“治大国如烹小鲜”，很巧妙地将厨师和政治两个完全不同的职业联系在了一起。沙老邪觉得做小偷，不，做小偷的头领，和做官有颇多的相通之处。如果他来参政，亦可当个县长或市长什么的，不是吹的，一定也会当得像模像样的。

最近，沙老邪发现了一条大鱼，快乐恐怕不亚于文人读书心有会意，豁然开朗时的感觉。

“西虎帮”里有高手，有精英，当然也有蹩脚的。沙老邪就从蹩脚人做的蹩脚事中发现了大鱼。

十三太保中的“虾米”年纪小，个头小，长着一张娃娃脸，头脑灵活，刚从牢里出来不久，是个老江湖了。这天，他踩点到阳光花都，这里是有钱人集中的地方，大老板，高官。他从气窗里翻进了一户人家，看到有洋酒，就自斟自饮了几杯。没想到这个酒后劲大，他躺在床上想歇一会，不知不觉就睡着了。主人回来，将他逮个正着。

“是那儿的小屁孩？竟敢躺在老娘的床上？”她拎着他的耳朵，一下子将他从床上摔到了地下。“虾米”揉了揉生痛的耳朵，睁开惺忪的眼睛。头脑一转，他没有跑，跑就露馅了。他就势倒在地下，从眼缝里看到进来的是一个四十多岁的胖女人，正在四下查看，看家里有没有少什么。她拉开抽屉，又打开大橱门，大橱里是空的，她又将里面的一道门打开，往里张望了一下。

嚯！她家有密室哎，“虾米”看到了，爬近了也往里面看，好像放着不少古董。他赶紧又爬回去，将眼睛闭上，倒在地上。

大白天的，还进盗贼啦？不会，一定是她的熊儿子小宝带进来的。

“还装死，说！ 是不是小宝带你来的？”那胖女人用脚踢了一下“虾米”。

“我是小……小宝的朋友，是他带……带我来喝酒的。”“虾米”顺着胖女人的话说着，一脸无辜的样子。

“这个酒是给你这个小屁孩喝的？给我滚！”这个胖女人劲还真大，拎着“虾米”就往外抡。“虾米”像得到免死金牌一样，就势滚了出去。

“虾米”出了门就在她家的墙上画了两个圈，又加了一个圈，表明来过，有钱，太有钱了！

“虾米”连滚带爬地回来了，将情况向沙老邪一报告，沙老邪大喜，又亲自去踩点。打听后得知，这家男主人姓马，是容县书记肖阿丹的驾驶员，老婆吕正维，外号“女政委”。

“女政委”也不是白当的，送给肖书记的东西常常会被拒之门外，送给吕正维，那是来者不拒，全部照单收下。日进斗金，是常事，财源滚滚。钱多也有多的烦恼，不敢存银行，堆在家里又不放心。在她的示意下，送礼的人不再送钱，改送文物。她在南城郊区买了一幢高档别墅，专门用来放金银财宝，还设了密道。

这幢别墅她平日不来住，只有周日、周六才来。这是一个世外桃源，是“女政委”的独立王国。她经常站在花园发呆，或抬头仰望玉兰树上皎洁的花朵，或低头凝视篱笆下盛开的牡丹，融入花中，就像在梦中。她拖着慵懒的脚步，在草坪上散步，看着青翠广阔的高尔夫球场，看着这童话般的别墅，每当这时，她会产生梦幻的感觉：她是一个女皇，正漫步在自己的国土上……

打拼才是王道，“女政委”从贱狗的边缘之地，一路打拼，站到这个世界的中心。容易吗？她根本没想到，她的独立王国会有人虎视眈眈，准备入侵。

二十一

吕正维是一个幸运的女人，她没有本事，也没有大的学问，长得也一般般。18 岁那年，在县政府招待所里做了个服务员，成天拖地，擦桌子，叠被子，打扫卫生，每一天都像是从同一个模型里拓出来的，一模一样。吕正维像被铸死在里面了，连爬出去的缝隙都找不到。

青春就这么一天天的像流水一样白白浪费了？她不甘心。为什么别人可以活得像人一样，她却要活得像狗一样？

招待所的邱所长对吕正维说："道理很简单，你可以想象一下，将一只蜜蜂扔进一个加了盖的瓶子里，这只蜜蜂从早到晚都在飞呀飞，努力奋斗，然而它能飞得出去吗？不能！它只有死路一条！但是，如果有个人轻轻将瓶盖揭开一条缝隙，结果又会如何呢？毫无疑问，这只蜜蜂就飞出去了！这说明了什么呢？个人奋斗固然重要，但机遇同样重要呀，二者缺一不可！这是一个复杂的社会，如若有个人帮帮你，拉你一把，相信对你的事业，对你的未来，对你的人生，是大有帮助的！”多么通俗易懂深入浅出的人生大哲理呀！

邱所长就是为吕正维开启瓶盖的那个人。他对吕正维说：“人生就是一场赌博，你只要听我的，肯下本钱，你就会赢，就会荣华富贵，出人头地。”

“真的？我想荣华富贵，更想出人头地。不过，本钱？我是月光族，哪来的本钱？”

邱所长色迷迷地望着吕正维，说：“年轻就是本钱！你肯下吗？”

年轻也算本钱？！有什么不肯的？下！我拿青春赌明天！

就这样，吕正维下赌了。当晚，就被邱所长赌上了床，这个畜生占了她的处女之身。吕正维伤心地哭了，不全是因为身体痛，是心痛。

邱所长劝她说：“人生总有第一次，下一次就没事了。”

不过，有了这一次，邱所长就对吕正维特别的关照，尽管她在姐妹中不算漂亮，可每每有好事邱所长都会安排她去。

在县政府招待所遇到的大小都是个领导，不是吕正维自甘堕落，只要有机会，她都不会放过的。与领导上床总比在洗头房卖淫好，你说呢？钱来得容易，还不怕被警察抓。

20岁那年，吕正维遇到了生命中的贵人，就是肖阿丹。

那天，他喝大了，刚出餐厅门，大肉球一下子滚下了台阶。

邱所长安排吕正维去照顾他，她扶着他一瘸一拐进了房间，放在床上，脱了鞋，他嘴里不停地叫着："白……白玫瑰，白玫瑰……"

他好像是在喊着一个人的名字，是叫我吗？我不姓白，不过长得倒是挺白的。

"唉！"吕正维轻轻地应了一声。

肖阿丹一把将她拉到了床上，一种无法遏止的冲动，令他紧紧地抱住了她。她顺水推舟将自己和他都剥了个精光……

第二天清晨，肖阿丹爬了起来，揉了揉眼睛，望着赤身裸体的她，有点紧张又有点疑惑。他迷迷糊糊睡过去，再迷迷糊糊醒过来。他怀疑自己是否真的做过那事，是做梦？还是真实发生过？

肖阿丹说："昨晚我对你做了什么？"

孤男寡女，赤身裸体睡在一张床上，能干什么？会干什么？这还要问吗？想要赖？不带这样玩人的。她委屈地哭了。

"你叫什么名字？今年多大了？"

"我叫吕正维，今年20岁了。"吕正维抽泣着回答道。

"昨晚我酒喝多了，做了对不起你的事，千万不要对别人说。"

他穿上衣服走了，掏出一叠钱硬塞在她的手里，夹着公文包走了。吕正维数了一下足足有3000元钱，她一个月工资才800元，够本了。他叫什么？是什么来头？她都没问，萍水相逢就此拜拜了！

有一天邱所长和吕正维躺在床上抚弄戏耍，邱所长的头枕着她的胸口，手在她肥软的肚腹上来回抚摸。抚着抚着，他突然瞥见吕正维肚皮上"啵"地一跳，鼓出一块东西。过两秒钟，"啵"地又是一跳，又鼓出一块东西。邱所长大惊，悚然起身，盘腿而坐，凭他的经验，吕正维怀了孕，孕期超过六个月，孩子已经会拳打脚踢了。

吕正维不知道就这一下子就会怀孕，是谁的孩子？

邱所长说，那还要问吗？一定是那个叫肖阿丹的，他才当上国资委主任，找他去！

你不要说，这个邱所长还真有一手。他找到肖阿丹说得理直气壮，有事实、有证据，有物证、有人证。真的服了他了。肖阿丹苦着一张脸终于认了，认了就私了，不然，就告你强奸！

不要说，肯定是私了。吕正维挺个大肚子，孩子又没有出处，在招待所是混不下去了，邱所长名正言顺地将她开除了。她怀疑邱所长当初根本就是相中肖阿丹是块肥肉，才甩出她这根鱼钩的。

她被安置在一个出租屋里，不过，肖阿丹除了给钱外，没有正眼看过吕正维。没想到她生了个儿子，肖阿丹开心极了。儿子长得挺白的，圆脸，圆眼，肖阿丹非说长得像他。你不要说真的有点像，都是白白的，胖胖的，圆圆的。

有了儿子，吕正维从此告别了过去寂寞的日子。肖阿丹对她有求必应，处处迁就她，吕正维就得寸进尺，顺杆子往上爬呀。

人啊，也不能样样都称心。在仕途上肖阿丹一帆风顺，特别是到了容县当上了书记，春风得意，但最让肖阿丹在众人面前抬不起头的，就是老婆生了个女儿，取名肖韵。村里，连傻蛋都有了儿子，可他堂堂一县之长，家里三代单传，生不出儿子，怎么说得过去呢？想再生一个，计划生育的政策总不能公开对着干吧？

女儿肖韵，长得俊美，学习成绩又好，是他掌上的宝。可是，再好也是个丫头片子。肖阿丹将吕正维给他生儿子的事告诉了姐姐金凤，全家大喜，肖家总算有后了。金凤提醒他，给小宝做个DNA，确保万无一失。可是肖阿丹一看小宝，长得胖乎乎的，圆圆的，越看越像他，和他就像一个模子刻出来的，还要做吗？

不是说“女子无才便是德”吗？不是说“不孝有三无后为大”吗？从这个角度说，吕正维又孝又有德，不是吗？替他生了个儿子，有这一点就足够了。

吕正维为肖阿丹生了儿子，算是立了头功。第一任老婆，人老珠黄，早该下岗了。吕正维要上岗！她要正名，要当七品夫人！

肖阿丹家里的那个黄脸婆，是当初在工厂结识的女工，老实、本分、持家过日子的那种平常的家庭妇女。如今退休在家，活得像小孩，简单，单纯，不势利，不算计，不挣扎。肖阿丹对她淡漠，厌倦，离婚她都没有说不的权利，肖阿丹一人做主就行。可是，女儿肖韵哭着闹着、寻死觅活地不同意他们离婚，肖阿丹也就作罢了。

其实，肖阿丹也看不上吕正维，一个小小服务员，要文化没文化，要长相没长相，要本事没本事，就是生个儿子，就想转正？做梦吧！

嗨！吕正维空有一颗学习的心，偏偏生了一条挂科的命；空有一颗减肥的心，偏偏生了一条吃货的命。真是身不由己啊！

曾经一个朋友给吕正维讲过一个故事，说是一棵树爱上了马路对面的另一个棵树，她问然后呢，那个朋友说然后就没有然后了。慢慢地吕正维才懂，不可能的事，一开始就是结束。

吕正维清楚：不是所有的种子都会发芽；不是所有的开花都能结果；不是所有的书都值得一看；并不是所有的临时工都能转正……以此类推。

肖阿丹和吕正维根本就谈不上爱——酒后乱性，和她上了床，一不小心，生了个儿子，逢场作戏，擦枪走火而已。

吕正维当不了七品夫人，但总要有个归宿吧？所有人的现有位置，哪个是白送的？都是打出来、拼出来、挤出来、蛮不讲理厚着脸皮霸占下来的。如果你放弃，那就输掉了。吕正维喜欢“作”，不依不饶，寻死觅活地折腾。吕正维不安身，肖阿丹也就不得安生。

领导最离不开的是司机，再行踪诡秘的老板也需要有人来把方向盘。肖阿丹与驾驶员马强壮的关系，非同一般。将他从工厂带到国资委，又带到容县，关系越来越铁，也越来越微妙，最后“融为一体”。

领导的司机为了表示忠诚，都称领导为“老板”。“老板”的花柳之事，马强壮心中有数，他有他的乐，他有他的苦。

夜，已经很深了，商厦关了门，只有光在空中和地面流丽。马强壮开车从省城回来，路上的空车多了，车速也略慢下来，于是，整个节奏便舒缓了。

肖阿丹叹了一口气，马强壮知道，他为吕正维的事犯难了。

肖阿丹突然问道：“小马，我如果没有记错，你今年 31 岁了吧？”

“是的，谢谢老板还记得清楚。”

“有没有对象？”

“谈过几个，没有合适的。”

“我有一个事情，想请你帮忙。”

“老板”有事请他帮忙？他受宠若惊，义不容辞！

“老板有什么事尽管说，只要我能做到的，一定照办！”

“你将吕正维娶回去吧，她折腾得厉害，我受不了了。”

吕正维？老板的女人？怎么敢要呢？

马强壮本能地踩住刹车，“老板”前俯后仰一阵，车胎与路面摩擦发出锐叫，车停住了。

马强壮知道这也是老板万般无奈之举。吕正维文化程度不高，素质也不高，脾气不好，名声也不好，又喜欢张扬，给老板做老婆显然不合适。

人和人就是差距不大，才会放到一个天平上。马强壮将吕正维娶了。她年龄比他小五岁，倒还说得过去。她人长得一般，不漂亮，也不难看，也说得过去，人高马大和他倒很般配。就是还带了个儿子，有点心不甘、情不愿的。这是肖阿丹的儿子，马强壮知道，老板将吕正维下滑给他，也是为了掩人耳目，最终摆脱困境。

嗐！为了给领导排忧解难，马强壮认了！他对主人的忠心，日月可鉴！

谈判从开始到结束，天竟没有一点亮，时间的概念在这诡异的夜晚全混淆了，可是这一夜也实在够长的了。

头顶着那顶绿油油的帽子结婚，马强壮心里很不爽。也是哦，能理解，但终究还是答应了。没想到那个吕正维一口答应了，让马强壮心里有了那么一丝的愉悦。儿子小宝长得也与他三分神似，他认了，这就是命吧。

马强壮与吕正维结婚后，儿子叫马小宝。只有姓马，这是没得选的，“小”是“肖”的谐音，小宝也就是肖家的宝贝了。

没有听说过吗？替领导做一件坏事，这有一百件好事在等着你。

马强壮与吕正维结婚后，肖阿丹对他比对亲人还亲，到了容县立马给他解决了干部身份，提了一个车队队长。又分了房子，还有其他好处，多了去了。只要肖阿丹有的，他都有。后来，大家习惯了，只要是经马强壮的手送给肖阿丹的礼品都是双份。有时候，马强壮还半路下瓜，肖阿丹也睁一只眼，闭一只眼。

吕正维从命运中练就一派强悍，学会做个彪悍的娘们，不矫揉、不发嗲、不造作、不懦弱，怎么骄傲怎么活。不要小看她是个女人，她有能力，敢担当，讲义气，是个“女汉子”。

在容县想升官的、想发财的都来找她。来哦，提拔谁不是提？工程给谁做不是做？人嘛，总是要讲信用的，凡是找到吕正维办事的，没有不成的。谁要是送她的礼，请她办的事，只要承诺了，都能兑现，绝不食言。

肖阿丹处处迁就她，越是这样，越是得寸进尺，越干越来劲。

肖阿丹是万人之上、一人之下，他就吃她这一套。他迁就她，这一辈子都欠她的，一不顺心，“女政委”就拿儿子小宝来说事，屡试不爽，成功率非常之高。她的名声越来越大了，慢慢地容县的人都叫她“女政委”。

“女政委”，她太喜欢这个名字了。当初的赌注下对了，终于有了荣华富贵、出人头地的这一天了。她幸福满满的。

他们的小日子过得红红火火的，不只是小康，而是大康，是大富豪，要什么有什么，想怎样就怎样。谁能奈何得了？！

二十二

马小宝这个小兔崽子，不是一个省油的灯。学习不好，靠肖阿丹的关系才上了一个专科学校，成天和一些不三不四的人混在一起，泡酒吧，泡女人，听说还投资了一个月亮湾娱乐城，他靠什么？又凭什么？

一副专横跋扈、趾高气扬的丑态：满脸醉意、一身酒气，斜叼着一根香烟，半敞着质地考究的洋装，一只手插在兜里，一只手搂着姑娘。

活灵活现一副公子哥的痞子相！

这么一个油头粉面、饭囊衣架的人模狗样掌管娱乐城，乌七八糟、违法乱纪的事情多了去了。出了事情，肖阿丹就找关系去摆平，逢凶化吉、遇难呈祥，大事化小、小事化了，顶多就是个不了了之。

马小宝清楚他身后有个叫“女政委”的亲妈，还有一个当书记的亲爸，在外仗势欺人，惹是生非。幸好，公安局长是肖阿丹的亲信，不然，早就进局子了。是谁给了他这胆子？又是谁让他这样无法无天、为所欲为？马小宝还大言不惭地说，“爹就是用来坑的，不然怎么叫坑爹呢”。

沙老邪将“女政委”的底摸得一清二楚，知己知彼，方能百战百胜嘛。东西太多，社区看管也很严格，小偷小摸，不过瘾，胆大吓胆小，胆小要不了，沙老邪这回来个明目张胆，做贼也不心虚，这样反而安全。

沙老邪选好了日子，专门请了搬家公司，先让“虾米”潜入“女政委”家，将大门打开，然后二太保李其带队，开着大卡车，大模大样地将值钱的东西都搬上了车，还将“虾米”睡过的那张床也搬走了，这才像搬家的样子。

李其还给了门卫一支烟，门卫将门大开，微笑着朝他们点点头。迎着灿烂的朝阳，带着满车的赃物，晃晃悠悠地开出了大门。

沙老邪并没有将东西搬到他们的住处，而是搬到了另外租的一套房子里。这还不行，沙老邪还要再找个地方，将赃物转移。不是说，狡兔三窟嘛！

让沙老邪意外的是，在这些宝贝里面，竟然有大明宣德炉，他想留下这件宝贝。五年前，沙老邪将它卖给了一个叫陈昌平的人，他因为杀了人被关进了大牢，现在还在牢里呢，“虾米”和他是牢友，关在一个号子里。当时出手价太低了，老天有眼，现在又回到了他的手中。沙老邪让兄弟们清点一下，好出手给“黑狼”。

“女政委”家被盗，就等于肖书记家被盗。不，不，不，是县委肖书记的驾驶员的家被盗，说出去谁的脸上也不光彩。

也不知道是哪个吃了熊心豹子胆了，竟然敢在太岁头上动土?竟然偷到了她的家里，反了他了。

吕正维报了警，她怕什么？她又不是公务员，是民营企业家。自从与马强壮结了婚，她就开公司了，除了承包驾校，还开了江海公司，钱不要太好赚噢，有钱还不正常吗?

吕正维还给公安局分管刑侦的吴副局长打了电话，他的提拔是她跟肖书记打的招呼。 当然，他也送了30万元给她。

正在沙老邪洋洋得意的时候，只听见外面有人大喊一声：“快来人，在这里呢!”

话音刚落，冲进来一帮人。

“这就是我家的东西，就是这帮人!”

“看来不教训你，你是不知道死字怎么写的!”闯进来三个人摩拳擦掌，晃晃头，扭扭脚脖子，指节啪啪直响，看来也是个练家子。

“是马小宝，带人来了!”“虾米”转头想跑，被一个“刀疤脸”一把抓着头发，只听“嗵”的一声响，鲜血、鼻涕瞬间涌到脸上，“虾米”滑出去两米远，跌到了沙老邪的怀里。

“西虎帮”中要数二太保李其拳脚功夫好点，又血气方刚，自己人被打成这样，怎么也要讨回点公道。

李其给了“刀疤脸”一拳，“噔噔”倒退好几步，才勉强站稳。李其紧接着助跑两步，一个直蹬，奔胸部而去。

“扑通”一声，“刀疤脸”重重地摔在地上。

“我操！”旁边一个矮胖子抢先出手，一拳向李其打来，李其下意识地一个侧踹，正中矮胖子的肋部。矮胖子闷哼一声，身体直挺挺地倒在了两门的过道上。

“哎哟，还敢还手，给我上！往死里打！”马小宝叫嚣起来。

有人掏出匕首，有人拿出了砍刀，沙老邪一看大事不好，好汉不吃眼前亏，大声喊道：“兄弟们别打了，赶快跑！”

一阵混战，沙老邪拉着“虾米”拔脚就跑。

这回闹大了，出了人命了。警察火速赶到现场，连人带货全部带走了，马小宝也被警察带走了。

“西虎帮”损兵折将，十三太保死了一个，伤了三个，被抓进去四个，幸亏沙老邪带着“虾米”跑得快。

俗话说，强龙压不过地头蛇，况且，沙老邪还不是强龙，只不过是一个丧家犬而已。

灰暗的路灯把两人的身影拉得很长，街上已经很安静了，只有偶尔路过的车和呼呼的风声。沙老邪抖动那一缕花白山羊胡，他这回失算了，东西一样不少地搬回了“女政委”家。

“西虎帮”的弟兄们进去会不会将他交代出来？这一点，沙老邪不担心，兄弟们发过誓，绝不会背叛他的。再说，公安又没有发现什么新的线索，自己交代自己，大脑进水了？坦白从宽，牢底坐穿，他们有过深刻教训的。

要奋斗就会有牺牲，死人的事是经常发生的。死得最壮烈的就算二太保了，为兄弟两肋插刀，他是不会撤退的。再说，最后就冲着他一个人打，也撤不下来了，寡不敌众。

俗话说，“打死会拳的，淹死会水的”，不是没有道理的。

漆黑的夜深邃无边，圖山明法寺的灯火陷在田野里。

风有些凉，是荒凉的凉。青蒿挤在一堆瑟瑟发抖。黑鹳在沼泽里号叫。哀哀的荒坡腾起袅袅青烟，沙老邪为李其烧纸钱，为他守夜，为他祈祷，毕竟兄弟一场，保佑他来世投胎，不会拳法，也不做盗贼，做个人见人爱的弱女子、美女子。

这个结果是没有预见到的，经过“黑狼”出面调停，才没有深究下去。“黑狼”传话过来了，说这是一个误会，“地龙”与马小宝都是他的手下，大水冲了龙王庙，大明宣德炉不要了，就算给个补偿了。

平江公司暂时关门停业了，沙老邪带着“虾米”到李其家送钱，他还有一个老母亲。四个被抓进去的兄弟的家，也要去看望，这是江湖道义。江湖上以“义”字为先!

沙老邪相信，只要有江湖，就有江湖道义，“西虎帮”有朝一日还会兴旺起来的。

这回好了，出大事了。马小宝纠结了一伙人与“西虎帮”大打出手，将人打死了！小宝被南城市公安局带走，这不是要了吕正维的命吗?！

让吕正维没想到的是没有等公安动手，小宝就带了一帮人找到小偷与他们干上了。财物找到了，小宝进去了，这个小傻猫，这种事还要你自己动手？老娘摆不平吗？

吕正维伤心极了："阿丹啊，我们的家被盗了，小宝去将东西拿回来，打起来了，被公安抓去了，这不是要我的命吗？"她向肖阿丹哭诉着事情的经过。

小宝对吕正维尤其重要，回想她一个人在社会上打拼，不是全仗着有了小宝才有了今天？小宝是她的命，她的精神支柱。如果没有小宝，肖阿丹还会理她吗？马强壮还会娶她吗？她还会被尊敬地叫作"女政委"吗？还会有这么多的钱吗？不会，全都不会！没了小宝她活着还有什么意义！

她向肖阿丹哭诉，哭得很纯，很真。

她跟肖阿丹的关系，像脚与袜子，彼此分不开，主要是有小宝这个纽带。马小宝是她的命根子，也是她与肖阿丹押宝的唯一的赌注。

小宝的事，肖阿丹不能坐视不管。他给容县公安局张局长打了一个电话，了解了一下情况，知道小宝带人到南城去打架，一人死亡多人受伤，好在小宝没有受伤。问题非常严重，南城不在容县的管辖范围之内，怎么办？

"怎么办？你想办法，通融一下。小宝还是个孩子，这个事就交给你办了。"肖阿丹在容县说一不二，素有"小炮弹"之称。

肖书记下达了任务，张局长立刻与南城公安的相关人员商量，找个理由，先让小宝出来，让肖书记先放心，事后再怎么处理，回旋的余地就大了。

同属于一个部门，什么都可以商量的，在法律上打个“擦边球”也不是不可能的。南城市公安局刑警大队以马小宝是为了维护自身合法权益去抓小偷，到现场也没有动手，再加上是初犯、偶犯为由，就将他取保候审放了回来。

南城市公安局的领导说了，先将丑话说在前面，他们工作也只能做到这里了。南城市检察院如今来了一位女检察长苏方圆，是刑事检察专家、全国十佳公诉人，想在她面前蒙混过关，恐怕很难，毕竟人命关天。

事已至此，也只能走一步，看一步了。

二十三

人啊，就是怪，理智越是压抑，感情越是无法克制。越想得到的，就越得不到；越得不到的，就越想得到。

左二牛对象谈了有一打了，身边的女友走马灯一样地换，全都不称左二牛的心。他挑朋友像女人挑首饰，首先要顺眼，稍有不妥就一笑而过，因此库存朋友不多。

他这个人就是不想受到拘束，厂子里的活计，虽然是有技术，但左二牛吃不了那种苦，更受不了师傅的管制。好在姐夫张荣发是副厂长兼供销科长，到他手下谋了一个差事，跑跑供销。

跑供销，跑供销，全国各地到处跑，自由自在。有业务跑，没有业务，创造业务也要跑。这几年跑了大半个中国，认识了社会上的三教九流。

2002年秋天的一天，左二牛在厂门口闲逛，一个小姑娘叫道：

“大哥，这是路面机械厂吗？在哪里报到啊？”

哇，小美女！左二牛眼睛骤然一亮。

“你叫什么名字？”

“我叫陆小红，是新来的，当会计。”

左二牛二话没说，就将她的背包拎了过来，带她到人事部报到了。

左二牛看到陆小红，每一个毛孔都被重新刺激了一下，像有一头小鹿在心中乱撞。对，这就叫怦然心动。

陆小红，瓜子脸，精致的五官，娇柔可人，肤白如新剥鲜菱，清雅秀丽，嘴角边一粒细细的黑痣，更增俏媚。

什么叫一见钟情啊？初次的邂逅，初次的心悸，简直就是秒爱！

左二牛一米七八，身材魁梧，为了彰显男人的气质，在臂膀上还刺了一条龙，霸气！陆小红尽管身材矮小，只有一米五出点头，站在左二牛的面前，齐腰高，不觉得太矮了？

这个你就不知道了，高大的男生，就喜欢小巧女生，小萝莉那样的，有种小鸟依人的感觉，让男人有保护欲。左二牛强大的内心很渴望保护别人呐。

陆小红身上有一种淡淡的香草味。那种香味很奇怪，跟左二牛爱吃的猪大肠明显不同，若有若无的，总之，香气扑鼻，鲜美可口。陆小红是左二牛的菜，左二牛算是吃定了！

爱，不轻易说，不，爱，就要大胆地说出来。左二牛属于后者。

左二牛一有机会就讨好陆小红，向她示爱，一出差就给她买东西，她并没有拒绝。

在食堂排队买饭时，左二牛好几次故意站在陆小红身后，人多拥挤时往她身上贴。夏天，彼此的衣服都很薄，陆小红能清晰地感觉到他的那杆昂扬向上的枪。左二牛百般周旋，陆小红百般装傻，左二牛一直没得逞。他要主动进攻，男人不坏，女人不爱！

左二牛请陆小红吃饭，她来了。左二牛要送她戒指，这是左二牛的定情信物，左二牛是真心爱她。左二牛一击掌，服务员推来了鲜花和蛋糕，怎么样？精彩的还在后面呢。

左二牛声音有质感，有穿透力，当然也有诱惑力：“小红，我爱你！嫁给我吧！”左二牛单膝跪地，将一枚戒指高高举起，浪漫吧？

大厅里，空气顿时渗入了丝丝甜蜜。

不知道是激动，还是恐惧，陆小红没有说话，浑身发抖。左二牛等不及了，没等她回答，口水丝拉丝拉的，就将她抱在怀中，想亲她。

“流氓！”陆小红大叫一声，甩了左二牛一个嘴巴。哟，人不大，劲不小。酒店里围上了一圈又圈的人，一阵哄笑。

笑什么笑？打是亲，骂是爱！

这么多的围观者，左二牛简直……那一刻，他理解了动物园铁笼子里的狼为什么从东走到西，又从西走到东，因为无路可走，只盼着有缝可钻。

狼绝不是为了围观而生的。他要奋起直追！

爱一个人犯法吗？喜欢谁有罪吗？判多少年？

他是男人中战斗机！追求，就得追，左二牛就不相信追不到她。他想方设法地追！拼命追！

爱情并非考试填空，并非在正确答案上打上钩就完事的。自己认定了的最最熟悉的那个人，也许偏偏是距离最远的那个人。

网上介绍过与钟情女子交往的三十六种计谋，铁面计、缓兵计、射雁计、金钱计、醉酒计等等，左二牛发现哪种计谋都不适合他。

在一个单位，抬头不见，低头见。陆小红看到左二牛就躲，目光不会在他脸上停留超过三秒钟，眼睛不看他，看地，看地上匆忙行走的蚂蚁和一粒一粒的砂石。而左二牛自从说过了第一次“我爱你”，一见到陆小红就说，就表白。不仅说，还想亲她，特别是看到她嘴角边的那一粒黑痣。

唉！当个男人真不容易！

陆小红找到张荣发，告了左二牛一状，她哭了。左二牛实在抵挡不住那摄人魂魄的泪眼，就像一只苍蝇经不起蜜罐的引诱那样。他恨不得扑上去，搂着她吸干她的泪水。

回家后，左二牛被姐姐骂了一通：“我说二牛，你这哪是谈对象啊？不是耍流氓吗？比陆小红好的女人多了去了，姐姐回头给你找一个。”姐姐左琴是真心诚意的，更是扒心掏肺的。

左二牛挠了挠头：“比她好的女人，我不是没有感觉嘛！”声音里带着一点耍赖。

“二牛，你听着，你再这样，陆小红就要走了。她可是你姐夫用得上的人。你得离她远一点，不要再去丢人现眼。听到没有？啊？”

左二牛这辈子别人的话可以不听，姐姐的话不能不听——他从小没了父母，是姐姐将他一手带大的。她马上要出国了，这个弟弟真的让她不放心。

左二牛知道，张荣发也很看好陆小红，她心细、听话、嘴稳，成了他的心腹。经常出双入对的，关起门来私聊，特别是工厂承包后，他们俩几乎成天在一起。

张荣发啊，张荣发，你不会是也看上了陆小红了吧？你不拿镜子照照自己，你比左琴大五岁，左琴比左二牛大十岁，别想歪了好吧！

最让左二牛想不通的，是那个陈昌平，长得人模狗样的，面相太差，也太对不起观众了。

出鬼了！“塌鼻子大扁脸，世上都难选”，没想到被陆小红这个小萝莉给选上了。

左二牛太忌妒陈昌平了，就这么值得陆小红去爱？左二牛费尽心机也没法博得她的爱，他不费劲就得到了。左二牛鼻子都要被气歪了。

这个陈昌平，敢跟老子抢女人？这口气怎么也咽不下去。

鱼有鱼路，虾有虾道。左二牛请道上的兄弟喝酒打了招呼，有机会好好整一下姓陈的。南城道上的老大叫“黑狼”，黑白两道通吃，只要投到他的门下，没有办不成的事情。

"黑狼"，谁也没有见过他的真容，真是神龙见首不见尾。"地龙"是左二牛的好兄弟，那个姜大龙总没完没了地举报，还砸了张荣发的饭局，上次就是"地龙"带着兄弟们将姜大龙给暴打了一顿。够朋友！

"来，弟兄们喝酒，干杯！"左二牛高举着酒杯，仰着脖子把酒倒进了嘴巴里。

"左总都干了，我们也干了！""地龙"一憋气吸了个底朝天，还给左二牛亮了个底，咂巴咂巴嘴，好酒，好酒！

喝，喝！兄弟们都将酒一口干了。

"'地龙'，你说，我左二牛哪样不如陈昌平？啊？论长像，论家庭，论钱财，哪样不如？可美若天仙的陆小红被他娶了。"

我呸！他配得吗？

"那个陆小红小矮子，不配左二牛大哥，有什么好的？"马小宝在一边插嘴。

左二牛拍了拍马小宝的肩膀："小宝，你还小，你还不懂什么是爱。爱是不分高矮的。"

"嘭"的一声，左二牛的杯子和"地龙"的杯子撞击在一起，左二牛又是一口饮尽。

天上的红娘总爱捉弄人，总是将红绳绑错了脚脖子。陆小红要和陈昌平结婚了，老天对他太不公平了！

"狗日的陈昌平，哪天我替大哥给他做了！""地龙"是左二牛的铁杆。"好，我出钱……钱，钱，我有的是！"左二牛三杯下肚，嘴巴里弥漫着浓烈的酒气，舌头在打卷。

“狗日的，陈昌平恩将仇报！他捞的第一桶金，还不是张总给的？他不就是一个卖废铜烂铁起家的？”

“啪！”左二牛将酒杯摔在地下，晶莹透明的酒杯一下子摔得粉身碎骨。

“左总喝多了，你们大家尽情喝！”“地龙”扶着左二牛回家了。

左二牛倒下睡了。万物萌动的春夜，有亲近女人的强烈渴望，尤其是在酒精的作用下，伴随而来的是一种强烈需要的感觉。小红来了，左二牛的双手环绕着她的腰际，紧紧地相依相偎，青春的洪流涌过左二牛健壮强硕的身躯，左二牛感觉到从未有过的勇猛和雄壮，左二牛和小红一起融化了……清晨，左二牛爬起来，揉了揉眼睛，小红不见了。小红的体温、呼吸和手指的触觉，都记得清清楚楚。嗨，做了一场春梦！

一个人深爱另一个人而不能与之结合时，这种爱就长成心里的一个瘤，永远地鼓着，关键时刻会释放脓液，让你感到疼，让你发烧，窒息，谵妄，想死。

机会终于来了！

2008年4月的一天，“地龙”一大早就神秘兮兮地打来了电话：“左总，赶紧给陆小红打电话，约她六点钟到南山不老松下见面，就说是张总要给她钱和护照，张总出面不方便。”

左二牛说：“什么意思？她会听我的？”

“会的，张总被检察院查了。‘黑狼’全安排好了，你也赶紧去南山，有好戏看。陈昌平的死期到了，记着不要留下电话号码。”

好，“黑狼”出手了，没有办不成的事，要护照和钱干什么？小红和陈昌平想跑？

左二牛用匿名电话给陆小红打了电话，她相信了，答应会在六点准时到南山。左二牛打完电话，马不停蹄地赶到南山，左二牛要与陆小红单独在南山不老松下见面了。哈，哈，这次给她来个先下手为强，霸王硬上弓。我让你与陈昌平结婚！要知道和我左二牛作对，是没有好下场的！

二十四

我操！这个陈昌平自己翻案就算了，还将陆小红当年留下的机密向检察机关吐露了。他想立功？他鬼得很，藏在不老松的树洞里，难怪当年在他家没有翻到。幸亏“黑狼”有内线，让左二牛抢先一步将资料拿到了手。

这个狗日的陈昌平，这么多年都忍了，听说新来了一个女检察长苏方圆，他终于忍不住了，觉得有机可乘，想翻案了？太单纯了！你要知道，南城是我们的天下！

左二牛先看看陆小红究竟藏匿了什么玩意儿？打开U盘，全是路面机械厂的账目。这个陆小红鬼机灵，还给自己留下个后手。这个关系到张荣发，左二牛得将它毁了，怎么办？听说删除是删不掉的，还可以复原，那就砸了它？对，将它砸碎，彻底消失，这样放心。

左二牛打开笔记本一看，我的天啊，这可是行贿笔记啊！陆小红不愧是会计出身，一笔笔的记得真清楚，时间、人员、数额……啊呀，这么多领导全在上面，不得了，还有市委书记赵子涛，拿得不算多。最多的要数肖阿丹，还有他的情妇，那个外号叫“女政委”的也拿了不少。

左二牛打电话向张荣发邀功，他一直关机，到国外去了？

“地龙”告诉左二牛，根据内线消息，他被新来的检察长苏方圆盯上了，她当初就是办理陈昌平案件的公诉人。检察院的人不会放过左二牛的，怎么办？

跑吧！三十六计，走为上计！

跑往哪里跑？

左二牛把笔记本看了又看，这个东西不能毁，它可是个有用的东西，他要好好想想。烟蒂宛如被乱枪扫射死去的尸体横七竖八躺着，左二牛狠狠吸一口，然后将烟蒂扔在脚下狠狠踩了又踩。

有办法了！

“女政委”不是马小宝的亲妈吗？找她去。不然，左二牛就将笔记本拍照上网，让他们吃不了，兜着走。现在反腐败力度大着呢，他们不会不怕的。

这个上面记的是账，不是钱，不过可以换钱，他也要出国，国内是待不下去了。一个崭新的念头像颗彗星似的突然在左二牛脑子里掠过。

左二牛立即找到了马小宝。他家也出事了，放在家中的宝贝全给贼偷走了，听说是外地来的刚树起的山头叫什么“西虎帮”的人干的。马小宝带着人马想将东西抢回来，打起来了，还出了人命。

左二牛见了“女政委”，跟她讲了利害关系。为了让她相信，左二牛点了其中的两笔：改制时张荣发给的50万元，还有大明宣德炉。说到大明宣德炉，她眼睛直了，深信不疑。“女政委”感觉到了，这个笔记本有点像埋下的炸弹，一触即爆，随时能炸成人仰马翻的局面。

“女政委”倒是个明白人，也是个爽快人。问左二牛有什么条件，左二牛的条件是用笔记本换护照、签证、机票，再加600万元。她答应与肖书记商量一下。谁都知道她是肖阿丹的老情人，公开的秘密。

“女政委”真是一个讲义气的人，让左二牛在事情没有办好前，就住在她家里，隐蔽又安全，无论公安局还是检察院，都不会找到这里来的。

左二牛明白，保护好他就是等于保护好他们自己。看来，这条路左二牛是走对了。当然，在她家躲藏是暂时的。 左二牛大门不出，二门不迈，手机也不敢用。

没几天，“女政委”就将护照、签证、机票，还有600万元放在了左二牛的面前。这个笔记本还真顶用呢！

“‘女政委’够朋友，江湖上讲的就是义气。”左二牛没想到，她真的将600万现金拿来了，当初，左二牛也就是随口一说。左二牛第一次看到这么多钱。

你知道有多少吗？100万元人民币重12公斤左右，有一个立方米大，600万就有70多公斤，咬咬牙，也能扛走，可问题是体积太大了，太显眼了！是不是左二牛太贪了？不！生命在于折腾，折腾在于money！

“女政委”望着左二牛说：“我全按照你的要求办的，一个折扣都没打，这也是肖书记的意思。笔记本呢？”

“不好意思，笔记本没在身边。”

“女政委”一下子跳了起来，眼睛瞪得牛蛋般大：“你敢耍我？”

“不是这个意思，这么重要的东西，怎么敢放在身边？这是银行保险柜的钥匙，我放在里面了。”

左二牛将钥匙甩给“女政委”，并告诉她密码。她这才平息下来：“好，你先不要走，等拿到了再说。”“女政委”将钥匙交给了马强壮。

没多久，马强壮打来了电话，笔记本到手了，交给了肖书记。“女政委”这下才舒了一口气，露出了笑脸。

左二牛看着这一大堆钱犯难了，怎么拿？

“女政委”摆摆手：“这样吧，你将银行卡号告诉马强壮，马强壮明天替你存进去，怎么样？”

好，好，好，这么简单的事，让左二牛搞复杂了，就这么办！

明天，左二牛就要出发了，要告别这座城市，告别这个国家，拜拜喽！

“女政委”提醒左二牛说：“你也太屄了，这个陈昌平不给他一点颜色看看，就走了？”

对啊！不给一点颜色看看还叫左二牛吗？当初，左二牛发过誓，如果陈昌平将事情说出来就要他妈妈的命，左二牛还用刀在她的头上比画过。要办掉一个手无寸铁的老太太还不是小菜一碟？

说干就干！

快接近子夜12点了。平地一声炸雷，忽地闪耀出刺眼光亮的阴森白光，紧接着一道弧线状的闪电从空中一掠闪过。

风黑夜色深，天赐良机。

陈妈家的小平房，那门还叫门吗？左二牛不费劲就进去了，摸到床前，给她几刀就完事了，然后，拔腿就跑，神不知，鬼不觉的。

左二牛手持一把刀，悄悄地摸到了老太太的床前。老天又突如其来地扯出一条惨白的闪电，左二牛看到老太太的床前跳起了一个大男人，觉得脑子里“嗡”的一声，血直往脑门上涌，见鬼了？

啊？大个子检察官！

左二牛回头就跑，灯光大亮，屋子里一阵乱响，一排荷枪实弹的警察在等着左二牛呢。左二牛刚举起刀，一梭子子弹向左二牛射来，左二牛觉得心头热乎乎的，血在往外涌，刹那间倒下了。

刘立立大声喊道：“谁让你们开枪的？谁让你们开枪的？啊？”

检察官不想让左二牛死，他们想要左二牛手中的笔记本，这里面有他们想要的线索。

左二牛睁开眼睛，他看见了，其中一个警察是容县公安局的，左二牛认得他，在一起喝过酒，他是肖阿丹的亲信。

左二牛上当了！他们早就埋伏好了，他们就想要左二牛死！

左二牛将U盘砸了，彻底毁了，没有留下任何痕迹。左二牛对得起张荣发了，谁叫他是姐夫呢！远在澳洲的姐姐，永别了，命都没了，要钱还有什么用呢？

肖阿丹、“女政委”、马强壮，还有更大的鸟官，你们都不是什么好东西，你们就等着吧！等着总有一天你们这些贪官会被一网打尽！一个都不会放过的！

当然，我左二牛也不是什么好东西，罪该万死，但不该是这个死法，也不是在这个时候。

刘立立看得出来，左二牛想说什么。他将脸贴近左二牛，可惜，左二牛一句话也说不出来了。

左二牛死了，灵魂要飞了。爸爸，妈妈，我来了，你们离开我太久了。对了，在天堂里可以见到亲爱的小红了！陈昌平，就这点，你不如我。小红，当初，我送你的定情戒指，这些年一直放在我的怀中，从来没有动过。小红，等着，我来了，给你戴上！

检察院抓捕左二牛，是容县公安局的内线得到密报，通知检察院的，想让左二牛自动上钩，没想到左二牛被当场击毙！

结果完全出乎苏方圆的意料，容县公安局的领导回答很简单：为了保护检察官的安全。听起来还真是理直气壮。

左二牛的疑点最大，可是，他已经死了，笔记本也不翼而飞了，查处的案件线索断了！笔记本里究竟记录着什么，陈昌平也说不清楚，只记得上面有肖阿丹，还有赵子涛，别的也记不清楚了。

对张荣发的审讯还在进行，但张荣发只讲自己，别的事只字不提。“一号专案”的侦查进入了低谷。情势急转直下，脱离了预期的轨道，朝着未知的方向发展。

8月，是南城最炎热的季节。大马路上的梧桐树晒得垂头丧气，知了在树上声嘶力竭，砖地开裂，草坪枯黄，人们站在纹丝不动的树影里忘眼欲穿，等待着从太平洋来的台风挟来暴雨，救苦救难。

今天是星期天，李跃中书记打来电话，请苏方圆喝咖啡，让她放松一下——弦太紧会断的。到了一家“上岛咖啡馆”，灯光幽暗，音乐袅袅，咖啡的香气四处弥漫。他们在角落里的一张小桌子边坐了下来，铺着白色桌布的桌子上摆了咖啡壶、面包、黄油、干酪，中间小瓶里还插了一朵玫瑰。女服务员端来两杯温热的咖啡放在他们的面前。

苏方圆喝了一口，苦、甜、香、软、涩、滑，这就是摩卡咖啡的味道，回味曼妙。喝一杯咖啡这种优哉游哉的慢生活，对于整天风风火火的苏方圆来说，简直就是奢望。

“怎么样？喝摩卡要慢慢品味，从第一口喝到最后一口，仿佛在感受一个青春少女蜕变为成熟女人的曼妙过程。品一口摩卡，便感觉青春少女的舞步，舞在唇齿间。”没有想到李跃中竟然有这样的情调。

今天，苏方圆觉得李跃中找她不会只是喝咖啡这么简单。

“李书记，法医鉴定结果出来了吗？”苏方圆试探着问道。

“出来了！”

一语中的！

李跃中从包里拿出法医的权威鉴定，递给了苏方圆。苏方圆迫不及待地翻到了最后一页，她需要看结论。鉴定结论：陆小红头部有多处伤痕，后脑有一圆形伤痕，系钝器所击形成。

什么？钝器所击？

藏在心底的那一团混沌重新泛滥了起来，再一次把她的大脑冲刷成千孔百疮的堤。

李跃中说："苏检，我这回不是请了一个专家，而是请了一个专家组，他们仔细察看了卷宗的资料和照片，陆小红的死亡原因，法医鉴定颅脑损伤，这没有问题。但是他们发现陆小红头部有多处伤痕，后脑有一圆形伤痕，从山上摔下来很难形成这样的伤痕，系钝器打击才能形成，而这一处是她的致命伤。"

苏方圆惊愕地问："陆小红的死系钝器击打形成的，如果确定，那么，陈昌平在见到陆小红前，陆小红就已经遭到歹徒暗算，将其打死，再栽赃于陈昌平。陈昌平推下山崖的是陆小红的尸体，而不是活人？"

"可以这么说。当初，公安法医鉴定比较粗糙，导致冤案的形成，我们是有责任的。当然，如果要确定是冤案，还有许多工作要做。"

李书记给苏方圆的这一法医鉴定，无疑进一步说明陈昌平杀人案就是一起冤案。苏方圆办了一起冤案，她真的无法面对。苏方圆觉得空气顿时凝结了，封冻了，抽尽了，她感到窒息，不禁打了个寒战。

陆小红的死系钝器击打形成的，这个钝器很可能是铁榔头，是谁用铁榔头将陆小红打死后放在不老松下，再嫁祸于陈昌平？是左二牛！他还拿了藏在树洞里的资料，又想报复杀害陈昌平的妈妈。案件正在越来越向真相靠拢。陈昌平真的没有杀人？是被人陷害的？可是她这个“全国十佳公诉人”真的办了一起冤假错案，如何去面对？她这名刚上任的检察长还称职吗？

李跃中给苏方圆的杯子里加了一点咖啡，可她实在没有心思再品了，满嘴的苦涩。

李跃中喝了一口咖啡，抿了抿嘴，关切地问：“苏检，下一步准备怎么做？”

苏方圆摇摇头：“怎么办，还没有想好，陈昌平还没有正式申诉，要不要动员他走正式的申诉程序？”她绷紧了身体，头脑那根弦也紧绷着，如同一张拉开就能伤人的弓箭。

李跃中安慰她：“其实，当初我们认定陈昌平是过失就已经保住了他一条命，已经避免了铸成大错。陈昌平减过刑，还有不到一年就出狱了，坐牢不坐牢对于陈昌平来说，都没有什么意义了。如果陈昌平不申诉，是不是一定要纠正？检察长需要认真考虑的。”

骤然间，苏方圆被推到了一个风光无比美好，又面临万丈深渊的悬崖边上，让她一时间陷入了一种自己无法控制的恐惧的心理漩涡中。

这关系到一个人的清白，关系到真正的凶手，关系到公平正义的实现！

当然，也关乎她的名声。自我否定，是这么难！这需要多大的勇气和决心啊！

苏方圆离开了咖啡馆，路过离南城市检察院不远的“凤凰墩”。三面环水，四季常绿，有一黄沙堆积的高岗，在夕阳的照耀下，金光闪闪，犹如一座金山，十分壮观。

相传楚国有一年发大水，连续三个月降雨不见天日，全国成了一片泽国，老百姓苦不堪言。楚国国君设坛祭日，祈求太阳早日出来，没想到邪恶的乌龙继续降雨，国君诏令天下勇士讨伐邪恶的乌龙，都被乌龙打败并吃掉。有一谋士说，在楚国的东边有一座凤凰山，山上有一只神鸟名曰——火凤凰。楚国国君和谋士请火凤凰为人间除魔，火凤凰义不容辞前去除魔，与乌龙大战七七四十九天没有分出胜负，最后只得牺牲自己，燃烧自己的心与乌龙拼搏。最后火凤凰和乌龙同时化为灰烬，天地重现光明。楚国百姓为了纪念火凤凰，修了一座方圆几公里的红土包，就是现在的“凤凰墩”。

在“凤凰墩”上有石雕刻着这样一句诗：“大风泱泱，大潮滂滂。洪水图腾蛟龙，烈火涅槃凤凰。文明圣火，千古未绝者，唯我无双；和天地并存，与日月同光。”

凤凰涅槃，浴火重生！

苏方圆站了下来，默默地回过头去看了看身后远处的群山。

群山无言。

二十五

苏方圆决心将这张弓拉开射出，她知道这箭不仅能伤到别人，自己也会受到重创。她不再犹豫，上班后就和刘立立去了监狱，动员陈昌平写申诉书，走正常程序。张荣发被抓，左二牛又死了，他没有后顾之忧了。

来南城时间不长，遇到了太多的难题，她要向组织汇报，得到领导的支持。苏方圆来到省检察院找到了张天成检察长。

张天成检察长听了苏方圆的汇报后明确了三点：一，周铁军退居二线的事，先缓一下，放苏方圆半个月假，为孩子骨髓移植做好准备，抢救生命是第一位的，没有任何事情比它更重要。二，关于“一号案件”，因为将来可能涉及的人员级别较高，省院反贪局派一名副局长来，以省院的名义查办。三，对陈昌平错案一事，不是南城市院能办的，根据原案办理权与申诉复查权相分离的原则，由省院直接办理。张检随后还给南城市儿童医院的院长打了电话，希望他们能尽最大努力抢救帅帅的生命。

张检的一席话让苏方圆豁然开朗，一身轻松。张检还说，我们共产党人既讲党性，也讲人情，既重视原则，也讲策略，既讲国格，也讲人格，这是我们考虑家事、国事、天下事的艺术。

苏方圆清晰地意识到领导是在为她挑担子，承担责任。回家没几天，张检又带着政治部张主任一起来看望帅帅，她感到了组织的关怀和温暖。

你不知道，“铁头”的官瘾还真蛮大的，听说苏方圆要休假，他来劲了，拍着胸脯对苏方圆说：“我不是提前二线还没批下来嘛，让我再过一下主持的瘾，放心吧，重要事情，一定及时汇报。”

苏方圆微笑地答应了。人啊，真的是本性难移。

不过，苏方圆有一个要求，“一号案件”他不得介入，他懂的。

苏方圆开始打生长素，按照医生的交代，多吃，多休息，让细胞快速生长。她浑身发热，肚子发胀，细胞像长了三头六臂在身体中发生裂变。她忍受着非正常成长的苦痛。

帅帅进仓已经十天了，能不能挺过来强化化疗，完全听天由命了。隔着玻璃她悄悄地去看帅帅，帅帅发现了妈妈，想站起来，志刚扶着他，好不容易颤颤巍巍地站了起来，一个瘦骨嶙峋又黑又瘦的小光头，只剩一层紧紧贴住身体的皮囊，两条腿细得皮包骨像麻秆，身体上插着好多条管子。

苏方圆愣住了，是帅帅啊！像一张纸一样薄，风轻轻一吹，就会将他吹起，吹往天堂！

帅帅一定要挺住啊！我们一起加油！

真的，苏方圆知道帅帅一定非常难受，度日如年。死亡离他们并不遥远，在不经意间或者打盹的时候，就会悄然来到身边。可他们还是愿意这样活着，即使一次次被现实的残酷千刀万剐。

帅帅总算挺过了化疗这一关。骨髓移植手术开始了，妈妈给你能量！

苏方圆的骨髓和血液流进了帅帅的体内。抽吧，抽吧，哪怕抽干最后一滴血，只要能救我的儿子。一个信念在寒冷中凝结得像钢铁一样坚硬：想尽一切办法，挽救儿子的生命！

志刚用视频给母子两人加油！视频中志刚没有烟抽的嘴巴分泌出大量的唾液，他只好不断“咕噜咕噜”喉咙咽吞唾液。

在这个世界上，还有谁能为孩子这样披肝沥胆？只有这个男人！突如其来的灾难使一家人更紧密地依靠在一起，为帅帅的生命而奋斗！

耶！他们用胜利的手势相互鼓励，骨髓移植非常顺利，起码又闯过了一关。

一潭死水溅出一些水花，无边无际的黑暗终于有了曙光，可水花还没荡出几个涟漪就恢复平静，天际边的曙光又渐渐暗了下去。

骨髓移植后的第二天，志刚发来的视频让苏方圆惊呆了，这哪像那个白面小子帅帅啊，脸色呈灰黑色，简直就像非洲难民，变了形的脸，变了色的面容，苏方圆的心在隐隐作痛，痛完后又是酸酸的，直到鼻子有点酸，眼睛有点湿。

又是一个危险期的来临，帅帅出现了排异反应。同室那个扭着小屁股跳起“小苹果”的波波，没有挺过最后一关，走了。“妈妈我怕，我不想离开妈妈，我不想……”他不愿说出那个可怕的“死”字。

苏方圆盯着手机上帅帅的视频，他那能汪出水的眼睛透出强烈的求生渴望。“帅帅，我们一起加油！植物一定会战胜僵尸的！”

帅帅是好样的，加油！

“铁头”打来电话，说市区发生了一起聚众斗殴的案件，造成了一人死亡多人受伤，案件移送起诉了，公诉处处长范清风要求提交检察委员会讨论。苏方圆知道，不到万不得已，“铁头”是不会打搅她的。

会议室里，苏方圆用手搓了搓脸，尽量使自己苍白的脸上带上点血色。范处长将案件做了汇报，重点集中在马小宝要不要追捕的问题上。

“承办人的意见是什么？”

“我个人意见是马小宝不仅构成犯罪，而且是本案的主犯。理由是，一是马小宝有聚众斗殴故意，事情是由马小宝引起，他家被盗，他邀约了十多个人去为他抢回东西。二是他有聚众斗殴的行为，他为众人准备了作案工具，到了现场指使他人打斗，并且叫嚣往死里打，他对这场斗殴造成的一人死亡多人受伤的后果应当负全部责任。”范清风将犯罪构成的理由说完后，又对马小宝犯罪的处理结果进行了阐述。

“公安机关开始是将马小宝拘留的，后来又放了，说是没有动手，是初犯，偶犯，还说是马小宝为了维护自身合法权益，去抓小偷。我认为，这只是酌情从轻处理的情节，马小宝已满18岁，没有法定从轻的减轻情节，其行为应当判处无期徒刑以上的刑罚，不应当取保候审。”

苏方圆微微地笑，神色很欣赏。范清风的汇报事实清楚，证据确实充分，追捕理由也阐述得非常清楚，还有什么要讨论的?

苏方圆将脸转向分管刑事检察的汪检：“汪检，有什么意见?”

“对范处长汇报的情况和处理意见，我都赞同。不过，这件案件，市委主要领导非常关心，给我打过招呼，希望留有余地。我怕把握不好，所以提交检委会讨论，最后请苏检拍板。”

依法办案，还有什么好犹豫的呢?

“我完全同意公诉处的意见，所有的案外因素都不用考虑，立即对马小宝追捕!”苏方圆的话音刚落，手机在跳动，市委赵子涛书记打来了电话。

“赵书记好，有什么指示?”

“苏检，你刚来不久，检察工作就大有起色，辛苦了!”

“谢谢赵书记的鼓励和支持，我会继续努力的!”

赵子涛打电话给苏方圆，不会只是讲几句鼓励的话，想说什么，就赶紧说吧，不要拉这么长的过门。

“苏检，刚才省委汪书记打来电话，说是京城的何书记打的招呼，就是为了马小宝的事情，不能一点面子都不给，尽量从宽，能不逮捕就不要逮捕，还是个孩子嘛。”

一件普通的刑事案件，竟然会惊动了这么多的上层领导，可想而知，这里面的人能量有多大了。

“请赵书记放心，我们一定会认真严格依法办案，不放过一个坏人，不冤枉一个好人。”这个电话打来得这么巧，准时正点，让她一点回旋的余地都没有。

“铁头”眉头紧锁，双眉之间刻下一个深深的“川”字，郑重其事劝告说：“苏检，赵书记是传达的省委汪书记的意思，地方党委的话不听，能行吗？以后检察院要办事就难了。”“铁头”的担心，这也是大家的担心。

汪检马上附和：“是啊，是啊，能不能先取保候审，将人先放了，马小宝直接起诉到法院，让法院判，这样，检察院就可以又不得罪领导，又不放纵犯罪，行吗？”汪检推了一下眼镜，将这个矛盾推给了法院，提出了一个近似完美方案。

“汪检，你是搞刑事检察的，马小宝符合取保候审的条件吗？”苏方圆将脸转向范清风：“范处长，给大家重温一下，法律对于取保候审条件的相关规定。”

“《中华人民共和国刑事诉讼法》第六十五条规定了人民检察院有四种情形可以取保候审……这里说的可能判处有期徒刑以上刑罚，是指可能判处三年以下的有期徒刑。”范清风熟悉法律，倒背如流。

“以事实为根据，以法律为准绳。这是我们进行刑事诉讼的原则。大家可以对照一下，马小宝符合取保候审的条件吗？”苏方圆将脸又转向了汪检。

“马小宝是本案的主犯，判处无期徒刑以上直至死刑的刑罚，同时，马小宝是暴力犯罪采取取保候审，具有社会危险性的，不符合取保候审的条件。”范清风快人快语，没等汪检表态就先发言了。

汪检无可奈何，叹了口气说：“苏检，您说得全对。”又长出一口气说：“我其实也是替检察院未来着想。”其实一味地坚持原则，有时候就是不成熟的表现，他只是没有明说。

会议渐渐显露出意见分歧，且针锋相对的意味越来越浓。

“好吧，下面对这个案件中马小宝的追捕，各位委员发言表态吧。”没想到十一个委员，竟然是五比五。

苏方圆清清嗓子，所有在场的人都竖起耳朵在听这位领导的最后定夺。

“这个案件，我是最后一票，我同意公诉处和检察委员会办公室的意见，对马小宝追捕。放了马小宝？还有什么法治可言？法律面前，人人平等，不成了一句空话！至于其他领导会得罪上级领导的担心，我表示理解，我一个人全权负责。”苏方圆微微一笑，这个案件就这么定了。睿智、严谨、果断在她身上以神秘的比例交织在一起，方圆有度，柔中有刚。

范清风腰板挺得笔直，说：“有一点要说明的，马小宝身份比较特殊，父亲马强壮是容县政府车队队长，十多年来一直是肖阿丹的驾驶员。母亲吕正维五年前承包了一个驾校，还开了个江海公司。家里失窃的珠宝、字画、玉器，还有金条，价值相当可观，将近一个亿。”

听到这里苏方圆心里一亮，怎么没想到呢？对肖阿丹不能轻易动手，可以先从马强壮入手。一个驾驶员，怎么会有这么多的财产？想承包驾校，开江海公司洗钱？异想天开！所有收入都是有据可查的。再说，请他进来说说清楚，也是情理之中的。

“范处长，将马强壮家失窃财物的详细清单给我一份。”

马强壮家失窃物数额巨大，来源不明，对于“一号案件”来说无疑是一个重大发现，可作为案件突破口，双管齐下。

“铁头”将烟含在口中深抽了一口，闭眼仰头数十秒钟，一股青烟才从鼻尖慢慢散发出来。他在检委会上提了反对意见，这是必须的。这不只是同意或反对这么简单，这种表态是对市委的态度问题。你看噢，在会上不同意追捕的都是老领导，都是市管干部。因为这种案件讨论根本上无密可保，散会后，市委赵书记就会对会上的表决结果，甚至每个人说的什么话都了如指掌，还会传到省委汪书记那里，甚至更高层。

苏方圆一定理解他的表态发言，这叫老谋深算。这丫头片子，以后日子要难过了，要时刻提防，一不小心就会有闪失。

这边案件讨论会一结束，苏方圆又立即召开了“一号专案”组会议，商量下一步的行动对策。

好！先对马强壮动手。苏方圆和向东方想到一起了。这样，将有足够的证据，肖阿丹法网难逃，达摩克利斯之剑正在刺向他。

苏方圆强调说："对马强壮动手，一定会惊动肖阿丹，对他要进行二十四小时的监控，防止他外逃。"

"放心，苏检，我们去办，具体落实情况会及时向您报告。"向东方和专案组的同志前脚走，范清风后脚就跟着进来了。

范清风拿着检察院决定逮捕文书让苏方圆签字，她毫不犹豫地签了，并且交代一定要抓紧时间，如果马小宝逃跑，检察机关将追究公安部门相关人的责任！

"苏检请放心，我负责监督公安部门落实到位！"范清风回答坚定有力，充满着敬意。

苏方圆这样做是将自己逼到了墙角，没有任何退路。市委赵书记、省委汪书记，特别还有京城的何书记，巴结还来不及，谁想得罪？谁又得罪得起？

真的没有想到在大谈依法治国的今天，还会有这样一位高级领导，为了一个再普通不过的刑事案件，逐级说情，打招呼。苏方圆就不相信将马小宝绳之以法，有什么错？党的路线、方针、政策，具体到办案中，就是刑事司法政策，依法办案，她有什么错？

京城分管政法的何书记一直是苏方圆心中仰慕的领导，法律面前人人平等，坚持实事求是，依法办案，是他大会小会一直强调的。她应当怎么做？听地方党委的话，听赵书记的话，将马小宝放了？还是像汪检所说，将马小宝取保候审，起诉到法院，这个大皮球踢给法院？她都做不到，原则总要有人来坚持的。她宁愿得罪领导，也不能得罪法律。

有法可依，有法必依，执法必严，违法必究。自从苏方圆当上了检察官，这样的信念就牢牢地在她心中扎根了。她不会因为领导的一个电话而改变，也许，她太固执，太死板，太任性，不听招呼，不过，执法者需要有这么一点犟劲。

嗨，有什么了不得的，顶多不当官。雷锋是什么官？什么级别啊？可雷锋同志是全党全军全国人民学习的榜样，至今仍是人们学习的道德楷模。不是很伟大了吗？想到这里，苏方圆笑了。

风像河流里的水，从敞开的窗户往里流淌，不急不缓。天空晴朗，太阳悬在头顶，天的蓝很浓，看不到那层蓝背后的面孔。

她深感忧虑，当人治大于法治，"国法"就沦为个别人的"家法"，国将不国！苏方圆心中雷电大作，感觉背后阴气逼人，六月飞雪天般的寒啊！

苏方圆的肚子痛起来了，而且越来越厉害。她坐了一下午都没挪窝，从座位上猛一站起来，一阵潮热，顺着腿往下流——例假又来了，一个月来了三次。人瘦了一圈，气色像个早更女。

在检察院人与人之间的关系很物理。听说各种关系中，物理关系最为稳定，不像化学关系，瞬息万变，说变就变。

苏方圆用心洗掉手上的血迹，从厕所出来。"铁头"也刚从厕所出来，他洗手，从不认真，就用水冲一下就了事的那种。

苏方圆突然觉得头晕目眩，面色苍白，一下子软瘫下去。"铁头"上前扶起了她，将她扶进了办公室。他嗅到她散发的香气，那不是“绿茶婊”身上的香水的味道，而是她带有女人血腥的体香，“铁头”有点魂不守舍了。

“铁头”替苏方圆倒了一杯水，她喝了一口，缓了过来。

“谢谢，铁大哥！”苏方圆微微一笑，陷入下去两个深深的酒窝，目光温暖，声音亲切，像一块有魔力的海绵，能把海水吸干。

她的眼神，她的微笑，她的酒窝，让“铁头”突然失语——真真是一句整话说不出来。

一个女人，不，一个男人也一样，用一生的生命，在心里装下一份对法律和事业的忠诚和情感，这份情就一定会发酵，变纯、变重、变美，结晶像宝石闪光发亮，能化腐朽为神奇。

苏方圆这个丫头片子，看上去是个柔弱的女人，但她藐视权贵，真诚坦荡，敢于亮剑，敢于担当。没看出来，她还是个“女汉子”。“铁头”从内心里替苏方圆点赞！他这个男主持不如这个女当家的。

她的高雅、端庄、执着和难以捕捉的冷热亲疏正是她的魅力所在。“铁头”从看不起到心悦诚服，从鄙视到仰慕。

天！“铁头”有点透不过气来了。此刻，苏方圆成了他心中的图腾！心中的女神！他心甘情愿当她的部下，当她的马仔，当她的开路先锋，当她的头号狙击手，排除万难替她做任何事情。

坐得太久了，苏方圆独自站在窗口，俯瞰全城。整个城市像个沙盘，远看高楼如浪，层层叠叠，近看行人如蚁，摩肩接踵。到处声音，到处鼎沸，对面宽大的LED数字显示屏上播放着“领先、起飞”的励志标语类广告。

都说一场秋雨一场寒，已经立秋了，尚无凉意。夏天还没走远，秋天也不纯粹，对面屋顶铺了一层薄薄的落叶。

她从来没悲过秋。

世界上只有想不通的人，没有走不通的路！对于工作，苏方圆没有什么过不去的坎，正所谓，心底无私天地宽。她心里最纠结的是帅帅的病，她是个女人，是个母亲，是个妻子，对于她来说，有个健康的孩子，有个幸福的家，才是她一生的期待。

二十六

肖阿丹是一个农民的儿子，出生在卧龙山金牛村。

按照当地习惯，孩子一出生，母亲第一眼看见什么就叫什么。肖阿丹母亲第一胎生的是个女孩子，父亲问她第一眼看到了什么？真的很难说，她第一眼看到的就是女儿下身的那条小缝，由此取名不入耳，想了想便说第一眼好像看到一只金色的凤凰在飞，因此，姐姐就取名叫金凤。

到了肖阿丹出生时，父亲又问母亲第一眼看到了什么？生了男孩，母亲很兴奋，说第一眼就看到了他的小蛋蛋。父亲说，排老二，就叫“二蛋”吧。

“二蛋”长，“二蛋”短的，大家都一直叫着“二蛋”。到了上学的时候，得起个正名，父亲让测字先生算了算，测字先生说：“蛋”是带有硬壳的卵，是圆通之物，于生命而言，强盛不衰。若能进入仕途，则左右逢源，飞黄腾达。不过，以后进入官场，叫“二蛋”不雅，就取谐音，叫肖阿丹。“丹”是红色，与“凤”是最佳组合，丹凤朝阳，以后会大红大紫，大富大贵的。父亲深信不疑，大名就叫肖阿丹，小名叫“二蛋”。

肖阿丹开始将信将疑，后来，当兵，复员到工厂，从工人到车间主任，到副厂长，厂长。肖阿丹没后台，朝中无人，一步一个脚印，硬是自己打拼出来的。

肖阿丹从厂长到了国资委当主任，后来又从国资委主任到现在容县的县委书记，真是一帆风顺。这时候，他才相信那位测字先生是高人。丹凤朝阳，贤才赶上好时机。

金凤姐的儿子，一位优秀的建筑学博士又和省委汪书记的侄女结了婚，有了这层关系，就更不一样了。算起来，肖阿丹与汪书记也算不上什么亲戚，而在汪书记的眼中，肖阿丹可是他圈子中的人。金凤姐是肖阿丹的贵人，肖阿丹是家里的希望。与省委书记攀上亲，凤姐真的有能耐，凤姐是肖阿丹的福星，也是全村人的福星，上面有人，办事要顺当得多了。

农村就是这样的，村连村、户连户，三姨娘、六舅母，亲连亲、眷连眷的，村民靠干部，对有权有钱的，却越走越近。

与高官沾亲带故的，一人得道，鸡犬升天。肖金凤在村里成立了利群公司，赵利群当总经理，她当董事长。山里石头多，做石子生意，后来，做苗木生意，再后来，什么来钱，就做什么生意。让一部分人先富起来，我们不先富，谁先富？

当然，金凤富了，也造福于全村百姓。利群公司改成了利群集团，下面有十多个分公司，村里人想跟着干的，就拿工资。想自己干的，就承包分公司，四六分成，年底结算。

这些年，金牛村一下子富了起来。全村家家住上了小楼房，过上了小康生活。当然，就都得益于肖阿丹一家人，都说母亲第一眼看得好，名字起得好。有人还看到他家祖坟冒青烟，大吉之兆啊。

肖阿丹在仕途上也是一帆风顺，45 岁当上了容县县委书记，虽然是正处职，与国资委主任是平级，可权力就大不一样了：国资委主任毕竟是部门的“一把手”，管管行业内的事情，而容县没有肖阿丹想做而做不成的事情。一干七年，他就不想走了，不要看是“七品芝麻官”，权力是至高无上的，肖阿丹成了全省县委书记中唯一的省委委员。

肖阿丹在工厂十年，能干事，想干事，不贪心，不花心。他一门心思工作，工人爱戴他，尊敬他。他对厂子有感情，对工人也有感情。那时是计划经济，只管产，不管卖，只讲产值，不管利润；事情也简单，只管鼓励工人没日没夜地干。当时，工人心齐，又团结，工会主席姜大龙立下了汗马功劳。他也努力为工人谋福利，那时路面机械厂在南城市，产值最高，福利最好。

说实话，肖阿丹看出了计划经济的问题：只讲产值，不讲效益；只讲数量，不求质量；只抓生产，不抓销售。这怎么行呢？所以，由计划经济向市场经济过渡是正确的，改革是生命力，只有改革中国才有出路。这些大道理和工人讲，是讲不通的，他们只看到他们的眼前和个人利益，肖阿丹理解他们，同情他们。

肖阿丹可以拍着胸脯向党保证，他是清清白白的，没有贪路面机械厂的一分钱。工人的眼睛是雪亮的。他离开工厂到了国资委，张荣发接了他的班。该张荣发倒霉，也该他走运，企业改制，发了横财。他的那个小舅子左二牛，也不是什么好东西，就是二流子，不会成事，只会坏事。

张荣发是个贪官，肖阿丹最知道厂子的底细，张荣发他瞒得了别人，瞒得了他？张荣发穷怕了，更看重钱，他认为钱是至高无上的，有钱就有了一切，在工作中利用职务便利，雁过拔毛，来者不拒。姜大龙和一群工人紧盯着他不放，是有道理的。

肖阿丹刚从工厂过来时，参加吃请，还真的不过意，想想工人群众，就吃不下去。时间长了习惯成自然，几天不喝酒人就没精神，大吃大喝成风，没有人抵制。姜大龙去掀了桌子，肖阿丹内心觉得掀得好。

肖阿丹突然想起了当初自己入党时的誓言：今生今世，一定要全心全意为老百姓谋福利；对党，对人民，永远要忠诚，永远也不要辜负他们对自己的期望；面对着老百姓，要永远说实话，做实事……永远……

说句良心话，工厂的这种现状，工人们的这种处境，当工人们连工资也领不到的时候，以至连维持最基本的生活水平也成了问题的时候，他们在这里大吃大喝，对得起工人群众吗？对得起自己的良心吗？你能说工人是想闹事吗？

他突然感到万分的惭愧和内疚。一件腐败透顶的事情，就足以伤透千千万万老百姓的心。摊子散了，再聚起来并不难；人心散了，再想聚起来可就没那么容易了。你对老百姓不负责任，老百姓也一样会对你不负责任；你能丢得下老百姓，老百姓也一样丢得下你！水能载舟，亦能覆舟，这是千年古训，莫非我们连古人都不如！

一泡鸡屎坏一缸酱。张荣发这泡鸡屎一拉，整个酱缸就成了鸡屎缸。

可是没过几天，张荣发三请四邀，换个地方照样吃喝。说归说，做归做，说的一套，做的又是一套，是官场上腐败的特色。长此下去，说重了，真的会亡党亡国。

人是会变的，人心也会变。改革开放，苍蝇蚊子也乘虚而入，肖阿丹真正变化，是在当了容县县委书记之后。

容县，是某个身居国之重位的大人物的家乡。能够到这个县工作，是否有大人物的钦点都很难说。总之，是光荣的，是器重的，是可以干一番大事业的。

肖阿丹一到容县，第一次面对全县大小干部，他没有照会议准备的讲话稿照本宣科，他脱了稿，上来就问："容县，我能为您做什么？"

"容县是我们的家园，建设她、美化她，我们人人有责，发展面前没有局外人。我们应该怎样脚踏实地、扎实工作，做好每一项工作，干好每一天，每一月，每一年……"台下响起掌声一片。

肖阿丹觉得数字报大点无关紧要，又不交税，数字能鼓舞干劲。为了政绩，他在会议上把经济平均增长目标定为22%，为了达到“目标”，对指标逐级分解，层层加码。

他妈的，这些鸟官，上有政策，下有对策，为了完成任务，花样百出。财税“空转”，虚构纳税人，甚至出现了死人，还有外国人连叶利钦、克林顿都在交税人名单中，简直是天大的笑话。

肖阿丹并没有更多质难他们，为了政绩，搞点数字游戏算不了什么，对他的不忠，才是最大的问题。为了考验手下干部的忠诚，有一天晚上11点钟，他通知召开常委会扩大会，扩大到乡镇书记。会议没有一句话，他的小车在前开，绕着容县转十圈，这是对忠诚度的考验。他让秘书看看谁没有跟着转，最终，只有县长宋宏在转到第三圈时半途离开了。

肖阿丹长得不高，甚至于有点矮，但很圆——圆脸，圆眼，圆球般身段，做人也圆。可是自从转圈事情后，肖阿丹就变了，他就决定采取手段，为自己立威！

这个宋宏，年龄和他差不多，可文化程度比他高，人头比他熟，当过四个乡镇的党委书记，有基层工作经验，有魄力，有能力，在群众中威信也高。最不能容忍的是，他的个头比肖阿丹高出一头。他一站在肖阿丹的身边，肖阿丹心里就有点发怵。心理上的阴影，难言的隐痛，不是靠嘴巴上说说就能抹去的。

更为别扭的是，这位乡镇来的县长也属虎。老话说，一山不容二虎。没想到，在容县竟撞上了。一开始姓宋的，没有将肖阿丹放在眼中，他要立威。立威，就是树立政治高度，树立政治权威。

肖阿丹立威就两个字，一个“办”字，一个“提”字，叫你姓宋的不服不行。干部不听话纪委办，哪一个干部见了这一条不魂飞魄散?！纪委找你“诫勉谈话”就能叫你尿裤子。

有个乡镇干部，在一个公开场合顶撞了肖阿丹，一看就知道是姓宋的一伙的。肖阿丹转身就找来县检察院检察长：查他一下！看他有什么问题！

检察长对肖阿丹说，要先了解一下对方有没有问题，不能说办就办。肖阿丹一看检察院磨磨蹭蹭的，就不耐烦了，转身叫来公安局长：查办这个人！要快！他要看到结果！

公安局长听了命令后，立刻叫人把这个干部拘留了。公安局长好，听话。检察长看样子不是太听话的，一叫他抓人，就是什么事实啊，证据啊。

一个乡镇干部因为拆迁问题，对肖阿丹的指示顶住不办，并说了一些不同意见。肖阿丹又叫公安局长把人拘了。当天就进了局子，执行不过夜！

政治权威的树立来源于权力的强制，更来自绝对的服从。肖阿丹说的话，一是一，二是二，雷厉风行，快刀斩乱麻，说打雷就下雨。雷霆万钧之下，谁敢不服？不服我就办你！谁要执行走样了，就是对党最大的不忠！对容县的不忠！我就要办你！

县委是什么呢？县委就是县委书记领导下的党的集中制！在容县肖阿丹就是党的化身，县委书记就是“党”，“党”就是县委书记！党是指挥枪的，这一点大家都清楚。按照“党管干部”的大政方针，在干部使用上，县委书记拥有极大的主导权，特别在推荐副县级、科级后备干部中，县委书记的作用不可替代。肖阿丹想提谁，就提谁，集体讨论、民主决策只是个样子，走形式而已。

在肖阿丹手上提了七个公安局的人到乡镇当书记，依法治县，说起来冠冕堂皇，理直气壮。公安局长、党委书记的职务外，再加上县维稳办主任的头衔，这是肖阿丹授予他的一柄“尚方宝剑”，谁不听话，就以“维稳办”的名字修理他。“动用一切手段排除异己”，这个穴位点得准啊。

检察长不听话，下面的弟兄也跟着倒霉，想解决级别问题，门都没有。现在不还是条块结合，以块块为主吗？人不给你，钱也不给你，叫你办案！检察院不办案才好呢，这个年头，谁经得起查？

古时有“三年清知府，十万雪花银”之说，而如今市县一级的官员，仅过年的“人之常情”就何止十万？开始都会送烟酒，不是论瓶，而是论箱。后来又有各种各样的购物卡，也有送银行消费卡的，背面有固定的密码，愿意消费，就去消费，不愿意消费的就提现金。再后来直接送现金，一个局、一个镇的“一把手”送了礼后，分管的再以个人名义再送一次。当然，这都是公款列支。

肖阿丹当县委书记的第一年，就收了60万元，交给了纪委？在官场还混得下去吗？不做那个出头椽子，肖阿丹笑纳了！

一个“办”，一个“提”，肖阿丹占据了权力制高点，就让你宋宏总要矮一头。宋宏召集开会，有一半请假；肖阿丹召集开会，一个不差。

在官场上、在职位上、在心理上，宋宏只能退避三舍了。肖阿丹心底涌出一股快意：你的生理高度高又能怎么样？“白布做棉袄，反正都是里”。

如果要问这个世界上谁的权力最大？人们一定会想到联合国，想到国王、总统什么的，实际上错了。世界上权力最大的人，是一个县的县委书记！

肖阿丹在容县，要风得风，要雨得雨，是脚一跺，地就颤三颤的人。在这里，肖阿丹拥有至高无上的权力。实话实说，县是中国的国中之国，而县委书记就是国中之国的国王！

有一次，县里的常委干部正说着笑话，一见肖阿丹进来，顿时鸦雀无声，人人闪开一条道，为他让路，向他点头问好。如果不是肖阿丹的职位和权力，谁会向你弯腰示好呢？！

有人问肖阿丹留在容县不肯走，图的什么？他图的是一呼百应的存在感，图的是一辈子、几辈子的衣食无忧，荣华富贵。这还不够吗？

哈，哈，肖阿丹爱江山，也爱美人！只是他进入了中年就完全失去了对妻子做爱的能力，据说，这种现象具有普遍性，叫作体制性阳痿，体制内不少官员也是如此。不知道从哪天开始，他搬到了另一个房间，与妻子分床睡觉。

不合法不道德的爱情具有意想不到的诱惑力，让他渐渐地枯萎的性爱之花又重新绽放。女人中最让他倾心的当然是白玫瑰了。那天，他就是误将吕正维当成了白玫瑰，才误与她发生关系的。他不想让白玫瑰为他生儿育女，只须她奉献灵与肉。

白玫瑰的会所是肖阿丹一手打造的，在她最困难、最绝望的时候，是他拉了她一把，让她绝处逢生。

本来肖阿丹与张荣发根本不是一条船上的人，张荣发硬是将肖阿丹拉上了他的贼船。上了他的贼船，想退出，难！

佛家说，苦海无边，回头是岸，可是他这条船已经离岸太久了，回不了头了。他站在这条船上早就看不到岸了，看到的只是无边苦海和惊涛骇浪。如果再继续坐下去，这条千疮百孔、锈迹斑斑的破船，迟早会葬身大海。

张荣发是一个贪官，检察院查他是对的，可是他不会束手就擒，他要作最后的挣扎。张荣发真是心狠手辣，竟然将会计陆小红给杀了，还加害于她的未婚夫。肖阿丹觉得是张荣发干的，也不知道他施了什么障眼法，让公检法都相信了。他身后一定有高人！这个高人是谁？

张荣发被检察院查了，肖阿丹坐不住了，出面做工作。五年前，市委常委会专题研究过张荣发的问题，为巩固改革成果，检察院停止了对张荣发的调查。

十八大召开了，这种势态大兵压境。“老虎”“苍蝇”一起打，猛药去疴、重典治乱、刮骨疗毒、壮士断腕，就是这些话就让人心惊胆战。再看看面前路上层层叠叠的落马者、坠沟者，肖阿丹心虚、心寒、心颤，度日如年。

这个张荣发不省事，东窗事发了，害人不浅，这不是过去，现在谁也保不了他。没办法，只有拉他一把，就等于拉自己。肖阿丹不能束手就擒，他要有所动作。

肖阿丹知道，南城办案就数“铁头”厉害。新来的女检察长苏方圆，肖阿丹并不将她放在眼里，她刚从江城来，两眼一抹黑，少了“铁头”，她一事无成。

“铁头”这个人男子汉大丈夫，心眼不大。现在弄个女人爬到他的头上，他一定不服，正好乘机拉拢“铁头”。他这个人讲义气，重感情，那就先拉“铁头”上船，再拖他下水。

最近，好像“铁头”甩手不干了，好！第一步取得他的信任，第二步就设个陷阱让他往下跳，第三步就将他生擒了。

万恶淫为首，很多官员腐败是从淫乱开始的！男人是逃不过美女这一关的，坐怀不乱是做不到的。“铁头”不是人啊？是真正的共产党人？是钢铁铸成的？他不是也与秋月缠在一起了？让他为难的事还在后头呢，肖阿丹就不相信他这个重情重义的人会下得了手。

“铁头”就是一个下里巴人，不懂文物，那么价值连城的古董，在他眼中成了破坛烂罐。要说肖阿丹的最爱，当数大明宣德炉了。不过，这个宝物赝品太多，真假难辨。

二十七

我是大明宣德炉。

我长着一对冲天耳，敞口、圆唇，扁鼓腹，锥形三乳足。炉身纵分十二等分，表示一年十二个月，一日十二时辰。质地细腻，肚皮似婴儿一样滑嫩圆润，又似女子肌肤，柔腻可掐。在不同的光线下发出不同的光泽，色泽绚丽耀眼，用木器敲击，会发出“嗞嗞嗞嗞”的长音。最重要的是在屁股上面还有宣德皇帝亲笔题写的“大明宣德年制”六个字。

你看，我通体展现栗壳色，典雅秀美，铜质纯正，内涵珠光，古朴雅韵，制作精良，入手坚实厚重。相传，明朝宣德皇帝在位时，宫内的佛殿失火，金银、铜像都混成液体，于是宣德皇帝命令将其铸成铜炉。

宣德皇帝下旨用从暹罗国进贡的风磨铜，请来的工匠按照宫中密藏宋代《宣和博古图》和《考古图》，借鉴柴、汝、均、哥、定各大名窑中款式典雅者设计定型。

宣德皇帝询问铸工说，铜炼几次才能精纯？铸工回答说用六火以上炼铜，十火以上就会现出珠宝的光彩。于是，宣德皇帝命令炼十二火，先将铜做成条后，将铜条置于钢铁制成的筛格上，再度赤火熔化，把先滴下的最精纯铜液选取出来作为制炉的原料，再由工匠按定型好的款式打造。

我容易吗？浑身有暹罗国进贡的风磨铜另加金、银、锡、宝石等三十多种原料，经过千锤百炼，大明宣德三年（1428 年），我终于诞生了！

祭祖是汉人宣告自己为炎黄子孙最直接的方式。香料在我腹中焚烧，烟气从我的体内像流云般飘出，仙气缭绕。众生两手伏地，虔诚跪拜。我总是高高在上，为人们顶礼膜拜。

“红袖添香夜读书”，公子王孙喜欢在读书、写字的书房内，焚上一炉香，那是怎样的意境啊！

我好幸运啊，这就是我的价值所在！

我一经问世，就在华夏大地上掀起了拥有、收藏一尊为荣的首次高潮。宣德皇帝在位的九年零七个月，是明代最为辉煌的一页，宣德铜炉是华夏文明之精粹。作为制作器，在中国工业发展史上的里程碑地位无物可代。啊，后人对我的评价也太高了！

我共有兄弟三千，个个美若天仙，为世人钟爱。明朝万历年间大鉴赏家、画家项元汴（子京）说：“宣德炉之妙，在宝色内涵珠光、外含潺潺。”

宣德皇帝一高兴，将我们兄弟赏赐给皇亲国戚及有名望的文武大臣和著名的大寺院，我深藏在禁宫之内，成了宣德皇帝与大臣们议事时按香火计时之用器。

供不应求，假冒就应运而生，监造官吴邦佐带领手下私铸了一批仿宣德炉，不过，他们不是用进贡的风磨铜做的，用的青铜，和我们差了一个等级。

红颜薄命啊！

我深藏在宫中好好的，明朝末年李自成的起义军攻进京城，宫内财宝被洗劫一空，天旋地转，在劫难逃。我被起义军中的小头目带出了宫，从此流落民间。我几经辗转，落在了一个王爷手中。

雍正年间，我和兄弟们遭到了一次大劫难，当时制币的主要原材料黄铜明显不足。于是，户部议：“除乐部等必须用黄铜铸造的器皿外，一律不许再用黄铜铸造。已成者，当作废铜交官，估价给值。倘有再造者，照违例造禁物治罪；失察官员、买用之人，亦照例议处。”雍正皇帝钦准，胆子小一点的人，将家中收藏多年的宣德炉全部交了公。

王爷他喜欢我，又害怕我，怕我给他带来杀身之祸，将我送给了他的一个朋友。为了保险起见，王爷的朋友将我埋于屋后的窑洞中。从此我过上了暗无天日的生活，渐渐地被世人遗忘了。

盗墓贼沙老邪和“虾米”偶然发现了这个藏宝之地，我被无意中发现。我感谢他们，终于重见天日了！

月光皎洁之夜，河道中有许多蛤蟆在鸣叫，一阵阵暖风从田野吹来，风里全是好气味：成熟小麦的气味，水边芦苇的气味，被砍倒的大树的气味……这些气味让我高兴，我逃离了黑暗和土腥味。

一晃就是五百多年，没想到，我的身价大增，却没人识货。原来兄弟三千，就我一个重见天日。不知其数的大明宣德炉，学着我的样子，在众人面前显摆，有的是明朝仿的，有的是清朝仿的，还有现代仿的。

嗐，也难怪，从来没有见过真品，真是真假难辨啊！

太可恶了，假的打扮得比真的还像真的，招摇过市，被众人抚摸、鉴赏、拍卖，捧为极品，身价一路飙升至上千万元，我被冷落在一边。

我不去争宠，我不需要！

沙老邪盯着我看，觉得我虽然不是从皇帝或大臣的坟墓里掏出来的，至少我是出土文物啊。他悄悄地将我拿去给专家鉴定一下，这可是一次认识我价值的机会啊。

我最奇妙处在于色，假色外炫，真色内融，包浆温润。我拼命地展现着自己，可惜那个专家是“砖家”，是个睁眼瞎。

专家说：“在古玩当中，铜炉是最容易仿的，因为它是翻模的。只要有一个真的炉，翻个模，就能再铸造一个，只要铜质一样，就能仿到一模一样，真假难辨。今天全世界没有一个专家能准确地告诉你一个宣德炉的真伪。因为宣德炉从来没有在明代墓葬中出土过，没有一个标型的东西来参照。”

我感到有一股纯蓝火苗，在头脑里轰轰地燃烧起来。拿我参照啊！我是真的，我是真的啊！我撕心裂肺地叫喊着，可惜没有人听见！

沙老邪对专家说："这个宣德炉不是从市场上买的，是从土窑洞里挖出来的，你看这包浆，这成色，这质地，我觉得是真的。"

专家说："啊哟，老兄从土里挖出来的，就是真的了？幼稚！为了造假，什么方法都有。为了弄假成真，将宣德炉埋藏在地下，等到数年后，便成了出土文物了？如果是真的，五百多年过去了，它还这么光鲜？"

我冤枉啊！

沙老邪听了专家的话后，很快将我出手了。一来如果我是真的，那么来路不正。二来如果是假的，顶多只值几百元钱。沙老邪以50万元的价格卖给了陈昌平，这个价格对一个盗墓贼来说，好得不要再好了，对我来说则是身价大跌！

那个陈昌平更好，将我作价60万元，作为货款随便就抵给了张荣发。他们太不识货了！

你不要说张荣发还是有点眼光的，他看了我的品相，不像是假的。他带我去博物馆看看我的兄弟，我一眼就看出，它不是我的真兄弟。你看，他的屁股下面的"德"字心上有一横，我屁股下面的"德"字心上没有那一横，那一横到康熙才有，兄弟你是清代仿的，清代人真是画蛇添足。

不怕不识货，就怕货比货。我暗淡中放出奇光，这是装不出来的。

张荣发带着疑惑，又将我带到了珍宝斋，让文物鉴定专家“范一眼”掌眼。他看古玩不用手摸，更不用任何仪器，“一眼定乾坤”。

“范一眼”用真丝丝巾轻轻擦拭我的全身，轻轻地敲击了我的身体，声音明亮而悠长；又反过来看看我的屁股，“大明宣德年制”字体方圆合度，深邃有力而又从容自然。

他目不转睛地看了我半个时辰，我暗淡中放出八层奇光。

你看吧，我是真品吧！是金子总会发光的。五百多年尘封的包浆十分自然，香炉表面呈虎皮红色，三足底部和香炉沿口经过数百年的擦拭棱沿已非常圆润。

“范一眼”一双小而犀利的眼睛直发光，他不仅能看出我的形、工、质、色、包浆，而且能感受到我的气场。一件器物的时间越长，它汲取大自然的精华后储藏的能量就越大，气场就越强，而自然的气场与人体的气场能够相通。

我怦然心动，总算是遇到了知音！

“范一眼”对张荣发说：“大明宣德炉仿造过无数次，宣德炉诞生五百多年以来，历经五次高潮，一潮高于一潮。为了牟取暴利，从明代宣德年间到民国时期，直至现代，仿制宣德炉活动从未间断。”

“范一眼”说得滔滔不绝，眉飞色舞。真的不愧是收藏大家，文化底蕴也非常深厚。

张荣发说："说来说去，你看我这只宣德炉是真是假？价值多少？"

"范一眼"说："张总，你可以按照我教你的鉴定方法，看看下面的底款。我介绍一种从古代流传至今的标准鉴定方法，把炉头朝下翻过来，'大明宣德年制'六个正楷大字正刻在上面，'大字撇硬直到腰，明字日月横同高，德字心上没有横，宣字日圆年肥腰，制衣横不越刀'。"

张荣发心中默念着这句顺口溜，将我翻了个底朝天，跟顺口溜上面的一模一样，毫无差池。

"范先生，这上面的底款跟你说的鉴定口诀是一模一样。是真的？"张荣发有些激动。

"范一眼"笑着说："这才是第一步，可以确定你手中这件宣德炉不是第五次高潮中的产物，也不是第四次高潮中的产品，至少是清早中期的。"

咦？他为什么要说谎？从他的眼神中明明看出他知道我是真品，却不说出我的真实身份。我看得出，"范一眼"是故意的，他在糊弄姓张的。

"范一眼"从隔间里小心翼翼地抱出一件宣德炉来，笑着对张荣发说："张总，你看我这只宣德炉，比较一下，主要看里面的色彩灵气。"

我的天啊！和我长得一模一样，是我的亲兄弟吗？我想认了，可是它一点反应都没有，不是一脉相承的？五百年了，真的时间太长了，变化太大了，不敢相认了。

张荣发奈何自己没有透视术，他笑着挠了挠头，颇有些不好意思，说：“看不出来，一模一样。”

“是这样的，由于宣德炉里的银和锡在空气中的不稳定性，香炉表面呈虎皮红色，棱沿已非常圆润，并显现出金黄色的宝光。”

我看出来了，我这个兄弟是假的，它死板，不活泛，没有神韵，按照“范一眼”的说法，它是第五次高潮中的产物，是现代版的！

张荣发说：“说来说去，你看我这只宣德炉究竟价值多少？”

“你是花多少钱得到的呢？”

“别人拿来抵货款的，六七十万元。”

“呵呵，你也不吃亏，也不占便宜，也就这个价，上下差不离。”

“范一眼”补充了一句：“我就这么一说，不作定论，只作参考，也有看走眼的时候。”

张荣发走了。啊呀！他没有抱我走，将我的替身抱走了！

是他抱错了？还是“范一眼”掉的包？我搞不清楚。我偷偷地瞅了一眼，“范一眼”的珍宝斋里，我的替身有好几个呢！

张荣发不是收藏家，他想将我送人，送给他的顶头上司。这些当官的人也不是真的爱我，他们爱的是钱，因为我能增值，我会变成钱。听说，他将我的替身送给了容县县委书记肖阿丹，又被肖阿丹的情妇“女政委”留了下来。

真是鱼目混珠、尔虞我诈的年代。

听说，沙老邪带着手下到“女政委”家，将我的替身偷偷盗走了，马小宝还带着一帮人为了夺回宝贝大打出手。

哈，哈哈，那不是我，是我的替身，是赝品！

我笑了，笑得很响。我哈哈大笑，笑出了许多眼泪。我是幸运的，又逃过了一劫。“范一眼”将我带到了白玫瑰的会所，放在藏金阁里。

嗯？我眼睛一亮，心跳骤然加快。

藏金阁里有很多真品，万历哥窑青花蝶纹瓶、青花绘纹瓶、黄釉瓷炉“鬼谷子下山”青花瓷……他们都很委屈，原本他们都在博物馆，趾高气扬的，现在只能藏在深闺中，无人问津。偶尔，才会被主人相中送出深闺，面见世人。

他们都是沙老邪一伙盗窃出来的，被“黑狼”统统调了包，警察追回放在博物馆里的全是赝品。“黑狼”是谁？这么厉害？

嗨，同样的环境，感觉完全不一样啊！

白玫瑰几次提出将我送给京城的何先生，“范一眼”坚决不同意，他说，其他宝贝尽管送，只有我不行，他要一直留我在身边。

他将我带回家中，让我天天陪着他，我从“范一眼”那爱怜的表情上看出，他对我有多么的喜爱。他时常情不自禁地摩挲我那柔滑细腻的肌肤，一寸一寸地摩挲，这不由得让我脸红心跳，热血澎湃。

他对我真是一见钟情，一往情深！

二十八

“手捧生死簿，脚踏鬼门关”。这是对驾驶员工作风险的生动描述。要知道，领导司机手上捧的方向盘、脚下踏的刹车板，不仅关乎领导的人身安全，也直接影响着领导的政治生命。

马强壮从部队复员到地方就给肖阿丹当了驾驶员，一干就是十多年。大家都尊敬地称他为“司长”。做好领导的司机，绝对是一门微妙而高深的艺术。马强壮为领导服务十几年了，总结了一套经验，叫作：“一忠，二勤，三好，四不。”

“一忠”，就是要对领导忠诚，坚决听从领导的指挥，以保护领导为己任，忠贞不贰，坚定不移。绝对忠诚是领导司机的最基本配置。

“二勤”，手勤，腿勤。作为领导的“身边人”，闲话少说，眼中有事，全心全意为领导服务。

"三好"：一驾驶技术要好。开车技术和服务意识都要一流，要像爱惜自己的身体一样爱惜领导的车，保持车容整洁。二性格脾气好。领导有了不顺心的事，难免会拿司机当出气筒，要学会体谅领导，善解人意。三身体好，体格健壮。最好会一点拳脚功夫，就是马强壮的名字，领导听了心里也会踏实。

"四不"，即不该问的不问，不该看的不看，不该说的不说，不该传的不传。讲原则，能保密，做事滴水不漏，特别是领导的隐私。

怎么样？听马强壮这么一说，你觉得他这个"司长"当得不容易了吧。责任重大，任务繁重，是服务员、导游员、代收员、情报员和保密员，身兼数职。为了表示忠诚，他们都称领导为"老板"。

在老板面前，通常情况下，"司长"有时必须是聋子，是瞎子，是哑巴。老板的花柳之事，马强壮心中有数，他有他的乐，他有他的苦。十八年前与吕正维的一次偶遇结出了正果，她替他生了个儿子。老板开心后烦心的事就来了，吕正维先是要钱，后是要房，再是要开公司，老板全依了她。

为了掩人耳目，肖阿丹让马强壮娶了吕正维，为老板分忧解难，义不容辞！

戴着绿帽子结婚，心里是什么滋味？他就这么甘心吗？马强壮每天装着唐僧的样子，却有着猪八戒的心思。拈花惹草，女人处过几个，先上车，后上床，也没谁为他生过一男半女的。

人啊，在一起处长了就有感情了。自从结婚后，吕正维对马强壮、对这个家、对马强壮的父母都不错，只是结婚十多年了，也没见她大过肚子。不用多说，一定是他的问题，身强力壮不一定精子就强壮。

肖阿丹在容县是天子，马强壮就是天子门前的护卫，有什么公事、私事，或者公私兼顾的事，要想找到肖书记得先过他这一关，他是肖书记门前的看家狗。

人是会变的，马强壮从过去的老老实实、勤勤恳恳、踏踏实实的看家狗，变成了狗仗人势、狗眼看人低、鸡鸣狗盗、行同狗彘。当然，唯有忠诚之心不变，这是根基，绝对不能动摇。

俗话说："宰相门前七品官"。领导有一号二号三号首长，司机班里也排了名次，一号二号三号司机。在容县肖阿丹是书记，是一把手，马强壮理所当然是司机中的一号，穿着黑西装就像是香港电影《中南海保镖》中的李连杰，英姿飒爽。哈，哈，人模狗样！

马强壮的办公室是个三套间，不仅有洗手间，还有浴缸，那个漂亮的浴缸是意大利进口的，和他家里的那个一模一样。接待室也很大，沙发坐着很舒服，而且还有专门的茶具。拉开冰箱，冷冻室里放着十几罐茶叶，龙井、普洱、铁观音、碧螺春，客人想喝什么茶就有什么茶……超标了？他又不是领导，谁来查他？再说肖书记那里的办公室简单、简洁，完全按标准配置，马强壮这里是为老板备着的。

一号司机的名声响亮了，大家在马强壮面前低眉顺眼的。为了体现他的价值所在，在容县成立了民间的"司长协会"，马强壮义不容辞担任会长。他经常召集“司长协会”的兄弟们聚一聚，喝酒、打牌、K歌、泡澡，联络联络感情，传传小道消息。他们的队伍在壮大。当然，加入这个协会是有条件的，前提是领导的“司长”，其他人靠边站稍息。最近，马强壮将南城市检察院的驾驶员小汪也拉了进来——他太重要了，他是为新来的苏检开车的。

“干杯！欢迎新朋友！”马强壮召开了一个相当隆重的酒会欢迎小汪的加入。显然，小汪被吓到了，也被深深地吸引了。

马强壮一次就甩给他5万元的活动经费，条件只有一个，苏方圆有什么动静及时告诉他一下。简单吧？仅此而已。小汪一下子就呆了。他第一次发现，一个人眼中的光可以瞬间点亮，连说话的声音都打了颤：“没问题，一切照办，谢谢强哥！”马强壮再次验证了“有钱能使鬼推磨”这一说，是真理！

马强壮与肖阿丹之间有着这么一层特殊的关系，就是一座靠山，一个后台，所以才借着这棵大树的阴凉，恣行无忌、为所欲为、狐假虎威。金钱加上权力，便可以几倍几十倍地翻番，几倍几十倍地膨胀。

他没有权，但可以借力发挥，充分利用身边领导的权，不是吗？

2007年9月，张荣发以零资产购买了路面机械厂。在搬迁改造项目开工典礼结束后，张荣发把马强壮拉到一边，将一袋“礼物”放进他汽车的后备厢中。这袋所谓的“礼物”，竟是整整50万元现金！

马强壮将这50万元交给了肖阿丹。那时的肖阿丹还是一身正气，说这些都是工人的血汗钱不能拿，让马强壮退给张荣发。

退？这么容易吗？张荣发死活不肯要，只有先放在马强壮这儿了，他给了吕正维，到了她的手上还能出来吗？吕正维给肖阿丹打了一个电话说：“张荣发给的50万，你不要，我就收下了，就算是给你小宝的压岁钱。”那年小宝正好10岁。

肖阿丹在容县呼风唤雨，可就吃她这一套，迁就她，这一辈子都欠她的。一不顺心，吕正维就拿儿子小宝来说事。算服了她了！

张荣发与“女政委”一联手，在容县还有什么事情办不成的？张荣发看中了一块地约200亩，说要搞开发。肖书记顶着县常委异口同声反对，硬是以每亩15万元给张荣发拿下了。

这个狗日的张荣发又没有搞项目开发，转手以每亩80万将地倒卖了，这样他空手套得土地差价约1.35亿元。

张荣发送了一只大明宣德炉，价值上千万，先放在“女政委”那里保存，以后留给儿子小宝。

张荣发被检察院抓了！肖阿丹坐不住了，他预感到大祸临头，这不是过去，现在谁也保不了他。

还有那个左二牛来了，拿出陆小红留下的笔记本，那可是个行贿笔记本，一笔笔的记得真清楚，时间、人员、数额。马强壮看了，上面没有他的名字，那50万元是记在肖阿丹头上的。

左二牛要的护照、签证、机票，还有600万元钱，吕正维让马强壮全部照办了，保住主人，是他这条看家狗的职责。马强壮将笔记本交给了“老板”，不然，落到苏方圆的手中，倒霉的不是“老板”一个。

左二牛大脑进水了，拿了钱还不赶快跑，还要兑现承诺，杀陈昌平的妈妈。他上当了，自己命丧黄泉，马强壮也省了一大笔钱。“老板”总算逢凶化吉，他下手也真狠！

通过这件事，马强壮意识到，肖阿丹迟早要出事的。现在不是“老虎”“苍蝇”一起打吗？肖阿丹在中央只算只“苍蝇”，在容县算得上是一只“老虎”，而且是只“大老虎”。如果有朝一日肖阿丹被打掉了，那么，权力、地位、名誉、身份全都没了！他依靠的大树倒了，后台没了，一切的一切就都同以前完全不一样了！

马强壮要为自己留下一条后路。什么样的后路呢？想想大概也就这么一条：想法子赚钱。如果有了足够的钱，有一个雄健的实体，还有一批不断带来滚滚财源的工厂和企业，那你还有什么可怕的呢？

需要权的时候他有权，没权可以借权，需要钱的时候他有钱！这才叫真正的不倒翁。人无远虑，必有近忧，这才是正儿八经的高瞻远瞩！

马强壮捞这么多钱的意图或者目的大概就只剩下一个：为自己留一条后路。他得拼命挣钱，逢山开路逢水搭桥，悬崖和深渊都挡不住那种勇往直前。

天空飘来五个字：钱都不是事。

成就感一直营养着马强壮的腮腺、胰腺、肾上腺、甲状腺、前列腺和淋巴结，驱散了他内心久不散去的戴着“绿帽子”的寂寥和痛苦。

最不省事的就是马小宝这个小兔崽子，纠结了一伙人与“西虎帮”大打出手，还将人打死了！

小宝被南城市公安局带走，这不是要了吕正维的命吗？她向肖阿丹哭诉要将小宝放回来，总算给面子，马小宝被公安局放了回来。

马强壮看得出，白玫瑰绝对不是一般的女人，她有通天的本事，京城的核心地方，她照样可以直进直出，畅通无阻。听她说车牌照是一个大领导给的，方便她随叫随到。真不能小看她，给她一个支点，她真的能撬动一个地球。她不仅有姿色而且有心计，马强壮自愧不如。现在有事肖阿丹还要和她商量，由她出面摆平。

事情远比马强壮想象的更糟糕，小汪悄悄地打来电话说，反贪局要对“女政委”谈话了。怎么办？三十六计，走为上计，跑啊！

可是怎么跑？跑到哪里去？完全没有方向。

肖阿丹也让吕正维先出国避避风头，正好有个出国去欧洲的旅行团，先跟着出去吧。早知道这个苏方圆一意孤行，她就带着小宝一起跑了。

咣啷一声响，大幕闭合，灯光熄灭，没有想到红极一时的“女政委”，就此狼狈谢幕，仓皇出逃。更没想到的是吕正维刚走，马强壮就被带进了检察院。

紧要关头总要一搏，等死不如闯祸！

马强壮一进去就举报，自己避而不谈，先举报别人。他在官场摸爬多年，看得多了，听得多了，看在眼里，记在心里，总有派着用场的时候。官场就是一台戏，走马灯来过了许多官员，戴县长、陈部长、吴局长、刘主任、蒋行长……全是贪官，这个年头逮到哪个搓搓，身上没有垢？

马强壮一字接一字，不疾不徐地吐着蛇信子，字字如一碰即死的剧毒颗粒，一个劲地弹了出来。进了检察院大都是不开口，还没见识过这么厉害的嘴，分明没安刹车。马强壮说的事情有真有假，真真假假，真假难辨，你们去查吧。他一心想将水搅浑，给你来个“洪洞县里无好人”！

王正义说：“停，停，停，今天找你来，是谈你的问题，不是让你来举报的。”

马强壮眉毛一蹙，脖子一扭，满脸不屑，说：“不，不，不，我先谈别人，再谈自己。你们检察院的领导里面也有贪官，你们先将自己查查再查别人！敢吗？”

王正义说：“怎么不敢？抓队伍建设，我们一直抓得紧，反贪从自身抓起。”

“你这个小处长，说得不算数，我要举报你们的检察长，要找你们省里的领导谈。”马强壮说着话，用食指抠了抠鼻孔，朝地板上弹了弹胶体物质。

王正义转身就将省院反贪局武副局长叫来了，他先跟马强壮交代了一下党的政策和法律，告诫马强壮诬告是要犯法的。

诬告？我有事实，有证据。“我先告你们的检察长苏方圆，利用职务便利，以为儿子看病为名受贿 30 万元，有现场拍摄的照片为证，证人就是我，是我亲自送给他的爱人徐志刚的。”

马强壮伸出舌头把上下嘴唇舔了一遍，继续说：“我再告反贪局长向东方利用职务之便，收受 200 万元的公司干股，还有 40 万现金，有账可查，不相信，你们现在就去查，我要是瞎说，就一头撞死！”

“请你们将自己的这些问题查清楚，我再来谈自己的问题。”怎么样？马强壮一上来就来了个双炮连环将！

武副局长眼睛直溜溜地看着马强壮，一下不眨。总之，一下子傻眼了，哈，哈哈，还查我呢，自己就是贪官，还有什么资格查别人！已不正焉能正人！

肖阿丹的事情，马强壮是一个字都不会说的，誓死保卫！用老虎钳不行，灌辣椒水也不行，有种为知己两肋插刀后又跳进滚滚油锅的壮烈感。

当然，还有那个驾驶员小汪，先后从他这里拿了 25 万元，这个马强壮也不会说的——他是自己的人，留下来还要派用场的，这一点，他拎得清楚。就让他把秘密深埋心底吧，让一切仿佛没发生过。明天，太阳照常升起。

二十九

滨海市的海滩上，红的绿的蓝的紫的太阳伞加上蓝天白云碧波，把这块海滩装点得色彩斑斓，生趣盎然。

离海滩不远的海水中间，伫立着一块礁石，远远望去，像一个老人。人们叫它石老人，传说它守候着人们的安宁，能给人们带来好运。

白玫瑰仰面朝天静静地浮在海面上，望着高高的蓝天、流动的白云、飞翔的海鸥、静静的礁石……这是享受，她受尽了人间的苦，她现在要百倍地去享受。

白玫瑰出生在哈尔滨一个偏僻的小山村，爷爷和一位俄罗斯姑娘结了婚，父亲有一半的俄罗斯血统，俗称二毛子。她面部轮廓和超白的肤色来自于俄罗斯遗传基因，使她身上具有一种异域的狂野的神秘气质。自从白玫瑰有了记忆，就没见过父母，一直和奶奶共同生活。奶奶她说父母都死了，也不知是真是假，死了就死了吧，她也没去多问。

中学快要毕业了，学校请了一位战斗英雄来上课，叫高端阳，五官端正，相貌堂堂。他坐在轮椅上讲他经历过的惊心动魄的故事，他的演讲深深地打动了白玫瑰，白玫瑰代表全校师生给他献了花。

高端阳的事迹太感人了，白玫瑰太崇拜他了，她要嫁给他！要服侍他一辈子。这不是一时的冲动，是发自内心的。

“玫瑰啊，你太天真了，太单纯了，崇拜英雄是对了，献过花就行了，不能再去献身啊！和他过一辈子，你要吃苦的，听奶奶的，啊?！”

白玫瑰不听，就是不听，爱英雄就要真心实意，就要有行动。她纯洁、善良、天真、固执，没多久，她就和比她大十五岁还是高位截肢的战斗英雄高端阳结婚了，生生气死了她的奶奶。奶奶留下了一个俄罗斯套娃，最外层已经磨得油光发亮了，胖嘟嘟的木娃娃肚子里又藏着十个小娃，已经经历了四代人，成为白玫瑰唯一的念想。

高端阳全心全意地爱着白玫瑰，总觉得心中有愧疚。高端阳毕竟是一个没有腿，没了支点的男人。处男对处女，生手对生手，是件挺恐怖的事情。他脸涨得通红，让她半跪着爬到了他的上面，用力地抱住她。好不容易进入了主题，听到了彼此肌肤摩擦的声响，血液被电热油汀烧沸了一样，哗哗地奔涌激荡，要冲破心脏，冲出脑门。随之而来的是排山倒海的幸福，一生之中从未尝到过的、让他们头晕眼花又死去活来的幸福，一颗快乐的精子在子宫里着床。

十个月后，他们有了一个漂亮女儿——朵朵。对于白玫瑰来说，结婚就像给自由穿了件棉衣，活动起来是不方便了，但很温暖。

国家还是非常关心为祖国安全作过贡献的人，专门安排高端阳去上海装假肢，朵朵就交给他姑妈带。装好假肢就可以站起来，和正常人一样走路了。

是真的吗？白玫瑰怀疑，好奇。高端阳更是兴奋不已，从肢体的完整到缺失的震惊、失落，从有了家庭的惊喜到成为亲人的累赘和负担的内疚，他更渴望过上正常人的生活。

白玫瑰第一次走出小山村，来到大上海，才知道世界有多大，有多精彩！高楼林立，灯红酒绿，车水马龙，喧嚣热闹，不像他们生活的小村庄，在村南撒泡尿，就能撒到村北的茅坑里。

白玫瑰推着丈夫进了医院。说来不怕大家笑话，这是她第一次坐电梯，像个怪物，张开大嘴，一下子将他们吞了进去。白玫瑰想进又害怕，刚推着高端阳进去了，又吓得直往后退，一脚踩到后面人的脚。

"你这个人怎么搞的？刚进去又出来？真是乡下人。"后面的男人气呼呼地叫道。

白玫瑰回头一看，是一个三十多岁体态清瘦、中等身材的男子，手上捧着鲜花，锃光瓦亮的皮鞋被她踩上了一个灰后跟印。

“对不起，对不起，踩痛你的脚了吧。”白玫瑰赶紧用袖口替他擦皮鞋上的灰。

他眼睛瞬间发亮了，声音一下子低了八度：“没关系，没关系，是第一次坐电梯，到几楼？我来帮你。”

白玫瑰真的没想到就这一撞，就撞出了火花，撞出了感情。她遇到了生命中的第二个男人，他叫丁一明。那年白玫瑰 23 岁，他 35 岁。

自从在电梯口遇到了白玫瑰，丁一明心底狂风大作，电闪雷鸣，浑身热血翻涌，随即手脚冰凉，全身穴道通通被封，四周没了声音。他感觉自己失聪了。他的人生终于有了一个明确的使命：要拥有白玫瑰。

在医院的一个月中，丁一明天天来看他们，天天来帮他们，白玫瑰知道他是为她而来，高端阳也心知肚明。

奇怪，男女之间的喜欢与不喜欢，大多没有理由，都很简单，很原心态，一眼望过去就喜欢了，或者瞅一眼就废了。仿佛丁一明和白玫瑰离开娘胎一落地就认识，不需中间人介绍。

上天也一定太爱她，竟让所有的色彩都适合她，穿在她身上都不炸不土不莽撞。她的肤色透明而白，是世界上最纯美的皮肤，适合所有色彩。丁一明一看到白玫瑰，心脏几乎停跳，魂魄尽数飘移，出气开始不完整，所有的念想都在嗓子眼堆积、拥挤，大脑一时真空。魂不守舍！

丁一明身板直溜，小腹平坦，双手洁净修长，举止儒雅，不躁不浮，是个谦谦君子。从他的嘴里白玫瑰才知道，她这个从北方小山村出来的小女人是那么的美，沉鱼落雁、倾国倾城、闭月羞花、国色天香，总之，是独一无二的。

白玫瑰问他，爱我什么？回答很简单，因为美，所以爱。白玫瑰被震撼了，无法拒绝。他们闪电般地相爱了。

白玫瑰不忍心抛弃她心目中的英雄，她的爱人，朵朵的爹。没想到高端阳相反却鼓励她："玫瑰，如果真的找到了一个真心相爱的人，我就退出，带着朵朵回家。你能嫁给我，还为我留下了一个女儿，我就心满意足了。你为我付出了很多，这回轮到我为你付出了。"

高端阳是一个高尚的人，纯粹的人，大度的人，有爱心的人。只要白玫瑰愿意，为了她的幸福，他什么都舍得放弃。为了考证丁一明对白玫瑰的爱，高端阳还专门找他长长地谈了一次话。高端阳认准丁一明是一个有理想、有前途、有能力的男人，才三十出头，就当了南城市国土局副局长，家庭条件又好，人又长得帅气，特别是丁一明对白玫瑰的爱是真挚的。高端阳要将白玫瑰一生的幸福托付给他，丁一明感激涕零。

高端阳装好了假肢，只做了短期的穿戴训练，肢体水肿，皮肤磨破了，但他还是坚持回家。一回去，第一件事就是和白玫瑰办了离婚手续。他们离婚了，是那么平静，没有争执，没有抱怨，只有祝福。白玫瑰拿出了奶奶留下的套娃，贴上了一家三口人的照片，她要将它带在身边，这是你中有我、我中有你的祝福。

"妈妈要走吗？我要妈妈！"白玫瑰将朵朵搂在怀中，亲吻着她的小嘴，嗅着她身上独有气味。朵朵，未开放的花骨朵，她真的舍不得啊！

是不是太自私了？为了自己的幸福，抛弃了丈夫，抛弃了女儿，大城市就一定有幸福在等着她吗？

“你一辈子在山沟里有啥意思呢？到大城市去，你过得好了，以后就将朵朵带到城市去上学读书，去工作。如果你过得不好，就回来，我和朵朵随时欢迎你！”高端阳一直在安慰白玫瑰，他全是为她着想，挽留的话一句都没说。

高端阳沉默良久，她听到他带着哭腔的声音说：“有空回来，看看我们！”

白玫瑰没有想到，从此，她再也没有回去，再也没有见到高端阳和朵朵……

海滩上，有一个戴着墨镜的男人一直在欣赏着白玫瑰，他不是肖阿丹，也不是汪华平，而是何先生。他是白玫瑰人生中又一个重要的男人，为了帮助肖阿丹，不，为了帮助孩子，一提到孩子她就心痛，白玫瑰约了京城的何先生。

白玫瑰畅游了一阵终于上岸了，酥胸裸露，玉腿玲珑，素面长发，清丽宜人，没有那个男人看了不动心的。柳眉轻展，长长的睫毛随着一呼一吸微微颤动，从头发上滚落下的晶莹水滴，正好被翘起的睫毛轻轻托住，欲落不落，不由得地让人怦然心动。何先生忍不住一把将她拉入了怀中。

“何哥，这回肖哥的事情全靠你了。”白玫瑰没有就势倒在何先生的怀里，而是忽地一下站了起来。

何先生没有回答，一把又将白玫瑰拉到了怀中，指了指天上说："看风筝。"

天空中造型各异的风筝轻轻地舞动着身姿，自由地在蓝天下忽高忽低、忽远忽近竞相飞舞。

"风筝为什么能飞，你能悟出一些什么道理？"何先生问道，好像对风筝有一种特殊的感情。

"不知道。"白玫瑰心不在焉。

"风筝之所以能高飞，第一，自身素质要好，不能是飞不起的风筝；第二，风势要强盛，关系网畅通无阻；第三，要有人放，要有贵人相助。三条缺一不可。"何先生滔滔不绝地讲述着他的"风筝理论"。

望着蓝天白云和点点飘动的风筝，何先生贪婪地呼吸着清新的空气，灵魂像云间飞行的风筝，忽上忽下，忽左忽右，回味在云和风的无尽变幻中。何先生是京城分管政法的最高行政长官，凭着他的雄厚实力，还有畅通的关系网，一个电话就能搞定。马小宝的事，对于何先生来说不是事。

何先生高估了自己的实力，没想到一路畅通，到了南城市检察院卡壳了，这个不识抬举的苏方圆，有领导挑担子，还不借坡下驴？原则就你一个人坚持？太不知天高地厚了！

肖阿丹动用了他的全部人脉关系，从中央到地方，没想到这个苏方圆连上峰打的招呼都不听，还说，法律面前人人平等，没有特殊公民，检察机关自行决定追捕了，还派人监督公安执行。

“狗日的，苏方圆，我操你祖宗！你这不是要我的命吗？”吕正维哭喊着，叫骂着，将所有的仇恨全部归结到苏方圆身上。

这件事搞得白玫瑰很难堪，何先生也很没面子。没想到检察院还有这样的权力，还有这样不听招呼的女检察长，他们对苏方圆真是恨之入骨。等着吧，你要我的心肝，我就要你的五脏！

帅帅终于挺过了移植排异关，要出仓了！

苏方圆就像迎接从星月探险凯旋归来的战士一样去接帅帅，只见一双清澈明亮眼睛的小光头，正蹦蹦跳跳向她走来，对着她喊：妈妈！后面还跟着一个大光头高喊着：老婆！

哈，哈哈，团聚了！他们一家人紧紧地抱在了一起，就像漫长的马拉松长跑，一路上摔倒、爬起、再摔倒、再爬起，精疲力竭时，终于冲出了终点线一样的兴奋和激动。

菊婶在一边高兴得直抹泪，苏方圆带着帅帅给菊婶深深地鞠了一躬。发自内心的感激，无法用语言发达。

帅帅还要在医院住一段时间，好多天没有回家了，一切都是乱糟糟的，缺少调度，匆忙且潦草。

房子是个很奇怪的东西，无论简陋还是华美，只要有人住着，它就活在那儿，有呼吸，有体温，有声响，还有一种说不出来的磁力场，让人置身其中时，神闲气定。可是一旦没有人住，房子就仿佛被抽走了灵魂，变得空寂，颓丧，晦暗，冰冷。苏方圆整理了一番后，房子里顿时有了生机。

她坐了下来休息一下，手机“啾啾”一响，有短信进来了。尾号为8828的号码发来了短信：“别当替死鬼，别把家庭毁。清算那一天，没法再后悔。路在你面前，把好生死关。机会只一次，不再有明天！”紧跟着一阵子弹在飞的动漫画面，直向她脑门射来。

什么意思？这简直就是赤裸裸的威胁！

苏方圆揉了揉有些麻木的眼睛和太阳穴，看着窗外。已经是黄昏了，天光在一点点变暗，整个世界在向黑暗的核里收缩，又一个黑夜要来到了。

这时，“铁头”打来电话：“苏检，今晚千万不要住在家里，我让刘立立来接你，去侦查指挥中心住。”

“为什么？”

“不要问为什么，苏小妹，听我的，我是你铁大哥！”

苏方圆现在租的这一套房子是顶层，她坐电梯下到了一层，刚出电梯脚下没注意摔了一跤，人刚爬起来，刘立立来了，将她扶上了车。

真的好狼狈！好尴尬啊！

半夜里，突然远处依稀传来警笛声，越来越近，警笛声撕破夜空。失火了？苏方圆拉开了窗帘，看见她住的那幢楼房的顶层火光冲天，映红了半边天。

幸亏“铁头”的提醒，苏方圆及时撤离。该来的终究要来的！

泰山压顶不弯腰，这回压来的可是喜马拉雅啊！

三十

我就像蜥蜴一样四爪张开，身体紧贴在检察院讯问室的墙上，墙面装饰是软包的，这样趴着舒服点。讯问室内真的很舒适，有温度计、湿度计作证。

我已三天三夜没有好好睡觉了，我的神经一直紧绷着，脑子里就像有一只疯了的小鹿，漫无目的乱撞，一个个思想的片断，没头，没尾，互不连贯，稍纵即逝，一闪而过……

我叫江仁义，今年56岁，冠华集团的董事长兼总经理，总公司下面有一百多个企业，是南城市的利税大户。

我是一个白手起家的民营企业家，不像张荣发，靠着国企改制一夜暴富。我从小企业、小作坊做起，慢慢做大做强，我的财富是一滴汗水摔八瓣摔出来的，是一点一滴地积累起来的。

对了，我的起步就是从一台翻斗车开始，从铺路的砂石开始的。从昔日因贫穷而受人冷落的农民，到如今拥有一百多个子公司的多元化大型企业的亿万富翁，期间吃了多少苦，受了多少罪，只有自己知道。

南城的每座庙里，都有我捐钱重塑的神像；乡里的每个穷人，都吃过我施舍的善粮。我在银行的每一分存款，都浸透了我的心血汗水。我靠劳动致富，用智慧发家。我自信平生没有干过亏心事。真的，我是一个善良的人，一个正直的人，一个大好人。

致富不忘本，我感谢党和国家的政策好。我要回报社会，在家乡捐资建了一所希望小学，还建成了一所医养结合的敬老院，大家都说我有仁，有义。

我犯法了？

我是一个遵纪守法的好公民，被农业银行评为特级信用企业，市税务部门评为“纳税模范单位”，省政府还授予我“优秀民营企业家”的称号。现在这些荣誉不管用了，检察院还是将我抓了起来。

我犯法了？犯了！

当初企业刚起步时，领导的报告上都称乡镇企业发展是异军突起。说得好！我们不是正规军，不能与国有企业抗衡，他们大块头，我们小小个体户，有钱才是硬道理。抬头向前看，低头向钱看，只有向钱看，才能向前看！我这个从耕地中走出来的农民，成就了南城市的龙头企业，要我说成功的经验，总结起来千条万条，归根结底就是一条：花钱铺路！

自己赚了大钱，帮助过你的人，你都忘记了？知恩图报，是小时候妈妈就教我的做人的道理，是农民本色！这二十多年就依靠这本色打天下呢。当初，真不知道这是犯法，后来知道了已经来不及了。

来到检察院，反贪局的人让我彻底交代，在做工程时都给谁送了钱？这么多年过去了说得清吗？捡重点的说，谁是重点？

我太累了，我从哪里来？要到哪里去？是谁将我出卖了？堡垒最怕从内部攻破！在南城论关系，我、肖阿丹，还有白玫瑰走得最近了，是白玫瑰？不！不会是她，我对她一向不薄，一定不会是她。

让我好好想想，最近张荣发被检察院逮进去了，一定是他！我想起来了，肖阿丹当了容县县委书记后，张荣发以文教招商引资用地为由，以每亩15万元拿了一块地。当时，常委们都有意见，是肖阿丹力挺的，文化教育是大事。最后呢？张荣发拿到手就立即改变用途，进行商品房开发，并以每亩80万的价格转手倒卖，土地价差就净赚1.35亿元！

张荣发太不厚道了！

这以后肖阿丹就再也没有将工程给张荣发做了，主要给了我。当然，我也赚了好几个亿。张荣发忌妒我，恨我，想着方法报复我。这回他进去了，像疯狗一样到处咬人，我一定是他咬出来的。

这下好，我进来了，他立功了，无耻小人！

噢，我明白了，检察院这次一定是冲着肖阿丹来的。我不是张荣发，我不说，谁也不说！

哎！说实在，当官也不容易，工作量大，责任大，薪水又不高，他们中间有不少都是能人。当官的不全是贪官，有的是被逼的。我就逼过他们，特别是肖阿丹。

肖阿丹小名叫“二蛋”，他老婆的妹子嫁给了我老婆本家的叔伯侄子，论起来我们是亲戚，我还长他一辈。“二蛋”是好样的，在学校就是好学生，大学毕业，当上了干部，苦活累活都冲在前面，从厂长到国资委主任，到容县县委书记，一路打拼，他容易吗?

“二蛋”当国资委主任时，批给了我好多工程。拿到工程就等于拿到了钱，这个你懂的。我打心底里感激，感激总不能嘴上抹油，要拿出实际行动来。做工程，方方面面都需要打点，利润的40%都用来打点，这不是还有60%嘛，我还是赚了大头。

知恩图报，是农民本色！朋友赚小钱，你赚了大钱，不给当官的意思一下，你好意思吗？你还有下次吗？是我拉他下水的。给领导送钱是行贿，送多了就是犯罪！犯法不一定坐牢，犯罪是要坐牢的。不过话说回来，看看身边工程做得多的，钱赚得多的，有几个没送啊？又有几个去坐班房的?

那是2001年的春天，我接到第一个大工程，知道是“二蛋”帮了忙。我送些啥好呢？当领导的烟酒都不缺，土特产又不值钱，还是钱好，我带了一张五万元的存折。第一次，不敢自称表叔，只有装孙子。我在门口等了足足三个钟头，才让我进去。我毕恭毕敬地站在他的桌子前。

“肖主任(我不敢叫他的小名“二蛋”)，我叫江仁义。”

“江仁义？”他显然不记得我。

“王家村的王大顺，是你表舅吧？”“二蛋”搔了一下头想了一想，点点头。

“他老婆的娘家和我是一个村的，你知道吧？”“二蛋”想了想，摇摇头。

“你老婆的妹子嫁给了我本家表叔伯的侄子，你知道吧？论起来我们还是亲戚……”我得先将亲给攀上。

“二蛋”皱起眉头，打断了我的话：“你到底想说什么？就直说，没有看到我很忙？”

我说：“银湖大厦的建筑工程我接下了，谢谢肖主任的关心！”

“二蛋”说：“这说明你有实力，这都是正常招投标，我没有帮什么忙。”我不知道“二蛋”说的是客气话，还是大实话。总之，我是发自内心的感谢。

“这是小小心意，敬请收下！”我将5万元存折，放在他的桌子上，推到了他的面前。

“二蛋”脸一下子板了起来，将桌子一拍，茶杯跟着跳了起来，大声吼道：“不要给我来这一套，给我拿回去！你把我看成什么人了？你是想让我犯法啊？！”

我一下子傻了，拍着胸脯发誓：“我不会出卖朋友的，再说，我们还是亲戚。”为了表示我的诚意，我将存折撕碎了，吃进了嘴里，像牛咀嚼草一样，没有嚼碎就生生地吞了下去。

“二蛋”好像有点动容了。

我说：“明天请肖主任一起吃顿饭，总不犯法吧？人员由你定，好吗？”“二蛋”这回爽快地答应了。

酒过三巡，菜过五味，“二蛋”出去上厕所，我紧紧地跟在后面，硬塞给他一张存折，悄悄地耳语了一声：“密码是存款日期。”“二蛋”没有推，我想这回总算搞定了！

没想到第二天，“二蛋”让他的秘书将存折给退了回来，秘书拍了拍我的肩膀说，领导不是傻帽！

我明白了，我是个傻B！我狠狠扇了自己一个耳光，送存折不安全，这是常识。嗨，这不是头一回嘛，我改！

晚上，我到了“二蛋”家，算是老乡认认门，拎了一袋红心山芋，是“二蛋”最爱吃的，底下放了5万元现金。这回他总算收下了。

有了第一次，就有第二次，钱从5万元到10万元，到100万元，物价上涨，行情也看涨。当然，我接的工程也看涨，这叫双赢！

“二蛋”收钱是看人的，不是任何人的钱都收的，不可靠的不收，不知底的不收，不靠谱的不收。我嘛，十年了，也没出事，我是他的铁杆。关系铁了，称呼也变了，我叫他“二蛋”叫得顺口，他叫我表叔也叫得顺溜。

后来，我做的工程质量好，全国各地都排队上门。业务也扩大了，我的公司也成为一家涉及旅游养生、影视文化、矿产资源、生物工程、网络科技、国际贸易、教育培训、资产管理等产业的多元化大型企业。

我不求“二蛋”了，当然，一定不能忘记他，致富不忘挖井人，第一桶金是在他的帮助下挖到的。逢年过节我都会去给“二蛋”送“红心山芋”。

你说给“二蛋”送钱的事能说吗？一说出去，“二蛋”就玩完了！他会失去现在的官位，还有家庭。妻子会痛不欲生，女儿也会为有这样的父亲而无地自容，他所有的朋友、部下、上司、同僚，都会指着他的脊梁唾骂……不能说，就是不说，打死都不说！况且，检察院规范办案，也不敢动手。

对，以不变应万变。想到这里，我一下子放松了。我真的好累，我要睡了……

三十一

“江仁义！”一声大喊，将江仁义从梦中惊醒，四爪松开了，一下子摔倒在地上。

不要装死了！上来两个法警将江仁义拖起坐在讯问椅子上。

“你本事不小，躺着睡不着，站着就睡着了。你想好了吗？”江仁义睁开眼睛，看到眼前一个瘦得像根电线杆一样的人，直直地杵在他的面前。王正义抽烟抽得脸蜡黄，大概也没睡好觉。

王正义把未抽完的烟使劲在烟缸里掐掉，和江仁义面对面坐着。刘立立打开了电脑开始记录，两个法警退了出去。

讯问又开始了，王正义说：“你和肖阿丹是什么时候认识的？”

“从小就认识了，我是他表叔。”

“关系怎么样？”

“关系一直不错。”

“大家都说你，讲仁，讲义，你给老百姓做了许多好事，大伙儿都记下了。”

“都是我应该做的，知恩图报，农民本色。”在这种兴师问罪的地方听到表扬，江仁义有点丈二和尚摸不着头脑。

“知恩图报，你不能总是挂嘴边，总要来点实的。”

“那是，那是。”

“你在做工程的过程中，谁对你帮助最大？”

“当然是‘二蛋’了，就是肖阿丹。”

“你不感谢肖阿丹？”

“感谢，哪能不感谢呢？从心底里感谢。”

王正义又问道：“感谢，总不能挂在嘴上，你对当年的肖主任现在的肖书记是怎样感谢的？”王正义开始切入正题。

这个王正义贼得很，差一点落入他的圈套。江仁义一想不好，打住！

一阵沉默。

所有侦查员惯用的手法，首先从老远开始，从一些无足轻重的小事谈起，和你胡天海地的吹，分散受审人的注意力，使你麻痹大意，然后突然以最出其不意的方式，向你提出最具有决定意义的关键性问题，一举击中要害，就像一下子击中天灵盖一样。是这样吗？

不说，不上当！闯荡江湖这么多年了，祸从口出，这些常识江仁义还是有的。

王正义说：“怎么不说话了？问你呢？”

“我是做工程起家的，领导信任我交给我做的工程，始终是质量第一，这么多年我的工程质量从没出过问题，大都被评为省优质工程。我也从不给领导脸上抹黑。”

“我问你，对关心过你的领导，具体一点就是肖阿丹，你与他有什么经济上的往来？”

经济上的往来？江仁义能说吗？他低下了头，刚闭上眼睛，轰轰隆隆，翻斗车开过来了……

王正义声音突然提高了八度，说：“江仁义，你抬起头，看着我的眼睛，回答我的话，逢年过节给肖阿丹送了什么？”

王正义双手撑在桌子上站了进来。他满脸沟壑，一双异乎寻常的浓眉高高挂在一对精明的细眼睛上。在他冷峻和挑衅的目光逼视下，汪仁义感到局促不安，想了一下说：“送的红心山芋，‘二蛋’最喜欢吃了。”

“还有呢？”

“就是红心山芋。”

“好，逢年过节你给肖阿丹送红心山芋，拿到工程以后呢？”

“还是送的红心山芋。”其实，江仁义说的是大实话，只不过红心山芋下面有货。

王正义说着说着就发急，龇出了小虎牙：“这十年来由肖阿丹经手批的工程总造价就有十多个亿，就送红心山芋？你骗谁呢！”

又说：“我问你，每次接到工程后，你都到银行提了大笔现金，干什么去了？”

“啪！”王正义将一本账册在江仁义面前狠狠地一掼，看样子他们是有备而来的。

“我就只送了红心山芋。”江仁义的声音明显低了八度，有些事情是无法隐藏的，把嘴巴捂住，它就会从眼睛里冒出来。

“知道你为什么进来的吗？”

“不知道，我是一个守法公民。”

“呸，活见鬼！”王正义高声怒吼，将桌子一拍，桌上一只已经喝完了茶的玻璃杯，发出叮叮当当的响声。

“江仁义，放老实点，没有足够的证据，我们是不会对你以行贿罪立案的，现在对你实行监视居住，进来的时候就对你宣布过了。”

江仁义最不怕人发火了，发火就说明你们没招了，有证据你们定罪就行了，我不说了，不问不说，问也不说。不说，不动，身子戳在椅子上，像一尊没有活气的木头人。

又是一阵沉默。

就这样死磨硬缠，又一个星期过去了。连续几天，他们没有讯问江仁义，大概在商量对策。这里四季如春，黑白颠倒，真是度日如年。江仁义忍住强烈的忧郁，经受心情紧张的折磨，感到非常疲倦。他渴望与人交谈，甚至盼望着他们来讯问。

说实在的检察官也确实不容易，反腐败真的非常艰辛。在这里拼的不只是体力，还有心智，有好多回江仁义被他们动之以情、晓之以理的分析和法制宣传打动了。

法律规定，每一个公民都有如实作证的义务。江仁义要是说了，他和“二蛋”之间的友情就完了，愧疚将是终身的。更有一种恐惧是，他被隔离，肯定众所皆知，一旦查到“二蛋”头上，谁都知道他是出卖者，大家都会站出来指责他。

检察官在寻找事实的真相，真相需要由他的嘴说出，可他就是不说。真的，想象得出，他们恨死他了，恨不得将他生吞活剥了。可惜，他们全程录音录像，必须文明办案，否则，将会受到追究。

秋后算账，江仁义心里也默默地替“二蛋”算了一笔账。不算不知道，一算吓一跳，十多年前前后后，送了“二蛋”上千万元。上千万元啊！可以投资一个新企业，建一座漂漂亮亮的养老院，可以建十所希望小学，还可以……赚两个钱也不容易，自己从来不舍得吃，不讲究穿，手下的民工也跟着一起吃苦受罪，辛辛苦苦赚来的钱，给他花天酒地地乱花，怎么不心痛呢？江仁义从内心真的恨贪官——为人民服务，是挂在嘴上的，为人民币服务才是真实的。

公司里还有那么多的事情需要江仁义去拍板，时间就是金钱啊！江仁义真的耗不起，他想出去，他要出去！他感到难以忍受的焦虑，真想在另一个世界里喘一口气，哪怕一分钟也好。

终于又有人来了。这回换人了，瘦子换成了一个微胖的中年人。他五官端正，穿着一件和所有检察官一样的制服，他没留胡子，不过已经很长时间没刮过脸了，浓密的黑色胡子茬已经长满了脸庞，稍微肿胀的眼皮下，一双微微发红的眼睛还是蛮有精神的，举手投足间显现出检察官特有的庄重风度。

“江仁义，先自我介绍一下，我叫向东方，是南城市检察院反贪局局长。”

局长亲自上阵了，这回搞大了！

向局长嘴特别能说，反腐败斗争从国外讲到国内，从中央讲到地方，从眼前讲到今后，从老百姓利益讲到国家的生死存亡。

江仁义都听得入神了，说得对啊！说得好啊！老百姓对反腐败拍手叫好！贪官真的该办！祸害国家，祸害人民，祸害党的声誉。

可是，话说回来了，真正反到你头上，就好不起来了，不是吗？

向局长说：“江仁义，这么多天你还没有想好吗？我们的忍耐也是有限度的，你是不是担心说了出去别人会说你没良心，忘恩负义？你仔细想想忘恩负义的是这些贪官，党和人民将他们培养成领导干部，就是为人民服务的，为老百姓做事是分内的事情，每月都有工资拿，还要额外收受大额贿赂，就是把自己的利益，放到了党和群众的利益之上。他当官为了什么？不是为了给人民当公仆，而是为了当官做老爷，为了发财，为了讨小老婆。这些贪官违反法律规定，不应当受到法律惩罚吗？”

向局长又说：“举报肖阿丹的人和信是很多的，不要担心，你交代的事情我们会严格保密的。”

哎哟，这个向局长的话句句割在心脉上，声声打在七寸上了。

向东方话锋一转，说：“江仁义，听说你是一个孝子，城里不住，住乡下，就想陪着自己的妈妈。”

“我妈还好吗？”提到了老妈，江仁义的心一下子提到嗓子眼。

向东方从包里拿出手机，放了一段视频给江仁义看。老婆宝珍哭诉说：“仁义啊，有什么就实事求是地都跟检察官说了吧。妈病了，快不行了，想见你呢……”宝珍就坐在老妈的床头边。

“求求向局长，再给我看一眼，我妈真的病得不行了？”江仁义的眼睛一下子模糊了，他使劲揉了揉。向东方又给他看了一遍，真是老妈，眼睛闭着，躺在老家的床上。

妈啊，我的亲娘啊！俗语说，“八十三，鬼来搀”。今年是一关啊！妈妈听说他进了检察院，一定要急疯了。这臭婆娘为什么要将这种事告诉妈呢？妈啊，坚持住，我这就回来啊！妈病得这么重，怎么不送医院啊，这臭婆娘只知道哭，哭，哭！她们一定都眼巴巴地望着大门，盼着我回去呢。

江仁义屁股往前挪了挪，身体前倾着给向局长作了个揖：“向局长，您高抬贵手，能不能放我回去，见见我老妈啊？求求你们了！”他一激动，气就憋住了，脸发紫，呼吸声扯成一片一片的，破碎而艰涩。

向局长收起手机，点燃了一支烟，深深地吸了一口吐出了一个烟串，不紧不慢地说：“江仁义，只要你能如实交代，我们立即放你回家，还会对你从宽处理。我们说话算数。”

检察官厉害，终于触到了江仁义的软肋，翻斗车像得了神经病，在脑子里乱跑，急着卸货！

“我说，全都说！”江仁义讲得喉咙发干，口腔苦涩，拿起茶杯咕咚咕咚灌了几大口水。

肖阿丹的讲完了，还有张荣发当厂长时，江仁义做过厂里的一个小工程，江仁义给了张荣发10万元好处费，他一并交代了，算是他主动交代的。看得出，检察官们有点意外。

刘立立迅速将讯问记录打了出来，给江仁义看了一遍，他签了字，按了手印。向局长又对他交代了一下纪律，这叫取保候审，不许乱说乱动，随叫随到。

江仁义好像十多天来一直在心里化脓的那个脓疮突然破了，人一下子轻松了。自由！自由！自由了！自由真好，尽管是有条件的自由。江仁义贪婪地吸了一口城市中尘土飞扬、被污染了的空气。

终于见到了天日，太阳真好。他用手机自拍了一张照片，满脸大胡子，满头白发，人瘦了一大圈，满脸皱褶。自己都有点不认识了，如此憔悴！不能这样去看妈，妈看了会伤心的。江仁义去理发店打理了一番，人一下子精神了许多，像模像样地回家了。

三十二

说句不该说的话，反贪局这个活，真不是人干的！你不会相信这句话出自反贪局长向东方之口。

没有案件线索，排查线索，秘密侦查。有了案件线索，犯罪嫌疑人一到位，必须紧盯不放。加班，加班，没日没夜地加班，还时常提心吊胆的，万一出了纰漏，吃不了兜着走，搞不好自己就成罪犯了。

端着冲锋枪在前面拼死拼活地冲啊，杀啊！后面就有好几把手枪在督战，批捕、起诉要把关，从程序到事实，这是法律规定，没得说的；现在又增加了案件管理办公室，等于又加了一道紧箍咒。检察机关想尽办法进行自我监督，为了确保公平正义。一切按规矩办，让同志们少犯错误，不犯错误。最讨厌的就是纪检监察，哎呀，听风就是雨，非要查个水落石出。

苏检刚来，说让向东方就负责办理“一号案件”，他始终冲在一线，日间兼程好像打仗一样。刚有一点起色，就开始窝里斗了。说是有人举报苏检和他收受贿赂且数额巨大，还不是那个马强壮说的，他的话也能听？妈的，这家伙狗嘴里吐不出象牙来。

向东方对自己有信心，没有贪污公家一分钱，也没拿过别人的一分钱，挣的钱一分一厘也没违法乱纪，问心无愧。怕什么？

向东方倒是为苏检捏一把汗。肖阿丹和苏检的丈夫是战友是事实，儿子生病住院也是事实。肖阿丹送苏检30万元，是通过马强壮送的，这个马强壮不是什么好鸟，送到医院去的时候还录了像。30万啊，不是个小数目，苏检能不知道？要是知道了麻烦就大了！

向东方和妻子米兰结婚八年了，他深深地爱着她。她现在是电台家喻户晓的品牌栏目《三山聚焦》的主持人。

向东方平日里不管在外头多么的叱咤风云、说一不二，一回到家里，大大小小的事情总是让着妻子三分。妻子娇柔和温润，再加上向东方比她大了十岁，他们之间很少会为什么事情产生争执、闹别扭。

老妈总要时不时地提醒向东方：“注意你的形象，你跟米兰越来越不般配了。有空就回来，多陪陪她。”他懂，女人是需要爱的，可是，不是身不由己嘛。这回好了，马强壮的审讯由省院反贪局副局长亲自上阵，向东方才有空回家稍作休息。

妻子还是那样年轻俏丽、楚楚动人。也许是没有生过孩子，也许是平时保养得法，米兰的身材体形几乎没什么改变。他呢？只要一上案件身体就发胖，听说是“过劳肥”。他和妻子在一起有点像大叔找了个小萝莉。

一盏蒙着粉色灯罩的灯透出的灯光，柔和安宁，静谧祥和。米兰长发轻挽，一袭粉色连衣裙，眼神里有初升月亮的光色。天！一幅柔美到让向东方心醉的画卷。

米兰娇滴滴地叫一声“老公”，向他扑了过来。她紧紧抱着向东方，把头伏在他肩上，双手在他背上磨动，立即激起了向东方心里的怜爱。他们很久很久没拥抱过了，那种感觉竟然有点像初恋那种又羞涩又兴奋又激动的情形，向东方这才体味到“小别胜新婚”的感觉。

向东方还没来得及说话，妻子的樱唇已经主动吻了上来，向东方舌头从她嘴巴里勾了进去，两个舌头就缠在一起，津液也缠在一起，情和欲都交缠在一起。妻子把身子向后软软倾倒下去，向东方立即扶着她无力的纤腰，顺势把她推倒在床上……完事了，搂着妻子美美地睡了一觉，幸福满满的。

没有拉紧的窗帘缝隙里流进来清泉一般的晨光，没想到一觉睡到大天亮。哎，好久没有睡上一个安稳觉了，东家好，西家好，不如自家好。

“东方，起来吃早餐了。”妻子已经将做好的早餐放在桌子上了。

“米兰，好久没吃你下的锅盖面了，真香！”

“东方，你当反贪局长又苦又累，又容易得罪人，以后你要是退下来，落下了一身病，谁也不会理你。你看铁检，急流勇退，你倒好，勇往直前。”

咦？奇怪，过去我们在家从不谈及单位上的事情，她怎么会知道？

妻子看着他疑惑的目光，又接着说：“看什么看，你们想查办肖阿丹，还保密吗？如今那个‘铁头’也不铁了，成天和姓肖的混在一起吃喝玩乐，你也要替自己想想，能不查，最好就别查了。”

妻子的这种变化究竟是从什么时候开始的？她甚至都已经开始“纠正”和“引导”他了，她过去不是这样的，向东方一言不发，看她还知道些什么？

“肖阿丹后头有人，她姐姐肖金凤与省委汪书记有亲，你查他？要是一查，说不定就会拔出萝卜带出泥，一带就是一大片。到了那时候，只怕连你的位置也稳不了。这不是闹着玩的，你要为自己的后路想想。你在反贪局这么多年了，这个你比我清楚。”

“……哦？”向东方一下子愣在了那里。他虽然想过这些，但没有像妻子想的这么严重。

“那你的意思是让我也睁一只眼闭一只眼，在其位，不谋其政？”向东方不知是在质问妻子，还是在质问自己。

反贪局长确实要得罪人，但得罪的都是贪官，反腐败能怕得罪人吗？任凭贪官胡作非为？他做不到！

“不办是不是特别难？我都是为你着想。”妻子的一双大眼睛一眨一眨地在他的脸上扫来扫去。

向东方直直地盯住妻子的脸，她说完这句话，眼里有一种深深的期待、热望、担心、忧虑……妻子拉他坐在沙发上，乖巧柔顺地依偎在他身旁，她开始融化在他的怀里。

一张无形的柔柔软软的情网，铺天盖地地向他压了过来。面对这样的一张大网，你似乎根本无法抗拒，不知不觉便丧失了一切抵御能力，甜甜蜜蜜、浑浑噩噩、心甘情愿、情不自禁地被俘虏了过去。

“东方，这些年你在反贪局局长的位置上可真得罪了不少人。你在位，他们恨你，总还有个顾忌。你总有一天成为平头百姓，这些人要废你，还不跟废个小鸡似的？你辞去反贪局局长的职务，另调个地方吧，行么？”米兰眼神里的东西是这样的让人动情，又是这样的让人感到信赖和难以推却。

向东方学的专业是法律，他热爱检察工作，怎么会放弃呢？别人的妻子都以丈夫当检察官自豪，而他的妻子，却没有一点点自豪感。为什么？

不干检察官？不当反贪局局长？她怎么会这么想？一种微微的沮丧、一种微微的伤感、一种微微的沉重，然而正是这种微微的东西，让向东方感到要多难受有多难受。

向东方推开妻子，拿出一支烟深深地吸了一口，随着升腾又慢慢氤散的烟雾，妻子一股脑将她的想法向他倒了出来。

“你不当检察官，到利群公司当副总兼法律顾问，年薪 40 万，怎么样？”妻子的眼神里全是真诚和恳切，看不到一丝一毫的掺假和虚伪。

利群公司？还副总？法律顾问？在向东方的人生字典里查不到这几个词汇。

妻子边说边把一个精致的手提箱从柜子里拿出来放到了饭桌上，妻子一边打开箱子，一边继续说道：“只要你同意，这里有一份协议，有 40 万元钱。这一切都是合理合法的……”这时妻子已经打开了箱子，递给向东方一份协议书，还把那一摞摞崭新的钞票亮在他的面前。

协议书？40 万元钱？有备而来？

“你是代表谁来跟我谈判？”

“我是利群有限公司的股东、董事，受董事长的委托找你商量。”

“……股东？董事？”向东方再次感到震惊和意外。

“我有 200 万元的股份，跟你说我没花钱，是他们送的，还等着分红利呢。”米兰说得多轻巧，多随便，多么的心安理得。

200 来万！向东方差一点没将一口水呛在喉咙里，他看着眼前的妻子，禁不住呆了！

“干股？他们凭什么给你，是不是看了我是反贪局长？你小心，这样做是犯法的！你给我退了！”

“你不要自作多情了，这是我的事，和你没关系！”

利群有限公司，向东方想起来了，就是肖阿丹的姐姐肖金凤、姐夫赵利群，就是他们开的公司。对了，这就找到原因了，他们是想收买他，拉他下水，好歹毒啊！

“是不是肖金凤让你来找我的？”

“是又怎样？ 她是真心的，只要你签字，先预付一年的工资。”

向东方大声地吼道：“她是想收买我！你找错人了！”他实在忍无可忍，怒火中烧。

“向东方！你到底算个什么！你还是人吗！你当这个官有什么用啊！能值几个钱啊！”妻子这时也猛地发作起来，横眉怒目，疾言厉色。

“米兰，我们结婚时你不是这样的，你一切都感到很满足，没想到现在会变成这样，你要这么多钱究竟要干什么？是想买房子还是想买地！”

“买房子，买地？我想啊，你有钱吗？我不要孩子，是你养不起！我要过上等人的生活！你有钱吗？”

“米兰，我们缺衣少穿了吗？想想过去，看看现在，比比老百姓，我们还有什么不满足的地方！你到农村去走走，到工厂去走走，你吃的什么，穿的什么，住的什么，又坐的什么！老百姓又吃的什么，穿的什么，住的什么！别说你对不起老百姓了，你对得起自己，对得起自己的良心吗？”

“向东方，我不是工人，不是农民。你说，在南城像我这样的有姿色、有能力、有品位、有影响的节目主持人有几个？你以为光靠你的那点工资就够了？你一个月的工资买一只名牌包都不够。在广电的主持人中就数我最没有钱，你当官又不会用权，又不会捞钱，这个官当得有什么意义？也就落个‘检察官’三个字好听！”

原来是这样！她居然能说出这样的话来，向东方真没想到。当官就是为了捞钱，有工资还不够吗？这是认识的差距？是世界观的问题！

妻子当初嫁给自己的时候，那时候自己究竟拥有什么？有家产还是有官位？有金钱还是有权力？向东方比妻子大了十岁，妻子又是那么的漂亮，她当时看中的究竟是自己的什么？不就是因为他老实、善良、忠诚、可靠？除此而外，还有什么？

当初单纯、美丽、可爱、欢快的姑娘成为自己的妻子，日子一天比一天好，可她越来越不满足，从一个清纯的姑娘，变成了如此世故的女人！是社会的变化让人改变了，还是地位的变化让人改变了？夫妻只能共苦不能同甘的魔咒再次应验了！

“向东方，八年了，我早就受够了！你还当我是个女人？当我是个妻子？家是旅馆，想来就来，想走就走，一出去电话都没有一个，我独守空房……”向东方抬起头，看到她两只水灵灵的大眼睛里，好像充满着渴望和失望。

他承认，就这一点是他的错，聚少离多，没人给她足够的爱。向东方点上一根烟，狠狠地吸一口，烟上的火苗把烟丝烧得嗞嗞响，憋了一口，又狠狠吐出去，一团烟雾在她的前额萦绕不散。

今天要是拿了这笔不义之财，将会成为他终生的隐患和心头至死挥不去的噩梦！将永远不再拥有平静和安宁！

“我最后再给你说一遍，我不要你当反贪局长，你与利群公司签协议离开检察院，要么我们签离婚协议，我走人！”向东方没想到妻子的态度那么坚决，而且会把话说得那么绝情。

妻子真糊涂，真糊涂！糊涂得让人可怜，让人可憎。这是一个坑，别人挖好了只等着你往里跳，你还拉着我义无反顾地一起往里跳。真是防人之心不可无！

“米兰，你好好想想，他们凭什么白给你200万元股份，还不是因为我是一个反贪局长？我要查肖阿丹？你真的彻头彻尾地被整个蒙在鼓里了。正像老百姓说的那样，人家把你给卖了，你还在帮人家点钱！”

“我有那么傻吗？你不要自作多情了，他们给我200万元股份，是想让我做他们的产品代言人，和你没关系。你就这么看重反贪局长这个位子？是不是官迷心窍了？”

“我官迷心窍？还是你财迷心窍？他们想利用你，拿你作挡箭牌，借你来要挟我、拉拢我，最终扳倒我、打垮我、除掉我！这个你看不出来？这才叫一箭双雕！”

“你是不是办案办多了，满眼全是坏人？一箭双雕？我看是一举两得！又不得罪人，又有了钱，有钱才是硬道理！”

看样子，马强壮举报他“收受200万元的公司干股，还有40万现金”是有出处的。

“够了！钱，钱，钱！你眼里除了钱还有什么！”向东方打断她的话，怒不可遏地吼道。他腾地一下站起来，一把抓过那只装满钞票的箱子，往上一提，狠狠摔在了地板上：“我不要这些脏钱！”

“砰”的一声，满满一箱的钞票就像爆炸了一样，撒得满地都是。

米兰也没想到向东方的反应会这么强烈，向东方也知道自己有些过火，但就是忍不住。他本来是想好好地同她谈一次的，和风细雨、情真意切地把所有的事情都谈开，同时也把自己的想法和对她的看法毫无保留地说出来。可她走得实在有些太远了！钱在她的眼中太重要了！

“你要是嫌这钱脏，那就找你的干净钱去吧！”“嘭”的一下重重的关门声，妻子走了。

米兰，你真的不懂我！心头一阵剧烈的疼痛猛烈地撞击着，向东方并不为自己的处境和前景感到担忧，而是为自己的妻子深深地感到心疼！

六月的天，孩儿的脸，说变就变。一忽儿推拥，一忽儿铺平，一忽儿成风，一忽儿化雨。向东方心情也随着摇曳，一忽儿晴，一忽儿阴，一忽儿舒朗，一忽儿沉郁。

八年了，这还是第一次。爆发得是这么激烈，没有任何可以调和的余地。

阳光躲进了云层，天空灰蒙蒙的，空气潮湿而闷热，氧气像是被谁抽走了，憋得人喘不过气来。

是他错了，从一开始就错了。他真不该将这位高颜值的文艺范的他小十岁的女人娶回来。当初，妈妈就劝过向东方，他听不进去，他被米兰的美貌打动，魂不守舍。其实，他们压根就不是一个桌子上的菜，就不应该往一个桌子上端。

本想在家里好好休息一阵子，然而一走进卧室里，鼻子酸酸的，竟差一点掉下眼泪来。好端端的一个家，怎么会成了这样！就像小时候看过的一场烟花，美丽、绚烂，一瞬间就结束了。

女人的心要是乱了，八匹马也拉不回。向东方突然觉得与米兰的婚姻没有再延续下去的意义了，妻子早已掉头离去，她不会回来了……原来这八年的夫妻关系，竟是这么的脆弱，这么的虚假，这么的不堪一击。

一阵说不出来的恐惧直向他袭来，他们的对手太强大了！他们竟抢先一步下手了！而且来得这么快，来得这么猛，来得这么让你猝不及防、防不胜防！

螳螂捕蝉，黄雀在后。你查吧，就先查得你妻离子散、家破人亡。“一号案件”八字不见一撇，一查就查到你自己头上了！还没等你走出第一步，还没等你的手伸出来，也许你早已经成了阶下囚了……真阴，真狠！真是太歹毒了！！！

向东方没有什么好犹豫的，立即回单位向组织汇报，这个动向很重要，苏检也一定面临着阴谋！向东方意识到，这才是开始，还有更大的阴谋在等着他们。

一大块乌云挡住了最后一缕阳光，天一下子暗了下来，刹那间风云涌动，黑乎乎的天空就像一只满是砂眼的锅底。

三十三

白玫瑰怀揣着离婚证，告别丈夫高端阳和女儿朵朵，告别了生她养她的小山村，来到了南城。在这满眼花花的世界里，大众潮流一窝蜂一窝蜂的，人们都在满世界追赶。

白玫瑰刚下飞机，丁一明就手捧着一束鲜花迎了上来，随后便将她拥在怀中。她双唇紧抿，默默无言，幸福感溢满周身血管。

丁一明带她住进了宾馆，买了名牌衣服、名牌皮鞋、名牌包，一切全是新的。白玫瑰眉开眼笑，手舞足蹈，幸福得像花一样。

丁一明很大度的样子，脸上洋溢着施予者的神情："新房正在装潢，现在只有住宾馆，一切都是为你准备的。过些日子就带你去见我的父母，他们一定会很高兴的。"

白玫瑰拿出了离婚证，证实她的诚意。丁一明拿出了身份证、工作证、学历证、房产证，还有一张银行卡……白玫瑰相信，他是一个可以托付终身的人。

在丁一明的海誓山盟下，当晚，他们就睡到了一起。白玫瑰第一次和一个健全男人做爱，刺激、痛快、快感充溢着她的全身……从未享受过的幸福和愉悦，快乐和酣畅。

随后的一个月，丁一明带白玫瑰出入酒会，张局长、马部长、李书记、邱主任……他的朋友大都是当官的，都是衣冠楚楚的正人君子。白玫瑰一步登天，从一个不为人知的小山村，步入了上流社会。放送欧洲古典音乐，弦乐响起，美丽的旋律包裹着周身，优雅柔美的华尔、舒展轻盈的狐步、性感撩人的桑巴、缠绵悱恻的伦巴，心旌摇荡，脚下生风。白玫瑰天性能歌善舞，无所不能，她一时成了丁一明朋友圈中的热点人物，也成了丁一明向朋友显摆的一张名片。

白玫瑰心中幸福满溢，神志游移。对小山村那边的男人和小女孩的思念，渐渐地淡忘了，遥远了。她的整个灵魂，正努力挤进丁一明那瘦削的躯体。

清晨，白玫瑰上大街去购物，身穿一件素色旗袍，一切尽在掌握之中的笃定，举手投足都是那么潇洒自如，美艳绝伦。

白玫瑰觉得街上笼罩着一种特别的神秘空气。大街小巷处处有三五成群的人望着她指指点点，窃窃私语。他们都是欲言又止，不言又不罢的样子，忽聚忽散，神神叨叨，好像要发生什么不测的大事似的。

“就是她！这个不要脸的婊子！”一群陌生妇女突然扑上来撕拉

白玫瑰的衣服，扯着她的头发。

白玫瑰拼命挣扎喊着：“你们凭什么打我？是不是认错人了？”

一个三十多岁的胖女人指着她的鼻子问道：“你是不是叫白玫瑰？你到南城来干什么？”

“我到南城来和我的爱人丁一明结婚啊！”

“我呸！你的爱人？丁一明是我的男人，我和丁一明结婚都十年了，孩子都上小学了，你算老几？你是个妖精，是一个小三！”她的指甲像梅超风的九阴白骨爪，一把抓向了她的脸，并顺势划下几道长长的血痕。

什么？丁一明是你的男人？他有家？还有孩子？白玫瑰一下子呆住了。

白玫瑰捂着火辣辣的脸，冲着人群大吼着：“我不是小三！”那群人又围上来将她一阵暴打。

“呸！破鞋，骚货，狗娘养的，卖 X，不要脸……”骂不绝口，不堪入耳。白玫瑰衣服被撕破了，满脸是血。

白玫瑰太委屈了，忙乎了半天，忙出了一个小三？她不是小三！如果不是，就是二奶！反正，她属于不正经的女人，是婊子一类的。白玫瑰如同跌入万丈深渊，所有的梦想和美好瞬间消失。

这可真是个高度混杂的世界，黑天与白日、理想与物质、网络与现实、成功与失败、物理与化学、男人与女人、家庭与社会、感情与爱情、虚假与真实……统统混杂在一起，难以区分。江湖险恶，她太单纯、太稚嫩！

丁一明是一个有家室的人，结婚都十年了，有妻子，还有一个孩子。他骗了她，说他是未婚，一直单身，一直没有找到心上人。编吧，编得让人心动，编得那么逼真，还表演得如此活灵活现。

白玫瑰没想到，爱得死去活来的人，竟然是个玩弄她感情的骗子！她要找他问个明白。电话不接，人也不再来，人间蒸发了？

白玫瑰对他是真心的。为了爱情，毅然放弃了家庭，舍弃了孩子，来到了这个自以为有着真爱的男人身边。白玫瑰将自己都感动了，在自己眼中是爱，可在他的眼中是烦，在别人眼中是贱！

丁一明假话说得像真的一样，他骗了她，骗了高端阳，骗得她婚也离了，家也没了，名声也坏了。白玫瑰不服，她受不了这般污辱！我不是小三！更不是潘金莲！丁一明是陈世美，不，是西门庆！她光明正大，怕什么？

白玫瑰见到丁一明，杀他的心都有了！血液里异域狂野的本性在她心头升腾。我不是那么好欺负的，我来了，就不走了！我就不相信没有天理了。城里人应当更讲文明，不是吗？我啥也不干，我一定要折腾他个死去活来！

白玫瑰先到南山寺庙，将香火点着，举过头顶，跪在众多善男信女之中，跪到了菩萨面前。别人来烧香皆为求人好，唯有她是求人坏。白玫瑰闭着眼念叨着："大慈大悲的菩萨，让丁一明这个龟孙妻离子散，家破人亡吧！"

幸好白玫瑰手中还有一张他给的卡，她继续刷，刷，刷！一共20万元，用不完的，她就提现金。白玫瑰换到了城边的一家小旅馆住，省得他家人再找上门来。

丁一明是国家干部、国土局副局长不会也是假的吧？白玫瑰打听了一下，是真的，好啊！他终于说了一句人话。她有主意了，有单位就不怕，这回他不找我，我要找他！闹他个天翻地覆、人仰马翻！

白玫瑰对门卫说："我是丁一明的远亲，找他有急事。"门卫放她进去了。人人手里仿佛都有活计，又都静止不动，兵马俑般僵在一个姿势上。没有人跟她打招呼，偶尔飘来荡去的眼神里藏着各色猜忌。白玫瑰看到丁一明人模狗样地正坐在办公室看文件。

她进去二话没说，上去抓住他的领子就给他一拳。不行，她的拳头太没有力道了，脱下高跟鞋，对着他那张骗人的嘴脸就是一阵猛抽。打这个道貌岸然的伪君子，打！打！要打得他满地找牙，要将他欠她的打回来，让他百倍地偿还！

丁一明没有叫喊，也没有还手，只是苦苦地哀求道："白玫瑰，都是我的错，求求你不要再闹了！"求我？哈，哈哈，就像陈世美哭倒在秦香莲的裙下，白玫瑰心里不知道有多爽了。

在丁一明的单位，他不敢出声，他是要面子的。白玫瑰里子都没有了，还要什么面子？树不要皮，必死无疑；人不要脸，天下无敌！此时给她一个炸药包，她会毫不犹豫把和自己丁一明一起炸掉。

"大家都看看啊，丁一明不是人，是畜生，骗女人，玩女人……"呼啦一下子，办公室里围了一圈又一圈的人，有人拍照，有人议论。两个保安进来了，抓住白玫瑰的两个膀子，将她像拎小鸡一样抛出了大门外。

当晚，《南城晚报》上就刊出了《丁局长被情妇暴打》的文章还有照片，这下子，丁一明倒大霉了，被纪委带走了，后来听说又被检察院带走了，原来他是个贪官，家也被抄了。他活该！这是报应！菩萨显灵了！

丁一明进去了，白玫瑰也该回去了。她想家了，想朵朵了。可是，她没脸回去了。就在她犹豫不决的时候，家里出了大事：姑妈打来了电话，说是朵朵在河边玩耍，一不小心滑了下去，朵朵的爸爸去救她，下去就没上来。两天后，太平河面上浮出了两具尸体，一大一小还紧紧地抱在一起。

白玫瑰的天一下子塌了下来！朵朵，高端阳，他们是她在这世上的仅剩的亲人，现在一下子都没了！白玫瑰拿出那个贴着全家福的套娃，一直哭到周身没有了一丝力气，直到榨干了自己的最后一滴泪，才像泥一样瘫倒在地上。

她要回去，唯一能做的就是收尸！她刚站起身来，一阵摩托车的马达声袭来，一束雪白的车灯像只铁笼子一样把她整个人都罩进去了。白玫瑰本能地回头，一束雪亮灯光像匕首一样向她飞来，直刺进她的眼睛里。另一辆摩托车从她身边擦过去的一瞬间，一只手从摩托车上伸出来拽住了她的手提包。

那只包里装着她的全部家当，还有她的套娃。白玫瑰紧紧地拉住包带，摩托车拖着她一路狂奔，她眼睛里什么都看不见，在黑暗中清晰地听到自己的肉身与水泥地和金属撞击的声音。摩托车突然加大油门向右侧拐去，把她狠狠撞在了路边的一棵槐树上。

她在一棵树上抛锚了，套娃也跟着一起滚了下来。白玫瑰一把将她抓住。她感觉不到自己肉身的存在了，又觉得自己已经没有了魂魄。

当白玫瑰清醒过来的时候已经是深夜了，这样一个晚上居然还有月光。就像在血腥的油画底色上涂了一层柔软的光晕，下面却仍然是寒光凛冽的血色。她静静地躺在那里，一动不动，周围没有灯光，也没有人声。只有一两条鱼的尾巴从河面上倏然滑过，溅起了微弱的水花。

她身无分文，手机、身份证也被抢去了，她回不去了！连看亲人最后一面都成了泡影。河水一定是相通的，她要带着她的套娃一起投入河中，在河里一定会见到她的亲人。有液体从额头上流下来，糊住了她的眼睛，白玫瑰没力气去擦，血液便慢慢把她的两只眼睛淹没了，什么都看不见了。

她开始像上岸的鱼一样挣扎起来，向河边慢慢地爬去，昂起头瞪着两只被血糊得模糊不清的眼睛试图往前爬，好像四肢都被拆卸掉了，七零八落地撒得一地。

就在这个时候，不远处忽然响起了汽车的声音，有人来了。白玫瑰想喊："救命！"

不，我不喊，我是求死的，不是求生的。脚步声近了，近了，更近了，忽然之间，脚步声在她身边戛然而止，一只有温度的手，牢牢钳住了她的胳膊。她彻底失去了知觉。

啊，终于醒了！一个陌生男人的声音。白玫瑰慌忙循着声音找过去，眼睛只能勉强挤出一条缝，旋即闭上。头很沉，意识模糊，天地混沌，好像在云里飘。

她透过这眼中的一道缝隙看到床前站着一个男人，她从未见过，个子不高，40 岁左右的样子，圆脸，圆眼，圆身段。

“你醒啦，喝口汤。”他用一只瓷勺喂她喝了一口汤，瓷勺叮叮当当地撞击着碗，柔软中夹着些薄脆的喜悦，还夹着些酸涩的小心翼翼。

一个月后，白玫瑰才知道那个救她的男人叫肖阿丹。肖阿丹救了她的命，给了她希望，她抓着这男人赐给她的一口气，还阳了。

三十四

天刚亮，南城市城中街道就开始喧嚣起来，车身贴满红红绿绿拆迁广告的皮卡车开始发动了，在街道上游荡着，喇叭里连轴戏般地播放着《城市房屋拆迁管理条例》。拆迁办的人在指挥民工用油漆在墙壁上写上一个大大的“拆”字，在“拆”字上再画上一个鲜红的圈。

那圈有如阿Q画的，不太圆。

拆，拆，拆，这几年大兴土木，城市规划朝令夕改，整个县城大拆大建，一条条马路被刨开，新建没几年的建筑被炸掉。肖阿丹就像指点江山的圣人，手指向哪里，哪里就开路、建楼，轰轰烈烈，如火如荼。

重整市容市貌，成绩斐然，城市建设大有改观，明眼人都看得见的。这是为了容县的经济跨越发展，是为容县人民谋福祉，造福于子孙。张荣发、江仁义、吕正维，还有马强壮都在里面捞到过好处。还有金凤姐的公司也承包了很多工程，赚了很多钱。这是必然的，“一人得道，鸡犬升天”，况且，肖阿丹的亲姐姐，丹凤朝阳，肖阿丹的福星。当然，赚的钱也少不了肖阿丹的一份。

肖阿丹不像他们只知道捞钱，肖阿丹是为了政绩，说到底还是为百姓造福。城市建设是面子工程，要着眼于大局。肖阿丹为容县还是干了不少实事、好事的。将好事办实，将实事办好，是肖阿丹一直挂在嘴边上的口头禅。在办实事、办好事的过程中又有谁敢说没有占过公家一分钱的好处？

“天下熙熙皆为利来，天下攘攘皆为利往”。无利不起早，谁当官没有自己的小九九？！三分人才，七分打扮；三分成绩，七分水分。没有扶助措施，不会向外借力，不走捷径，不使厚黑阴招，就没有天才、人才、英杰、好汉，就只能怀才不遇，老死山中。

米芾在这里离任时，写下“千里长淮彻底清，灵英庙下誓其心，二舟一物如来暗，愿向洪流深处沉”的诗句。老米廉政，让后人崇敬，但长淮怎么能够彻底清呢？每年上游的污染团下来，湖水就全军覆没，污染是必然的，清澈是不可能的，看来老米不够客观。如果整个洪流是混浊的，仅凭个人发誓清白又有什么用？

官帽，真的那么好戴的吗？官位，真的那么好坐的吗？官权，真的那么好握吗？！张荣发这个狗日的，惹下了祸，江仁义进去了，马强壮进去了，可怜的小宝也进去了，下面就该轮到他了。肖阿丹心里哆嗦着，甚至不敢想下去。

一滴水坏了，是水滴的问题；一条河坏了，就是河的问题了。既然大家都在河中，大哥别说二哥，都在洗浑水澡，有几个能出污泥而不染的？水至清无鱼么！

为官者，面对的是一个庞大的国家体制和现行复杂的官本位体制，这其中种种体制的弊病和缺憾，必然成为为官路上一个个落马翻车的关隘和难以逾越的鸿沟。面对前路上层层叠叠的落马者、坠沟者，肖阿丹的心被上了发条，越拧越紧，就要断了。

有个问题，肖阿丹始终没有想通：这么多贪官，为什么有的查办了？有的还照样升官了？

庄子云：窃钩者诛，窃国者侯。官还是要做大了，上面还是要有人。你看看佛祖身边的那些大小金刚，就明白了一个道理：朝中有人好做官，庙里有缘好烧香。白玫瑰与上层不是一般的关系，可是那个苏方圆照样不听。

这个姓苏的，上面的招呼都不听，还能当检察长吗？要知道，政法委是代表党来领导政法机关的，就像肖阿丹这个县委书记是代表党来领导这个县一样。连党的话都不听，这种人还能用吗？太目中无人了！要是在容县肖阿丹早就踢她出局了。肖阿丹知道，白玫瑰不会就此罢了的，一定会给她颜色看看，软的不吃，就来硬的。

人总是要有报应的，怎么样？儿子小小年纪，就得了白血病了。生病时肖阿丹送了30万元，也没有见她还，是收下了？领情了？心照不宣？还是暗中又做了什么手脚？你要知道，你不给别人生路，别人就不给你活路的。

怎么样？自己捐骨髓，不要你的命，也让你脱成皮，才干了半年，就休假了，“铁头”又主持工作了。“铁头”要比那个姓苏的好办，肖阿丹想到这里，一个崭新的思路，就像彗星一样，在头脑中一闪而过——肖阿丹要和“铁头”联姻。

过去，肖阿丹一直反对女儿肖韵与“铁头”的儿子周亮搞对象，现在他举双手赞成，立即结婚，越快越好。这是唯一的机会，必须抓住。

肖阿丹立即给美国的女儿肖韵打了一个电话：“韵儿啊，在忙什么呢？老大不小了，什么时候将自己嫁出去啊？”

“老爸，皇帝的女儿还愁嫁吗？”

“不要和老爸耍贫嘴。我问你，和周亮谈对象，谈得怎么样了？”

“啊呀，老爸，急什么啊，准备继续泡，泡妞泡成老公。”

“什么意思？没听懂，能不能和老爸直说啊？”肖阿丹将手机从左手换到了右手，贴近耳朵。

“恋爱，是两个人的事；结婚，是两个家庭的事。嫁的不只是一个人，是跟一个家庭结婚。您要是不同意呢，我就继续泡下去了。”

“韵儿啊，说得对，结婚，是两个家庭的事，是跟一个家庭结婚。我和周亮的父亲是战友，我们两家门当户对，我完全同意！”

手机里没有声音了。咦？怎么回事？关键时刻断线了？

“老爸……终于听到这句话了，好好感动啊！”过了好一会儿，才传来韵儿激动得发颤的声音。

“韵儿，周亮的爸爸是不是同意这门婚事？”

“你的这一关都没过，周亮压根儿就没有向他父亲提过，应当不会有问题吧。”

“好，韵儿，尽快结婚，我先将一笔钱打到你的银行卡上，作为你的结婚礼物。抓紧啊，老爸等着抱外孙呢。”

“啊哟，老爸，我吃的是煲仔饭，你突然给我来了一桌满汉全席，消化得了吗？”

“不要贫了，抓紧办噢！”

“老爸，爱死你了！哇塞！”一个飞吻穿越了大洋，隔着屏幕也能感受到甜蜜。

手机挂了，随后，微信发来了一个笑脸的女孩子拎着裙子鞠躬的画面。接了肖阿丹的电话，韵儿一定喜出望外。其实，肖阿丹知道，就是他不同意，他们想结婚，也是挡不住的，只是终身大事，他们更需要得到家长的认同而已。

韵儿觉得一定是老爸哪根筋搭错了，趁着他没有调整过来，快速行动！很快她回电话了，说和周亮商量好了，没几天就是圣诞节了，他们放假回来把喜事办了吧。

好啊，如此步调一致，真不愧是一家人。这一刻，肖阿丹感到自己像被水淹的人，终于捞到了一根救命稻草一样，死死抓住不放。老铁啊，我们就要成为亲家了，你办还是不办？办喜事？还是办案子？

“官场无朋友”，肖阿丹早就感悟到了。官场的朋友都是建立在利益为基础的相互利用之上的。人脉不是在你风光时有多少人认识你，而是在你落难的时候有多少人认识你。如果有一方因故而完全失去了利用价值，双方的价值天平立马倾斜，另一方便由平视转为俯视。话说白了，肖阿丹与“铁头”结亲，就是看重他是一名检察长，执掌着他的生死大权。一旦结了亲，就不是一般的朋友关系，是打断骨头连着筋的亲家，一荣俱荣，一损俱损。

肖阿丹很欣赏太平天国翼王石达开的一句话：做英雄，必须具备“四要八如”。

“四要”：要勒马走悬崖，要弯弓射明月，要头颅做酒杯，要饮尽仇敌血。

“八如”：心黑如漆，胆硬如钢，好色如命，酗酒如泥，挥金如土，厚义如天，杀人如麻，视死如归。

在官场上也要做到“四要八如”，听起来就像流氓一样，但在肖阿丹看来，做一个“政治流氓”，不是贬义词，而是褒义词。他在容县找了些帮手，拉了些小兄弟，结党营私，形成“书记身边人”的圈子。他们享受更多的肖阿丹提供的特权、好处、政治红利，他们甘愿唯肖阿丹马首是瞻。头颅做酒杯，饮尽仇敌血，是怎样的气场？

心黑、胆硬、好色、酗酒、挥金、厚义……肖阿丹做得到。还有杀人，尽管肖阿丹没有直接杀过，间接也算杀过，他们虽然不是他亲自动手，但他是知道的，甚至是指使的。就是有一点他做不到，就是视死如归。他不想死，他想好好地活下去！

现在是勒马走悬崖的时候了。肖阿丹将600万美元打到了女儿国外的银行卡上，这算是给女儿的陪嫁。

肖阿丹在风景城邦新购置了一套高档豪华花园式别墅，那幢别墅也太显眼了。先前张荣发进了检察院，他就让江仁义将这幢别墅换成了金条，金条比现金好保管。不过，再好保管，放在家里也是不安全的。赶快擦干净屁股，这是上上策。

肖阿丹来到车库的密室里，这里收藏了很多的宝贝，字画、玉器和其他古玩全是肖阿丹的至爱。在那张金丝楠木的条案上面，摆了不少卷轴。一幅明代谢庭循的《孤山九老图》，九个儒士，栖身云雾缭绕的亭台楼阁间，神情各异，精妙绝伦。一幅齐白石的《牵牛蚱蜢》，一幅黄胄的《八驴图》，一幅米芾的行书，那个条幅是董其昌的真品……他不能全带走，也带不走，这些字画是不能埋在地下的。他细细地擦拭着房间里的每一件摆设，就像在摩挲着一个人的肌肤，似乎它们的身体里全都长着同一个人的灵魂，好像它们是肖阿丹的一群孩子。肖阿丹用依恋而又生生疼痛的眼神抚摸着这个房间里的一切。

不知道是告别，还是诀别！

肖阿丹回头还是将大明宣德炉抱在了怀中，狗日的“范一眼”，在这件宝贝上，不知道捞了多少钱。

这件大明宣德炉，被江仁义买了五次，送给不同的官员，最后又回到了这个“范一眼”手里，而他不费力气就赚到了五次中介费，加起来也是一个天文数字。

肖阿丹也将赝品的大明宣德炉送给了省委汪书记，他不肯收，肖阿丹告诉他是赝品，玩玩的，他们又是亲戚，没事的。汪书记收下了。后来，在一场拍卖会上，汪书记让他的亲信去拍卖，江仁义竟然以800万元拍下了。“范一眼”说是真品，有谁怀疑呢？

其实，这就是一种变相送钱的方式。古玩热渐起，为打通关节，给领导送古玩，发挥了神奇的威力。这一招，现在官场上盛行。现在送钱给当官的，还有当官的收钱，都是傻子。

江仁义表面上吃亏了，但是失之芝麻，得之西瓜，接下来，容县的工程就非他莫属了。

还有一招，就是高官以千儿八百的价格从收藏家那里买个“赝品”回来玩玩，而这“赝品”其实是货真价实的真品，价值数百万，甚至于上千万。尔后，高官通过他的铁杆关系（老板），以数百万、上千万再向收藏家购买“真品”，而这“真品”恰恰是收藏家从高官那里“交流”过来的“赝品”。

古玩、艺术品不是一般的消费品，没有办法清楚地计算出当前市价，而是完全取决于个人喜好。就算是一个红木小摆件，人家愿意出十万元买，有什么不可以呢？比起收受一件本身就价值昂贵的古董来，这种做法更顺理成章，更不容易被揭穿。

检察院的人知道吗？知道又能怎么样？犯法吗？经过这样的一倒腾，这样的“铁三角”很难查清楚，也很难受到法律制裁。

天阴冷，空中飘着细雨，道路颠簸而又湿滑。透过灰扑扑的窗玻璃，看远处树梢上巨大的鸟窝，球形的陈旧毛糙的玩意儿，像贴在灰色天空中的一团牛粪饼，孤独丑陋。

这是肖阿丹当县委书记后，第一次自己开车回家，像做贼一样。车上装着一百多根金条，还有一个爱不释手的大明宣德炉。

汽车开到父母坟墓前，肖阿丹下了车。

“扑通”一声巨响，重物沉闷地倒在地上的声音。然后是“哎哟”一声惨叫，肖阿丹四脚朝天地摔个屁股墩，手上拎着的宝贝一下子摔进了不远处的粪坑。腿沉重僵硬，手指头一凛，被咬了一口似的，生疼。肖阿丹从粪坑里将宝贝捞出来，身体和灵魂都散发着粪便的臭气。

肖阿丹忍痛在父母坟墓前挖开了冰冷、湿黏的泥土，将这些宝贝深深地埋在里面。父母在世省吃俭用，可怜二老没有享过他的福，现在将财宝放在二老的身边，花吧，花个够。

肖阿丹长长地换了一口气，如同在水里潜泳了很久的人，终于露出水面换了口新鲜空气，一屁股坐在地上。

没想到月亮竟然出来了，挂在西半天上，边缘模糊，好像一块融化了半边的圆冰。坟墓旁一对落尽了叶子的杨树，像一对老人一样沉默地站着，枝条上泛着青白的光芒。在这团黑暗里，废墟和树影之间，泥土的气味混入肖阿丹的回忆。

记得小时候家里饭都吃不饱，哪来的零食吃？母亲把饭锅巴积攒起来，放在竹篮子里。夜晚，他依偎在母亲的膝下，听她讲月姥姥的故事。饿了，想吃东西，母亲从竹篮子里拿出又冷又硬的锅巴，放在自己的嘴中慢慢地嚼碎，再一口口喂到他的嘴里。掺着母亲唾液的锅巴糊，真的说不出有多香甜呢。

记得刚工作的那年，瘦得皮包骨的父亲拉着他的手说："二蛋，从今天往后，你是公家的人了，就要一门心思为公家干事，不能有二心啊！要做清官，不要欺负老百姓。"

一开始，他真的是一门心思放在工作上了，清正廉洁。可后来，后来……人忙忙碌碌一辈子，到头来，是经不起反问的。

肖阿丹突然想起了一句话：在这个世界上，只有老百姓最讲良心。

父亲走到哪都捧着一个弯嘴儿的黄铜水烟壶，他脸上就像是用刀划过，留下数不清的深槽赘皮。只见他猛吹一口气，"呼噜"一声，一团烟灰从烟袋锅里飞到地上，瞬间熄灭了。

灰飞烟灭?

夜气肃杀，肖阿丹不由地打了一个寒噤。他感到寂寞、绝望和软弱，内心有一种只有不幸的人、杀人犯、罪人们才有的阴沉恐惧、躁动不安。

肖阿丹知道，总有一天，他会像父母一样，躺在冰冷的坟墓里。其实，人最害怕的不是结束，而是不知道以什么方式结束。

三十五

刚下班，树顶上刮过一阵大风，接着一阵让人睁不开眼睛的大雨横斜着扫过来。那雨像一支支闪光的箭，密密麻麻地射向大地，迸溅起的雨滴似一个个玻璃小球在柏油马路上跳上跳下。

好在家离单位不远，“铁头”来了一个百米冲刺，冲到了家，还是被淋了个落汤鸡。

“哎呀，打个电话，我来接你嘛。”阿菊一面说，一面拿毛巾替他擦头上的雨水，又拿来衣服让他换上，“铁头”的幸福指数立马爆表。

天色逐渐暗淡下来，雨不像刚才那么大了，变成零星的小雨。路灯傻傻地伫立在雨中，发出灰黄的光亮。

“铁头”刚换好衣服，儿子周亮一头从雨中扎了进来。

“老爸，老妈，我回来了！”周亮一声喊，让“铁头”大吃一惊。

“哎呀，怎么一声招呼也不打一声就飞回来了？”

“只是想给你们一个惊喜。还有一个人，快进来！”

“伯伯，伯母好，我是肖韵。”

“我这次回来还要给你们一个大大的惊喜，我要和肖韵结婚啦！”

“肖韵？你是？”

“爸，就是肖阿丹叔叔的女儿韵儿，您不记得了？”

这个消息着实把“铁头”惊住了，不是喜出望外，而是大惊失色。接受，还是拒绝？他心里纠结，迟迟做不出决断。

肖韵白皙的皮肤，一双极漂亮的圆眼睛，很深的双眼皮，弯弯的睫毛上写满了开心。从她身上真找到了肖阿丹的身影，特别是那圆身子、圆脸、圆眼，像神了，遗传基因真是了不得。

“是韵儿吗？真是女大十八变，越长越漂亮了。”“铁头”忍不住夸了起来。

这个韵儿，的确是肖阿丹的一大骄傲，小时候就特懂事、特可人心儿，老缠着她老爸撒娇，看得“铁头”馋死了。

“我以后就是你家的儿媳妇了，还满意吗？”肖韵扭动了一下身子，圆润丰满的身体，就如灌满浆的稻谷，丰满而不妖娆。

“好，好，好，什么都好，满意，满意啊！”儿媳妇就这么进门了，阿菊乐得忙着端茶倒水，还不时地擦眼泪，是喜极而泣。

“铁头”问：“韵儿，你要和亮亮结婚，你父亲知道吗？”

肖韵说："知道，他是一百个同意，还催着我们快点结婚呢。"

一百个同意，还催着快点结婚？什么意思啊？

为什么说，最可怕的，是最亲近的人，因为，他们知道你的软肋，知道往哪里捅刀子，会要你的命！亲情是"铁头"的软肋，儿子是他的命根子。

客厅里阿菊和他们谈得热火朝天的，婚宴放哪里，请多少人参加，喜糖发多少……简直就是一家人了。

"铁头"的心有点乱，往茶杯里倒水后，将茶杯盖盖到了保暖瓶上，还到处找茶杯盖。

"周伯，茶杯盖在这里。"肖韵从保暖瓶上寻到茶杯盖，替他盖上了。她的眼睛闪着柔和的光辉，注视的时候透着微光，格外动人。

啊哟，你不要这样看着我啊，你这么看着我，搞得我心里发毛。你还看，还看？！

乱了，乱了，"铁头"来硬碰硬的可以，遇到儿女情长、柔情似水，就乱了章法。受不了，他要逃，赶紧逃！

"你们先谈噢，我到外面抽支烟。""铁头"得一个人好好静一静，好好想一想，面对这突发事件，他该如何应对？ 人生没有彩排，他的剧本里没有这一场戏，他有点束手无策，不知道下一步该怎么演。

门口的电灯钨丝徒然异常明亮，随即就熄灭了。灯泡里传出炸裂的脆响，一只蜈蚣蹿了出来，落在地上。

周亮，这个小兔崽子！

这些年，跟老子打埋伏，用QQ与他聊天，很难见到他的人影，只好给他留言，让他注意身体，注意饮食，注意交友……

他回答了一个字：噢。

他居然只用一个字来打发老子，谈对象的事情只字未提。现在好了，一声不吭地领回了一个媳妇。同意，还是不同意？韵儿是一个好姑娘，可她的父亲肖阿丹，是一个大贪官啊！

就在检察院要查办他的关键时刻，他急忙将女儿嫁给我的儿子，这个肖阿丹是一个最最自私的男人，也同样是一个最最愚蠢的男人！他居然能想到以自己的女儿为代价，以自己的家庭为代价，来获得自己的逃匿，换取对自己的庇护！

狗日的肖阿丹，我是卧底，想将他们一网打尽。你倒好，跟我结亲，让我与你为伍，就像黄鼠狼给鸡拜年一样，让人恶心！

这种恶心随后便被涌上来的另一种友情，甚至亲情所覆盖、所遮掩、所淹没。他就要成了“铁头”的亲家了，又是战友，生死战友，这便是那个很难撕开的战友的情结，还加上那个永远会绕在心底里的亲人的情结。

“铁头”突然有个想法，阻止检察院对他的查处？或者想办法尽量往下拖？不过仅仅是一闪而过，就像闪电一样，很快熄灭了。

这是不可能的！不能拿法律当儿戏，他做不到！苏方圆也一定不允许这样做的。不是吗？为了查办这件案件，她为儿子帅帅好不容易找来的骨髓捐献者，要以停止查办案件作为条件，被她拒绝了。自己冒着风险，给儿子捐献骨髓，吃了多少苦，别人不知道，他还不清楚？苏方圆眉宇飞扬的英气和不容抗拒的冷峻，比骂人更让人心惊胆战，这就是她的魅力所在。

“铁头”真的回避不了，也跳不出这个两难的境地。一面是血浓于水的亲情，一面是至高无上的法律。他不能前脚踏进了泥坑，紧接着后脚又跟着陷进去。

“铁头”不同意这门婚事？对，不同意，坚决不同意！他不能将儿子推进火炕。“铁头”太阳穴的血管似两根蚯蚓爬出来，隆起。

秋去冬近，万物凋零，一场雨让空气里透着丝丝寒意。屋内，传来了阵阵笑声，阿菊和他们正谈得热火朝天。“铁头”下决心要和亮亮摊牌，阻止这场婚事。

门打开了，阿菊欢天喜地将他俩送出门。

“铁头”冲着门外叫道：“亮亮，快点回来，我有话要跟你说。”

“知道了，我送一下韵儿，就回来。”亮亮一手撑起了伞，一手搂着肖韵。她紧紧地贴着亮亮的身体，好幸福的一对啊。

所谓门槛，过去了就是门，没过去就是槛。

让儿子成为阶下囚的女婿，一辈子，不，还有子孙们都背着贪官后代的骂名，“铁头”的心里真的过不去这个槛。

墙角那只蜈蚣要死了，正在拼命翻动身子，一百条腿蹬动着。

亮亮回来了，伞尖滴着水……顺着雨滴，“铁头”的心渐渐平静下来了。他让阿菊回房间去，他要单独和亮亮谈谈，

神出鬼没的，还单独谈。阿菊嘀咕了一句，收拾桌上的茶杯

去了。

“铁头”心里恨得牙痒，脸上尽量表现得温柔点。控制得了的，叫表情；控制不了的，叫心情。他知道亮亮和他一个德行，吃软不吃硬的，他要心平气和地和他谈谈。

孩子是无辜的。他们相爱了，谈对象、结婚有错吗？没有！正因为孩子们的无辜，才让牵连了孩子的父母们这般的痛心和痛苦。

“亮亮，你和韵儿对象谈了几年了？”“铁头”轻描淡写。

“我们高中和大学都是同学，后来又一起出国。她是我的初恋，一直埋藏心里。要说明确是对象嘛，准确地说三年了。怎么了，老爸？”

“你们是真心相爱吗？爱得究竟有多深？”

亮亮站了起来，举起右手，将拳头攥紧说：“那还用说，我愿意她成为我的妻子，从今天开始相互拥有、相互扶持，无论是好是坏、富裕或贫穷、疾病还是健康都彼此相爱、珍惜，直到死亡才能将我们分开。”

“我不跟你开玩笑。我知道，这是西方婚礼时的誓言，这些空话、大话都好说，现实生活不是用誓言就能替代的。发过誓言的人，离婚的大有人在啊！”“铁头”神色非常认真。

亮亮替“铁头”茶杯里续了一下水，说：“老爸，我是发自内心的。她是非我不嫁，我是非她不娶！”

雨又下大了，雨点落在窗户上被风吹得嘭嘭直响，屋顶沙沙的雨声已经连成了一片。“铁头”的心也被敲打得嘭嘭直响。唉，他真的不知道如何对亮亮说起。

要摆在过去，老子教训儿子还要商量吗？还有什么顾虑？可是这回不一样，儿子没有错，可是……

“老爸，我觉得你好像有什么话要对我说，您尽管说吧！”

“亮亮，是这样的，如果说，我说的是如果，韵儿的父亲是个贪官，是个罪犯，你还和她结婚吗？还这样爱她吗？”“铁头”声音中透着几分威严，有点像质询。

肖韵的父亲是个贪官，是个罪犯？！

阿菊站在门外，听得真真的，心里咯噔一跳，急忙推门进来。“砰”的一声，手中一滑，两只玻璃茶杯齐齐滑落在地下，大大小小的玻璃碎片溅得到处都是。

空气顿时如猪皮冻般凝重起来。

这句话太有分量了，相当的重了。未来岳父，原本是家中引以为豪的县委书记，即将成为万人唾骂的贪官。现实就像一把斧子砍在周亮的心上，让他的血肉像茶杯碎片一样飞溅，疼痛锥心刺骨。

“韵儿是个好姑娘，可她父亲……”阿菊无不惋惜。

阿菊找来扫帚和畚箕，哗啦哗啦地把碎玻璃扫干净，倒到了一个塑料袋中，委婉提醒道：“铁军，就不能放他一马？就一定要查办？”

“这是男人们的事情，你一个老娘们插什么嘴？ 出去！”“铁头”对阿菊大声吼着，阿菊就势拎着垃圾袋出去了。

“不是我不容人，是法不容人！现在我不是说如果嘛，这么说吧，查办肖阿丹是铁板定钉子的事情。不是办和不办，是早一天、晚一天办的问题。”“铁头”拍了拍亮亮的肩膀。小子，这是个火坑你敢跳吗？

“老爸，我娶的是韵儿，不是韵儿的父亲，不管他是个县官，还是个贪官，都不会动摇我对她的爱。我打心眼里喜欢她！”周亮指了指胸口，态度异常坚决。墙上的挂钟嘀嗒嘀嗒走得刚劲而有力。

周亮站在一边，沉默了一会儿：“老爸，我和韵儿其实也有感觉。过去，他一直不同意我和韵儿的婚事，最近，他突然非常积极，希望我们早点结婚，还打来了600万，说是给韵儿结婚的陪嫁。不是人民币，是美金啊。我和韵儿都吓了一跳。他哪儿来的这么多钱？”

“什么？600万美金？”这个肖阿丹一定听到了风声，在转移赃款。

“老爸，这个钱不干净。我和韵儿都商量过了，我们会上缴国家的，我们自己劳动所得足够用的了。”

“铁头”没有想到亮亮会这么深明大义，现在的年轻人真不可小看！

“老爸，我还和韵儿都说好了，如果真的有一天，她的爸爸进了监狱，他还是我们的爸爸，我们不会抛弃他，还是一样会关心他，去看望他。”

“铁头”拍拍他的肩：“我的儿子，真是个明事理又孝顺的好孩子！老爸支持你们！”

“铁头”一把将他抱在怀中，不，是儿子将他抱在怀中，亮亮比他高出一头。都说老子和儿子是天敌，第一次这对天敌紧紧地拥抱在了一起，从来没有过的拥抱！

雨点“劈劈啪啪”地敲打着玻璃窗，窗玻璃上立刻聚集起了一颗颗晶莹的水珠，随后像泪水一样无声无息地滑落下来。

第二天，“铁头”将家里发生的情况毫无保留地向苏方圆汇报了。这是必须的，是对党和法律的忠诚，“铁头”知道这样做等于抄了肖阿丹的后路！

检察院与纪委开始联手提前行动了！

肖阿丹没有逃跑，也无法逃跑，早就在掌控之中。他正在主席台上为容县全体党员干部上党课：“同志们！我们党的宗旨是什么？是为人民服务。所以我们的党是为人民服务的党，我们的政府是为人民服务的政府。我们领导干部心里也要时刻想着人民，要全心全意为人民服务，不能有半点私心杂念，更不能贪污腐败。现在有的领导干部不为人民服务，而是为人民币服务，这对得起广大人民吗？连自己的良心都对不起！同志们啊，贪污腐败，祸国殃民，大家一定要自重、自省、自敬、自律……”肖阿丹越说越来劲，声音朗朗，言词铿锵，落地有声，把台上台下说得鸦雀无声。

王正义带着反贪的干警悄悄地进去了，会场上死一般的安静。不知道有多少人小脚在打抖，目光紧紧地随着干警前行的身影移动，终于走上了主席台，停在了肖阿丹的身边。

静寂的会场突然就好像好多天的禁闭被解除了一样，一下子喧嚣进来。纪委先请肖阿丹去喝茶谈话，检察院再跟进。紧接着立案，搜查。

就在肖阿丹立案的当天，周亮和肖韵去民政局领了结婚证，为了见证他们坚贞和纯洁的爱情。

天一下子黑了下来，铜钱大的雨铺天盖地下着，把好端端的一个清晨弄得跟黄昏似的。

“铁头”和亮亮一起到了肖家，肖韵正在吃早饭。吃得很慢，像是要细细咀嚼满碗的委屈似的，脸上显现出来的是女孩子特有的那种哀怨、凄凉和迷茫。亮亮坐到了她的身边，她放下了筷子，拉着亮亮坐到了沙发上，头靠在了他的肩上。

肖韵刚刚大学毕业，正处在人生最美好的时期，天真清纯，无忧无虑。当她从一个县委书记的女儿，一下子变成一个罪犯的女儿，对她将会是怎样一个巨大的打击！对她来说，将会是怎样一个残酷的现实！

肖阿丹的老婆本来就是一个胆小怕事的人，要不是女儿肖韵的坚持，肖阿丹早就将她踢出大门了。她真是太朴实、太平凡了，以致所有的人都常常忘记了她的存在。

肖阿丹进去了，她就像天塌下来一样，实在有点挺不住了，一屁股坐到椅子上，浑身瘫软，老泪纵横。

今天反贪局的人要来搜查了，对于孩子们来说没有比亲眼看见抄家更让人难堪的了。“铁头”来了，孩子们心里要好受些，搜查的干警们也会文明些。

"铁头"默默地坐在那里，身临其境地感受一下，家里面临着搜查时，心灵受到一种怎样的打击和创伤！

反贪局的同志们出示了证件和搜查证，开始翻箱倒柜。在肖阿丹家没有搜到现金，这是意料之中的事情。但没有料到他的密室里有一屋子名家字画、古玩和珠宝，此外，他竟然还有五套房产证，分别在五个大中城市，产权人栏清一色写着肖韵的名字。

两个孩子惊呆了，脸色煞白、失魂落魄地看着眼前所发生的这一切！

大家沉默了良久。

经过特别的申请，"铁头"让孩子们去见一下肖阿丹。

肖阿丹见到"铁头"，腾地一下站了起来，满脸涨得通红，圆圆的眼睛里闪烁着一种无奈愤恨嘲谑，甚至绝望的光。

"老爸，周叔叔同意我们的婚事了，我们已经领取了结婚证，今天，让您见证一下。"

肖阿丹圆眼瞪得跟牛蛋一样大。怎么，不相信？

"今天我与韵儿结婚了，感谢您培养了一个好女儿！"亮亮走向前，拉着韵儿给肖阿丹深深鞠了一躬，深情地叫了声："爸爸！"

肖阿丹还没有缓过神来，瞪大的圆眼又望着"铁头"。

"铁头"说："亮亮，再叫一声，喊响亮点！"

亮亮声音提高了八度，又叫道："爸爸——"

"哎——"肖阿丹应了，显然，很激动。脸部的肌肉也在微微地抽搐着，嘴唇稍稍向上提起，又略向一旁歪去。看得出他是想笑，又笑不出来。

肖阿丹默默地擦了一把额头上的冷汗，是为自己的抉择感到羞愧？还是为自己的抉择感到庆幸？他瞥了一眼“铁头”，心情一下子便释然了。

“老爸，无论你是当书记，还是当囚犯，都是我的好老爸，你好好交代自己的问题，好好改造，我们在外面等你，为你养老送终！”肖韵一连说了几个好，其实，她真的感觉不好，落差太大了。肖阿丹的落差是天上到地下，不，是天堂到地狱。

他的事业，他的权力，他的金钱，他的千丝万缕的社会关系，随着突如而来的案发连根拔起，连泥巴都甩得干干净净，连枝枝蔓蔓都被所谓的朋友不客气地一刀斩除了。只有亲情是斩不断的，他的心底深处丝丝缕缕地渗出血迹，痛得刻骨铭心。

“爸，换洗的衣服，妈妈让我们带来了，你自己要多保重！”

肖阿丹看着女儿，眼眶里噙着泪水：“照顾好你们的妈妈。”他终于说出一句人话。

肖阿丹被两名狱警押回监房了，“铁头”发现他的两条腿在抖！而且抖得是那么的厉害！肖阿丹突然回过头来，给“铁头”来了一个一百八十度的鞠躬。“铁头”知道，肖阿丹是发自内心地恨他，这一躬，是为了他宝贝女儿韵儿鞠的。可怜天下父母心啊！

周亮和肖韵要回美国去了。他们不放心妈妈一个人待在这个再不像家的家里，他们想带着妈妈一起走，相互有个照应。

肖韵妈妈摇摇头："算了，你们走吧，我就不走了。我走了，谁来照顾你爸？"

在肖阿丹风光的时候，他有无数个女人，他曾经想将这个原配女人一脚踹出家门，后来勉强留下来了，也没有正眼看过她。

现在肖阿丹被社会抛弃，被人群抛弃，安身立命之本顿时塌陷。就像傣族历史上的一种陋习，某人一旦被巫师或众人指认为"琵琶鬼"，他随即就变成了一头活在人群中的猪狗，带给亲人们的屈辱就能把人压死。那些原先围着他转的女人唯恐避之不及，早就逃之夭夭。

大难临头的时候，留下的只有她，心安理得，毫无怨尤。肖阿丹是她的男人，她要照顾好他，这是她的责任！

她用一种母亲的口吻安慰着："孩子们，你们走吧，好好过你们的日子。放心吧，爸爸由我陪着，陪他一辈子。"她手里边整理着衣服，边说："你看这是你爸爸的一件旧棉衣，不穿好多年了，天冷了，过天带给他穿。"

肖韵显然低估了妈妈。在窘迫、羞耻、无助、绝望中，夫妻离异者大有人在，但妈妈没有放弃，抛弃，而是包容，宽恕，接纳了他。

肖韵一下子抱住妈妈，使劲将她搂入怀中。

瞬间泪奔！

三十六

肖阿丹被逮捕，“一号专案”终于顺利告一段落了！

反贪局的同志辛苦了，“铁头”虽然没有直接参加案件的查处，但始终在第一时间给苏方圆送来关键的情报。在最后的冲刺阶段，他端了肖阿丹的老底，立下了汗马功劳。可还没有来得及庆祝，事情就接踵而来了。

网络上曝出了“铁头”与秋月亲热的系列照片，搂着秋月小蛮腰的，喝着交杯酒的，还有不堪入目地亲热的……题目更加夺人眼球——《检察长惊人艳福》。照片后还附有一组文字：“县委书记肖阿丹遭查处，检察长与其表妹上床。”网络一下子被刷屏了，点击率超过十万，这个叫作“好事不出门，坏事行千里”。

雾霾平地升腾，覆盖所有，覆盖真相。一个检察长搂着一个小情人出双入对，还是贪官的表妹，谁看着能不唠叨一两句？如今网络传播的速度比央视的《新闻联播》都要来得快。这里有奸情，有不伦，有诸多意想不到、因此可以随意猜测设计的细节。

这个"铁头"真是的，要是让菊婶看见了，怎么想？菊婶对他的爱，可是数十年如一日。你可是一个有了儿媳妇的人了，秋月比你儿媳妇还小呢。再说，秋月是刘立立的对象，"朋友妻子不可欺"，这么简单的道理，他不懂吗？

苏方圆与"铁头"之间的秘密，不为人知。一开始上"一号专案"，"铁头"撂挑子，不干专案组长。后来，又说做卧底。这下好了，一下子卧到女人的床上去了。"铁头"不是这样的人。但是，各种微念头禁不住在苏方圆头脑里翻涌冒泡，莫非我看走眼了？

当务之急是要了解清楚事实情况，必须要有一个回应。苏方圆立刻启动网络舆情应急预案，让办公室吕文章主任立即与公安网监联系，删除帖子，即时控制局面。

苏方圆必须向省院汇报，电话还没来得及打，电话就进来了，是省院张检的。他口气十分严厉："苏方圆，你怎么搞的？其他院办的高官多了去了，你们也就办了一个县委书记，搞得这么惊天动地的。马上要开'人大'会了，你这不是给我添乱吗？网络上的事情，立刻给我了解清楚，二十四小时之内，给我一个回复。""啪"的一声，电话挂了。

连说一句话都是多余的，不容多想，苏方圆立即亲自找"铁头"谈话。就他那个做派，别人根本搞不定他。

门"咣"地被推开，"铁头"进来了，一脸晦气。办公区有七八个人，像是被谁喊了口令，唰！整齐划一地抬头看他，嘴巴紧闭，飘来荡去的眼神里藏着各色猜忌和担忧。

“铁头”进了苏检的办公室，浑身的烟味，脸更黑，更长了。一天不见，“铁头”老了五岁，眼圈发黑，嘴唇泛紫，明显缺觉。苏方圆朝他点下头，他挨着写字台坐下了。

手机响了，“铁头”接了电话，他脸色阴晴转换，速度越来越快，由红涨到紫，愤怒地把手机翻盖合上。

苏方圆不温不火，眼神斜着从眼角挑起看“铁头”，眼睛里面好像还有个眼睛。“铁头”感觉自己的脸在烧，太阳穴在跳，脖子青筋暴突。还没有等苏方圆开口，“铁头”就气呼呼地嚷开了：“哎呀，老实说，网上的照片，让我的老脸都丢尽了。苏检，怎么不相信我？我能出那种事情？和秋月上床是假的。”

假的？噢，假的就好，苏方圆深深地吐了一口气。

“菊婶是不是被你气哭了？啊？！”女人最不能容忍的就是心爱的男人的背叛。

“嗨，小蚂蚁掉眼泪，能有多大事啊？”“铁头”说得好像很轻松，“他们让秋月当诱饵，引我上钩，我不做一点样子来，他们也不会相信啊。你说呢？”

什么意思？也就是说不全是假的？

是不是谍战片看多了？假扮夫妻？你可千万不要说这是反贪工作需要噢，有这个必要？不要给自己的错误找托词。

“铁头”手机又响了，他仿佛被一颗子弹击中，举着电话的那只胳膊僵在空中，弯成一个很别扭的姿态。都是亲戚、战友、同学、朋友打来的，在关心他的风流韵事。

流言直下三千尺，他一下子成了一颗冉冉升起备受瞩目的新闻之星，被严重聚焦。电梯内、楼道里、走廊上，无论他走到哪里，内容丰富、变幻多姿的目光就盯咬到哪里，不解、好奇、疑问、嘲笑、不屑，人们争相表达自己的正义与鄙视。

“我受不了了！”“啪”的一下，“铁头”将手机摔得老远，天雷滚滚。

苏方圆没有出声，也没有笑脸。她将“铁头”的手机捡了回来——质量不错，没有摔坏。苏方圆将手机关了，放在他的面前。她端庄、静美，芬芳无形，不动声色，其实，她内心的压力是最大的。在关键时刻要沉得住气，这是她当好领导的秘密武器。

什么是男人？男人就是有事以后跟没事似的，而女人正相反。“铁头”感觉到苏方圆有比男人更强大的内心，她纯净的眼眸承接下他的所有不安和烦躁。他算什么男人？

他倒吸一口气，调匀呼吸，把所有气体沉住、控制住：“好吧，事到如今，我只有摊牌了。八年前，我曾经资助过一个学生，她父亲没有钱，为了给重病的母亲看病，让女儿辍学在家不说，还将她许给了个比她大十八岁的包工头。那个女孩子死也不从，在网上发了求救信，有人同情她，有人说她是骗子。我试着给他父亲打了一个电话，没想到是真的。我和老婆商量资助她上学，一直到她大学毕业。这个女孩子就是秋月。去年她大学毕业了工作了，四处打听恩人的下落，想以身相许。还让我帮助她找，我一直都没说。你想想，这么善良的孩子，我怎么会伤害她呢？”

“铁头”忍不住从口袋里拿出一支烟，望了望苏方圆，又放了回去。“铁头”知道这些照片出自何处，来自何方。他知道这是陷阱，还是跳了进去。

“实话实说，那两张搂个小腰，喝个交杯酒的照片是真的，上床的是假的。我真是有口难辩，组织上可要给我正名。苏检，我的好多消息都是秋月提供的，她的内心里还是很憎恨腐败的，她注定是个活靶子，遭人秽语。她不是肖阿丹的表妹，是一个和肖阿丹相好的女人叫白玫瑰的表妹。”

这个肖阿丹真是不简单，一般人被检察院查办了，亲朋好友避之不及，不管你所处的是怎样的一个“圈子”，也绝不会有什么人敢冒天下之大不韪来遮蔽你、掩盖你、隐瞒你、帮助你！“圈子”内的人甚至于为了维护这个“圈子”，会毫不留情地把你从这个圈子里一脚踢出来，甚至于会比“圈子”之外的人更狠、更烈、更甚、更无情！肖阿丹竟然还有这样的死党？网上发帖的署名就是“黑狼”。

“黑狼”是谁啊？

“据说，‘黑狼’是南城黑社会的头目，只是听说，谁也没见过这个‘黑狼’真面目。从这次事件看，‘黑狼’肯定与肖阿丹不是一般的关系。”“铁头”一时半会儿也说不清楚。

苏方圆想起来了，上次博物馆失窃案件中，就提到是一个叫“黑狼”指使的。为什么公安机关就没有继续往下查呢？“黑狼”到底是什么来头?

"黑狼"这一招也太阴损了，无疑是一重磅炸弹，损害了"铁头"和秋月姑娘的名声，打击了检察院办案的士气，还搞得你阵脚大乱。

"你先将刚才说的这些写个报告给我，至于是真，是假，我安排技术处的同志去查。放心，一定会查个水落石出，还你清白！你辛苦了！"

苏方圆的眼神里饱含信任、感慨、愧疚、不安、期盼，五味搅拌，意味深长。"铁头"读懂了，他感受着这份激动和信任，生死之交的情意油然而生。我是男人，我是战士，即便全世界都转身离去，我依然是我。放心！

"铁头"迫不及待地将香烟掏了出来，衔在嘴上，头也不回地走了。

刘立立一下班，便打开电脑，浏览一遍，这是他多年的习惯。电脑时代，什么八卦都能产生，什么事情都可能被发生。八卦是让现实变得非常残酷的东西。"铁头"与秋月淫秽的画面不可阻挡地闯进了他的眼帘。

怎么可能?

刘立立将相关信息下载下来，仔细察看。凭他的计算机功底，在床上亲热的影像一看就是假的，喝交杯酒，搂着秋月腰，好像不是假的。

铁检在干什么？刘立立对铁检的敬重开始动摇，他竭力阻止自己顺着这个思路往下想。你假模假式站在道义的制高点，你也配？秋月是我的！我的爱，我内心的失落你懂否？

八卦正在翻涌，跟帖的人越来越多，舆论一边倒，骂声一片，直接受害人是秋月，她柔弱的肩膀本应有所依靠，却要独扛各种流言蜚语，多难啊！

寂静的夜晚，电梯停靠的声音很大。脚步声传来，咯咯咯！秋月的脚步，他熟悉的节奏。果然是她。

秋月一步步走过来，站在刘立立面前，盯着他看，眼睛里多了一丝从未见过的忧愁。随即，她的忧愁转换为哀怨。

这是怎么回事？

秋月没吭声。很无助，内心凄凉无比。

刘立立看着她，一时不知从何说起，千头万绪，拢不出个数。秋月恨怨交加地看着他，一动不动，突然间，泪流满面，继而坐到他旁边，趴在桌上呜呜哭出声来。她骨骼单薄，肩膀一抽一抽的，楚楚可怜。

这个时间，偌大的办公区寂静如野，只他们两个。她可以由着性子尽情哭，无人打扰，哭到痛快为止。刘立立递纸巾给她，一张接一张递过去，她一张接一张弄脏，眼泪鼻涕一把接一把。她的眼泪仿佛是他的恩典，反倒安静了他，心里隐隐有种温暖的潜流，此时无须多言。

眼泪代表真相，秋月流了那么多的眼泪，终于停了下来。抬起头，脸上一片狼藉，抽泣道："立立，相信我，相信铁检，他是一个好人，他不会做伤害人的事情的。”

刘立立痛并感动着。一个女人如此保护一个男人，说明她是个绝世好女人；被一个绝世好女人如此保护的男人，应该也是绝世好男人。

这张泪痕斑斑的小脸使刘立立心疼不已，他给予秋月一个深深的拥抱，怜惜地吻干了她的泪水。刘立立坚守着自己的心，他爱秋月，他要在爱情的瓦砾上搭建自己的小窝棚，给自己一点小小使命，给自己认可的人一点小小温暖，不想妥协。宁可做个千夫所指的小人，也要为自己亲爱的人挡刀。上天不会眼睁睁地毁掉这两个绝世好男女。

刘立立搂着秋月的腰送她回家。明天是休息天，约上她卧龙山散散心。

三十七

卧龙山的深秋，群山、乡村、小河、戏台、乌篷船，秋天叶子纷纷飘落的时候也很壮观，万千植物一个季节的生命陆续谢幕，让人感觉金色之秋的宽厚和坚实，让人动情。

刘立立告诉秋月，网络上曝出的淫秽录像和照片全被删除了，他相信她是纯洁的。秋月并没有表现出太多的惊讶，这都是她自己的经历，能不知道什么是真，什么是假？

好在事情都已过去，烟云一般。地球继续转动，将这些不愉快的事情逐一塑封。

刘立立郑重其事告诉秋月："知道吗，铁检就是你要找的恩人。只是他一直没有对你说。"

"真的，我说嘛，和铁检在一起，就有亲人的感觉。"秋月感激地咬了咬下嘴唇，说："立立，我想认铁检为干爸怎么样？"秋月转头看着刘立立，眼神里全是期望。

“好啊，没问题。”有什么比这样更好的吗？一个眼神过去，就全明白了。这就是传说中的心有灵犀吧。

秋月轻轻地笑着，真诚而甜蜜，美丽的眼睛闪烁着明亮、快乐的光芒。对于刘立立而言，这就是他的世界。刘立立搂着秋月，感觉真好。

秋月倒在了刘立立的怀中，他吻她了，美景、美人，组合成一幅绝美的乡村风景画。没想到，不可预知的突变一瞬间将风景画撕扯得支离破碎。

刘立立突然看见远处有个黑衣人正端着枪对准着他们，他不假思索地扑向了秋月，一枪打中了他肩膀，顿时，血涌了出来。

秋月转身看见那个黑衣人又向他们开了一枪，秋月挡在了刘立立的前面，中枪倒下了。

那个黑衣人跑了，看得出，他的目标是秋月。刘立立立刻打了一个电话给铁检，就背着秋月下山了。秋月对着他耳语着：“是‘黑狼’干的，‘黑狼’是……”秋月没有力气再说下去了……

苏方圆的手机一阵震动，是“铁头”打来的，口气有点急促：“苏检，不好了，刘立立和秋月都出事了！”

什么？刘立立不是说好约秋月见面聊聊的吗？怎么会出事？

“苏检，你在单位等着，我来接你。”这个“铁头”搞什么鬼？一个检察长出去用车，这不正常？还要你接？他又不告诉她在什么地方，只有等着他来接。

很快“铁头”来了，他一上车就对苏方圆说，南城的黑道上都传说“黑狼”心狠手辣，他不会就发个帖子就善罢甘休的，他一定还会有行动。因为，他不会容忍手下的人背叛他，“铁头”感觉会出事，没想到发生得这么快。

在人民医院的急诊室里，苏方圆见到了刘立立，面色苍白。医生说，没有生命危险，只是失血过多，正在输血。红色的血浆一滴滴流进了他的身体，他慢慢睁开了眼睛，第一句话就问：“秋月，怎么样了？”

苏方圆安慰着刘立立：“放心吧，正在全力抢救。”脸上挤出一丝笑容。

苏方圆对进来的院长说：“请医院一定要尽最大努力抢救，不要考虑费用问题。”

“苏检，请放心，我们一定会尽力的。”

刘立立急切地告诉苏检两个小时前发生的一切，声音嘶哑，很失控……他为自己没有为秋月堵枪眼而无比懊丧。

苏检对刘立立说：“我知道了，你表现很好，你现在的任务是好好休息。”

苏方圆刚出门，抢救室门开了，主任医生摘下了口罩：“秋月抢救无效去世了。”

刘立立心里如冰水漫过一般悲凉，他哽咽起来。人生的最大悲哀在于，当你准备好为自己所爱的人两肋插刀的时候，却冷不防意识到，一切都不需要了。

南城还真的不安宁，去年博物馆被盗，上月发生了一起故意杀人案件，死者是一名叫阿花的女人，她曾经卖淫过，就因为拒绝了曾经有过交往的男人，就被杀害了。犯罪嫌疑人叫于百岁，是闽南人。

阿花？闽南人？苏方圆突然想起刚来的那个晚上，莫名其妙地接到一个电话。

“阿花，我们昨天还在一起的。”那男人的酒气随着粗重的呼吸声传了过来。

这个男人找女人寻欢作乐不成就杀人？做人也太没有底线了！

范清风在审查起诉时，那个杀死阿花的叫于百岁的犯罪嫌疑人交代说他还杀害了一个女人。意外中又破了一起杀人案件？

苏方圆听取了范清风的汇报：“苏检，犯罪嫌疑人于百岁供述，他 2008 年 4 月 16 日清晨在江城南山上，用铁榔头将一名女人砸死，放在不老松下，后来的一个男人上了山，将她推下了山。”

什么？用铁榔头砸死，于百岁？时间、地点、作案手段都是那么吻合。

“他为什么要这么做？”

“他说是有人花钱请他的。”

雇凶杀人？

“是谁？”

“是一个叫‘黑狼’的人花十万元钱雇了他。不过，目前只有他的供述，没有其他证据。”

“好，范处长抓紧时间将案件调查清楚。”

“放心，我一定查个水落石出，有什么情况我会及时向您汇报的。”

杀害陆小红的人不是左二牛？是“黑狼”指使这个来自闽南的于百岁杀害的？他为什么要杀害陆小红？

这几天发生的事情太多了，太离奇了，都和“黑狼”有关。

“黑狼”是谁？为什么他要这样做？我们在明处，他在暗处。我们太被动了，动作太慢了，总是让他抢先一步。苏方圆打电话给向东方让他要加大对肖阿丹的审讯力度，“黑狼”是谁？肖阿丹会不知道？

苏方圆要到省院去亲自向张检汇报，电话联系好了。驾驶员小汪来了，她正要上车，被“铁头”拦了下来。

“我来当一回你的驾驶员怎么样？”“铁头”就是不让苏方圆上小汪开的车，非让她上他的车，还要自己开。

这个“铁头”搞什么名堂？

“铁头”说：“苏检，我来开车，和你一起去省院负荆请罪！”

“一起去省院也用不着你为我开车啊。”

“不放心我的驾驶技术啊？我可是有二十多年驾龄的老司机了，放心吧。”小汪在一边笑笑，替苏方圆打开了车门。

“苏检，没有打不开的锁，就差找不到对路的钥匙。我知道谁是‘黑狼’，向省院汇报后，明天，就对他动手！”

是谁？

车子刚上路，还没有来得及说，“铁头”大叫：“不好，车上有炸弹。苏检，你赶紧下车！”

苏方圆发现前面的座位上放着一颗定时炸弹，在黄昏时分，亮红色的倒计时数字格外亮眼，清楚地显示时间只有十秒了。

9，8，7，6……

不容多说，苏方圆被“铁头”推下了车。“铁头”这回失算了，他知道会有炸弹，以为会放在苏检常坐的车上，没想到放在了他的车上。

苏方圆看了一下，车刚开到湖滨公园。“铁头”快速将车子驶离人群，向湖中开去，他跳车了……

轰！炸弹爆炸了。整辆汽车发出浓烈的赤红色，气浪向外翻腾，水浪滔天，浓烟滚滚。天空中有一只鹦鹉在飞翔，拍打着翅膀，口中发出凄厉的叫声，从天空中划过。

“铁头”跳车了，头重重地摔在湖边的一块礁石上，昏过去了。

“周检！”

“铁大哥！”

这个呼唤的声音从事发现场一直到抢救室，苏方圆都没停止过，嗓子都喊哑了。她忍不住还要叫“铁大哥！”她要唤醒他，可是他就是不理她。“铁大哥，你不能这样绝情！我是你的苏小妹啊！”

医生说，他可能永远也醒不来了。

半轮残月冷冷地高挂天空上，散发出凄冷的光芒，投射出一道苍白的影子。一丛绿叶在月下闪着辉光。更多的是假山怪石的黑影，斑斑驳驳地布了满园。

这一年多发生的所有事情验证了墨菲定律：如果事情有变坏的可能，不管这种可能性有多小，它总会发生。

斗争越来越尖锐复杂，完全超出苏方圆的想象。内奸驾驶员小汪被抓获，这是之前“铁头”一手安排的。他交代是受“黑狼”指使干的。在苏方圆坐的车上也有炸弹，只是没有启动，被法警找到了。小汪说，“黑狼”还要引发一系列的爆炸事件。

迷局可以破解，生命不可复苏。

狼烟四起，硝烟弥漫，伤痕、泪痕、裂痕，血迹斑斑，伤痕累累。在这场战斗中，如果不是周铁军，她不止死过一次，她真的太不成熟、太不完美了，她是一个不称职的检察长。

她是一个失败者，一败涂地，遍体鳞伤。“黑狼”的出现让她方寸大乱。在夕阳的余晖里，她突然感到眼前一阵眩晕，她的躯壳与灵魂都需要休息。

关键时刻，张检从省院赶过来了，对苏方圆是极大的鼓励和支持！他笑着拍拍苏方圆的肩膀：“经历过这么严峻的考验，我们的女检察长苏方圆会越来越成熟的。”苏方圆想回报一个笑，可是她一点都笑不出来，目光里是劫后余生的苍凉。

我们绝对不会让同一块石头绊倒两次，明天，就和公安联手将“黑狼”绳之以法！

三十八

知道“黑狼”是谁吗？故事说到这个份上了，也许，有人说，我知道你是谁了，也许，有人非常惊讶，“黑狼”原来是你呀！

事到如今，我们就摊牌吧。我是白玫瑰，外号叫“黑狼”。这已经不重要了，你一定还想知道，我为什么会这么干？我要干什么？

我可以坦诚地告诉各位：我不是间谍特务，也不是什么高级妓女，更不是什么黑社会的头目。我也许打过男女敏感地带的擦边球，与如今已经身陷牢狱的肖阿丹有过身体的亲密接触。我做过一些过激的事，甚至杀过人，是为了报恩，也不全是，还有相当多的复仇的成分。

我在江湖上用了“黑狼”这个绰号，可是谁也不会想到，“黑狼”是一个女人，而且还是一个柔情似水、貌美如花、妩媚动人的弱女子！

“黑狼”在南城小有名气，说我是黑社会，太抬举我了！要说我在江湖说话有人听，除了钱，还有个义字。我用钱，买通了一些肯替我卖命的人；我用义，笼络他们的心。只要我能做的事情，我都会竭力帮助他们。当然，我也不是一个等闲之辈。想知道我是怎么由白变黑的？是怎样从纯洁善良变成了心狠手辣的吗？

在这个世上，总是身不由己的，捉弄着命运，也同时被命运捉弄。原本我纯洁得像一张白纸，有个幸福的家，有真心爱着我的丈夫，尽管他是一个残疾人，可他是个英雄，是个心地善良的好人。

在上海替丈夫高端阳装假肢时，遇到了那个千刀万剐的丁一明。我被他的赞美、追捧和山盟海誓迷住了双眼，糊住了心，义无反顾地告别丈夫和女儿，告别了生我养我的小山村，来到了南城。

丁一明妻子的一记耳光，像风一样来得迅猛快捷，让我没有一丝防备，将我从贵夫人的迷梦里，一下子打到了二奶、小三的现实中！

我闹到他的办公室，闹得满城风雨，闹得天昏地暗，闹得丁一明最终进了监房，他活该！他是个贪官，是道貌岸然的流氓，去死吧！他应该下地狱！

我要回家，向等着我的爱人哭诉，跪在他的面前，求他原谅我！饶恕我！可是老天连求饶的机会都不给我，高端阳和我可爱的朵朵一起走了！顺着家乡的太平河流走了，只留下了贴着全家福的套娃。我的天塌了！整个世界，都空了！

没想到，我又遇到了劫匪，我气息奄奄，不想活了。就在我最艰难的时刻，在生死存亡的一线间，肖阿丹救了我。

他将我安置在浮玉岛上的一个小茶馆里，周围全是芦苇滩。安静，与世隔绝般的宁静。肖阿丹买下了这块地，用我的名字建成了白玫瑰会所。

“过去的事，就让他过去了，好日子刚开始！”这话像一服药，让我忘了疼痛。好日子？！这个希望终究在我心中生根发芽了，很费力、很小心翼翼地发芽了。

我拿什么回报他？我一无所有，我要离开这里，赶紧离开吧。

我悄悄走到门口，手刚放在门的旋钮上，就被另一只大手无声地摁住了。肖阿丹一声不响地把我的手从旋钮上掰下，然后伸手把我揽进了怀里。

我伏在他肩上呆滞地停了三秒钟，就在这三秒钟里，我仍然在斗争，要不要从这怀抱里挣脱出来。我成为了一个无措的婴儿，任由自己漂流进了最黑暗的母体。我几乎已经被饿成了一个大空桶，太需要爱了，希望温情来填满。

我懂，只有我的身子是属于我的。我们上床做爱了，不是快感，而是神性的体验。他成了我生命中的第三个男人。

你看街头巷尾一条条骄傲的狗被主人拿铁链子拴着遛弯，细想没什么可骄傲的，都是拿自由交换饮食无忧。肖阿丹救了我的命，尽管床第恩爱，情同夫妻，我其实就像狗一样活着，没有人格，没有尊严，没有名分。

我知道隔着江水的那一头，肖阿丹家里有老婆，有孩子，我却再没有过去那种明媒正娶的天真想法。只要他愿意的，需要我做的，我都会去做，那是发自内心的自觉自愿。

肖阿丹为我建造了白玫瑰会所，让我享尽了人间的荣华富贵，也让我看到官场、商场、权力场、财富场背后隐藏着的一张张丑恶的嘴脸。他们嘴上说的一套，背后做的又是一套，表面一脸道貌岸然，背地里却一肚子男盗女娼，都是像丁一明一样的衣冠禽兽。

我真的没有想到，自己会变得这么快，这么有吸引力，让所有与我有过密切交往的男人都拜倒在我的石榴裙下。

所有的爱都有归处，所有的血都不会白流。我要利用他们，他们玩我，我也要玩他们。我不想让他们这么逍遥自在，我让沙老邪按照我给他的地点去偷，去盗。丁一明的朋友圈中，张局长、马部长、李书记、邱主任……他的朋友大都是当官的，都是衣冠楚楚的正人君子，我一个都不会放过他们。可笑的是被盗者没有一个敢报案，只有吃哑巴亏。

沙老邪一伙流窜到省城，省委汪书记家也让他盗了，也没见报案，不过私下查过一阵子。占过我便宜的人，我都会让他们付出代价的！

肖阿丹的圈子里最有钱的当数江仁义。要说“范一眼”不仅是奇才，还是个歪才。我让沙老邪盗南城博物馆的七件珍宝，经他手这么一过，统统调了包。警察追回放在博物馆里的全是赝品，真品放在了会所的藏金阁里。

他们不知道我的真实面目，更不知道我是一个女人，“地龙”是唯一见过我的真实面目的人，每次，我都通过“地龙”传达信息。我不懂法律，不知道什么样子就可以成为黑社会了。我手下有一帮人，他们都听我召唤，都认我是他们的老大。如果这样就算是黑社会了，我也无话可说，认了！

“范一眼”将七件珍宝调包了。沙老邪想不到他盗窃博物馆的七件珍宝全部被追回后我照样还是给了他 500 万元，绝不食言！我“黑狼”，最讲究的就是诚信。其实，我们得到的，数十个 500 万元都不止。

货有过期日，人有看腻时。自从我攀上了京城高官何先生，我的档次一下子上去了，不再和别的男人上床。肖阿丹的内心有一个空洞，永远躁动不安，女人，只有女人能够让他安宁。我养了一批“绿茶婊”，供肖阿丹和他的狐朋狗友们享用。

骄傲的癞蛤蟆，最喜欢骑在天鹅身上。何先生喜欢我，也绝对不是爱，只是看上我和别的女人不一样的美。我和何先生上床，更不是爱，这个老男人脸上沧桑的沟壑比同龄人多了许多。我看重他位高权重，我把他紧紧地掌握在手中，总会有派用场的时候。本来我骨头就硬，有他在，我等于插上了隐形的翅膀。

窗外夜风萧索，幽阶苔生，叶落如雨。这注定是一个不眠之夜。

“白姐，我来了。”“地龙”撩开了黑色的面纱，露出了青年英俊的面容。

我的指令都是由他传达的。江湖中，很可能将他当作了“黑狼”。我将我的想法告诉他，将一沓沓钞票放在桌子上。

“白姐，现在已经没人了，能跑的都跑了。我们总不能等着挨打吧。”

“嫌钱少吗？”

“白姐，刚才我来的时候，看见全城警戒。你也跑吧，迟了就来不及了。命都没了，还要钱干什么？”

“地龙”突然问道：“白姐，还记得十年前，您包被抢的事情吗？”

怎么能忘记呢？我一直想遗忘，想找块橡皮擦般的东西，抹掉这些破东西。但无论我怎么努力，都做不到。

那个可怖夜晚的阴影还在暗处闪烁着磷光，马达声，自己的肉身与水泥地和金属撞击的声音……一想起来，就让我不寒而栗。

“白姐，我说一句本不该说的话，反正，肖阿丹现在已经进去了。再不说，真的就对不起您了。”

“什么事情啊？”

“那天抢包的人就是我，是肖阿丹让我做的。他想演一场英雄救美，想得到你，怕你回去再也不回来了。”

什么？是肖阿丹？英雄救美？我的心崩溃了！这比听到何先生出事，还要让我震惊，让我心痛！就像割断自己的情丝，划破自己的肌肤，割开自己的心脏，那痛，无法表达。

肖阿丹，你这个混蛋！卑鄙无耻！痞子无赖！狼心狗肺！

我为了报答他，杀人、放火、爆炸，坏事做绝！

我帮助肖阿丹做的第一件事，就是杀了陆小红，嫁祸于陈昌平。当初检察院开始查张荣发时，肖阿丹魂不守舍，我得帮他。我知道，帮张荣发等于帮了肖阿丹，他们早就是一根绳子上的两个蚂蚱。

我喜欢孙子兵法，我用了三十六计中的瞒天过海、声东击西、借刀杀人，怎么样？我用 10 万元买通了一个闽南人于百岁，成功了！

警察叔叔也不是样样都料事如神的，也有失手的时候。他们求胜心切，急于破案，再加上陈昌平过于伤心，不想活了。我真没想到有这样一个痴情男子，那个陆小红真是有福气，竟然有这个男人死心塌地地爱上了她。让我羡慕、忌妒、恨！

我就看不得痴情男女，我恨那些得到真爱的女人！这也是我要出手的原因之一，我要看见他们和我一样生死相离，我的心才能得到慰藉。

当然，这里面也有左二牛的功劳，我让“地龙”通知他，让他打电话叫陆小红到南山去，又发短信让陈昌平去南山，接着再把陈昌平抓个正着。如果公安继续侦查下去，就会查到左二牛，不是吗？他有作案的时间，有作案的动机，作案时又在现场，还是目击证人。

那个叫苏方圆的女检察长对工作的认真，让我的计划差点露了馅，幸亏政法委出面协调，才让事情平息。我就奇怪了，那个于百岁竟然没有被发现，又让他杀了第二个女人。

我雇凶杀陆小红的事情与肖阿丹无关，不是我现在帮他开脱，他就是好钱、好色、好权而已，杀人这事他不会干的。当然，我总要找机会对他表功，他事后知道，充其量是个知情不报而已。

左二牛这个傻逼！说他聪明吧，也有这么一点，他竟然在苏方圆身边埋下了眼线，收买了驾驶员小汪。是小汪通知左二牛去南山不老松下，抢先一步拿到了陆小红的笔记本，不错，值得夸赞！可是，你怎么能拿这个来逼迫肖阿丹呢？肖阿丹是你能逼的吗？左二牛在作死！

狗急了还跳墙呢！肖阿丹来了个将计就计，利用他贪婪和逞强的心理，最终，让左二牛倒在了警察叔叔的枪下，死不足惜！

小汪这枚棋子，关键时刻还是派了用场的。这次没有将苏方圆炸死，炸到了那个“铁头”，也不错。这个“铁头”老奸巨猾，忘恩负义、恩将仇报、六亲不认、毫无人性，这样的人连人都不是！噢，我明白了，他真的不是人，他是“铁头”，是特殊材料制成的，对了，是钢铁铸成的！

我上网发帖子，给钢铁铸成的“铁头”上点颜色，怎么样？搞得他灰头土脸的，照片有真有假，我叫你跳下黄河也洗不清。

那天，肖阿丹为了马小宝，哭丧着脸来求我：“白姐，你一定要帮帮我，小宝被检察院追捕了，还定了一个主犯，小命难保。”

肖阿丹对我有恩，过去，我一直叫他“肖哥”，他还是头一回叫我“白姐”。姐，不代表辈分，代表江湖地位和尊重。

小宝是他的命根子。为了孩子，我被突然唤醒了久违的母性，我要帮他！因为，我有过失去孩子的痛苦。

我找到了何先生，凭着我们非同一般的关系，何先生为马小宝打了招呼，可是那个苏方圆照样不听。这个姓苏的，太目中无人了！苏方圆，这个女人敢和我作对，我要让她不得好死！软的不吃，就来硬的！

最让我心痛的就是秋月，她是我的表妹，我对她寄予厚望。可是她的心却不向着我，将我们的机密通风报信给“铁头”，我饶不了她，去死吧！

没想到那个叫刘立立的在关键时刻，给她挡枪子。不行，我不能让她活下去。我又给了她一枪，背叛我的人必须去死！

回到认识自我。所谓认识，我可以大言不惭地说，我认识了自我，我认识了穷凶极恶的自我，我认识了作恶多端的自我。我认识到从纯洁善良到心狠手辣的蜕变，每一次人生拐弯都将我生命中剩余的东西折断了一次。

外表的高贵挡不住我内心的邪恶，我不是一个省油的灯，我既然跳出来了，就不打算收回去了。我要不闹得个天翻地覆、人仰马翻，我就不是“黑狼”了！

苏方圆不是全票当选的检察长吗？她不是口口声声地说，不忘初心，要维护好人民群众的利益吗？我要来个全城十八处大爆炸，我要叫南城鸡犬不宁，人人自危，怨声载道，我要让你付出十倍、百倍的代价！

很久没有何先生的消息了，传说，他出事了。前不久，官方正式公布了由中共中央纪律检查委员会对何先生立案审查的消息，过去，只是猜想，现在变成现实。我像海上的一艘木船，突然被龙卷风刮去了遥远的岸边，心底的最后一线希望，也如那缕青烟一样，随风而逝。

肖阿丹为了得到我，断了我的后路，让我连最后见亲人一面的机会都不给我，好狠，好毒！我恨你！你不仁，我就不义！

"'地龙'，你走吧！谢谢你告诉我，你快跑吧！"我狠狠地推了"地龙"一把。

"地龙"消失在黑夜中。月亮默默地从江心升起来了，圆圆的、亮晶晶的，已经爬到窗前的那棵大槐树上了。

月色满院。

我最怕月圆，十五的月亮，十六圆。我的爱人和朵朵就是在月亮圆时离开人世的。我的套娃，我的全家福，我触摸它的时候就像是在一寸一寸、一寸一寸地抚摸过去。那些宁静幸福的时光，那些相濡以沫的爱情，再也找不回来了。我一个人静静地流泪。

"妈妈，我要妈妈！"是朵朵的哭声。

"有空回来，看看我们！"我听到高端阳带着哭腔的声音。

我亲吻着贴着全家福的套娃，朝着北方一下子跪了下来："高端阳、朵朵对不起！"我从轻声的抽泣演变成号啕大哭。

我悔！我恨！为了肖阿丹这样一个男人不值得。

仇恨仍在，但已经没精力去浇灌它，这个念头逐渐成为僵死的花蕾，得不到绽放。说实话，如果共产党的干部个个都像苏方圆和

“铁头”一样，世界就安宁了！

我真不该和检察院作对，我错了！我现在才体会到邪不压正的道理。晚了，一切都晚了。

我对不起你们！让我积一点善德吧，我将藏金阁留给你们，里面的宝贝本属于国家，让它们回归到博物馆吧！

我将这些年记录下的官员受贿的笔记本，寄给检察院，笔笔见血封喉，这些贪官早就应当受到惩罚！

警笛声撕破夜空，依稀从远处传来，越来越近。门铃忽然刺耳地响了，警察已经到会所门前了。

我该走了，我有一种悲壮感，感觉自己本身就是一枚即将上阵的人体炸弹，将自己，将这所曾经带来享受和罪恶的白玫瑰会所一起炸毁。

“轰隆——”一声巨响，火光冲破夜幕。

我被一股炽热的气浪冲上了天空，带着我的善良和罪恶，仇恨和愧疚。这样真轻松，人飘到天边了，能感受到身在云端的清爽。

我的爱人，我可爱的朵朵，我来了！

三十九

笼罩医院的白色加上刺鼻的消毒水味，混合成一种沉闷的压抑。

“铁检，周铁军同志，铁大哥……”苏方圆呼唤着他的名字，他不理她，黑黑的脸变得完全没有血色，那双小而犀利眼睛始终闭着。

菊婶带着老年痴呆的老母亲来看他了，老太太斜倚在床边，瘪嘴里没有几颗牙，她用颤抖的手不停地揉搓着“铁头”黑白参半的板刷头，叫道：“三子，太阳都晒到屁股了，还在睡啊？好起床了！”“铁头”依旧面无表情地昏睡着，睡得那么深，那么沉。

老太太眉头皱成一个疙瘩，发火了，扇了他一个嘴巴，骂道：“你这个贪吃贪睡的家伙，快起来！太不成器了，到今天还没有娶上媳妇呢。”

哎哟，他都要活不成了，还打他。苏方圆真的不忍，一把拉住老太太的手，劝慰道：“他累了，就让他多歇一会儿吧。”

老太太望着苏方圆对菊婶说：“嫂子，这个姑娘好，人长得俊，心又好，让她嫁给我家三子当媳妇怎么样？”

菊婶哽咽了，掩面不语。苏方圆的心被上了发条，越拧越紧，就要断了。

老太太又转过头来，直接拉着苏方圆的手说：“姑娘，你叫什么名字？”

“我叫苏方圆。”

“苏方圆，这个名字好！你是个好姑娘，答应我，嫁给我家三子吧，他睡一会儿就会醒的，他是个好人。”

让苏方圆说什么好啊？她的心像灌满了冷铅直往下沉，无奈，脸上还保持着微笑。苏方圆点头答应了，叫了声：“妈，从今天开始您就是我的亲妈！”

“哎！我家三子有媳妇了，叫苏方圆。”老太太乐得合不拢嘴，抬头纹都笑开了花。

苏方圆一只手死劲地捏了一下菊婶的手，眼睛瞄了一下门外，菊婶明白了，她拉着老太太离开了病房。

在老太太满心高兴的时刻，“铁头”的心电图 T 波成了一条直线，医生赶紧进行了心脏复苏，最终，没有挽回“铁头”的生命。

“苏检，省院张检的电话。”吕主任进来将手机递给苏方圆。

走出抢救室，听到手机里传来了张检的声音：“苏方圆，陈昌平一案经省检察院抗诉，省法院宣判陈昌平无罪，今天，就来南城监狱宣判。纠正了一起冤案，这是值得庆贺的。你敢于对自己亮剑，敢于自我否定，值得表扬！”

“铁头”去世的伤痛，苏方圆一下子无法抹去，她抽泣着说：“张检，周铁军同志刚刚抢救无效去世了！”

“嗨，真的很可惜。周铁军是一位好同志，他为检察事业奉献了自己的生命，我们会追认为他为烈士，我们就需要有这种‘铁头’精神！”

“铁头”走了，再说什么都没用了！他是为了救我而牺牲的，不是他，今天躺在这里的就是我。苏方圆忍不住哭出声来。

“苏方圆，冷静些，坚强些，记住你是一位检察长，你肩膀上的担子更重了。‘一号案件’办得很好，出庭公诉由你亲自担任公诉人，省院将组织庭审观摩，拿出你全国优秀公诉人的看家本领来！”

“放心吧，张检，我保证完成任务！”苏方圆来不及伤心和落泪，还有很多事情等着她去做，那都是周铁军未完成的事业。

一幢幢深灰色的建筑，那扇漆黑的大铁门打开了，陈昌平历经艰辛，终于走出了牢房。阳光有些刺眼，眼前的一切仿佛带着五彩斑斓的颜色，显得极其的不真实。六年了，他自由了！母亲来接他了，两腮深陷，颧骨就更显得凸出。亲人间深情地拥抱，低声啜泣，终于等到这一天了！

苏方圆悄悄地离开了。他们不知道，她和一批当初经办过这起案件的同志都会受到处分。为了纠正这起冤案，她和同事们付出了多少艰辛，甚至生命。

一场冬雪飘飘洒洒仿佛如约而至，袅袅娜娜又仿佛是与大地的一场美丽邂逅。银装素裹分外妖娆，雪在陈昌平脚底下发出“咯吱咯吱”响声。

陈昌平戴上了陆小红送给他的宽边墨镜，来到陆小红的坟前。他轻轻地拂去上墓碑上的雪花，为她上了第一炷香，烧了第一张纸钱。他要告诉陆小红，他爱她，想她，他不是谋害她的凶手，他平反昭雪了！

阳光终于穿过了厚厚的云层，一束光线射向了大地，出现了一条光亮的“通路”，丁达尔现象出现了。一抹阳光明晃晃地在陈昌平心里晃动，阴霾了许久的心也开始了释放。雪像潮水一样，慢慢退去了。

在天堂与地狱的边界上有一个冤魂在游荡，随着坟前缕缕青烟袅袅升起，她缓缓地飞向了高高的云端……

张荣发贪污、受贿、单位行贿一案，经南城市人民检察院提起公诉，南城市中级人民法院判处张荣发有期徒刑 20 年，没收财产人民币 5000 万元，罚金人民币 8000 万元。

姜大龙是查办张荣发一案的有功之臣。记得两年前，苏方圆刚到南城任职的第一天，他就拿着举报信闹到了人大门口。没有他坚持不懈的举报，张荣发一伙也许会逃之夭夭。

反腐败得到了广大人民群众的积极支持，从“打大老虎至拍小苍蝇”，大多数的线索都是人民群众信访举报提供的。按照规定，检察院奖励了姜大龙和相关举报人，将追缴的赃款首先用于归还企业拖欠工人的工资。

隐匿在白玫瑰会所的珍宝重新回归南城市博物馆。白玫瑰留下了两本笔记本，上面有很多官员受贿的线索，还需要进一步侦查，一批批腐败分子将会相继落马。

吕正维从国外被缉拿归案，她交代的许多问题还要和肖阿丹进一步核实。

肖阿丹被两个法警押着走进了讯问室。圆脸、圆身段都小了一圈，唯有那圆眼，比过去大了，加上黑眼眶，像熊猫眼。

反贪局局长向东方与侦查处处长王正义这一对“黑白配”，正襟危坐在里面。法警将肖阿丹固定在讯问椅上，就离开了。

王正义很平静地说道：“肖阿丹，今天在讯问之前，我先告诉你一个消息，经过 DNA 鉴定，马小宝不是你的儿子。”

这怎么会？！！

肖阿丹一下子瞪圆了眼睛，嘴张得能放进乒乓球。

“这是鉴定结论，你看一下。”王正义将一张鉴定报告递给了肖阿丹。

肖阿丹看了一遍又一遍，原本平放在膝盖上的手开始抖动，从手腕开始，窣窣地跳动，像两只拧开发条就无法控制的机器老鼠。

他的眼神也不再苍凉，而改为愤怒，改为悲怆：“这个婊子养的吕正维，害死我了！为了这个儿子，我被一步步拖下了水，如果不是为了小宝，我也不会落到今天这个田地。”他额头上的青筋又一次暴突出来，一条一条盘虬在眉头，小蛇一样爬行滚动。

客观地讲，认定肖阿丹受贿的数额，起始于吕正维，大量的也是来自于吕正维。从某种角度讲，真是这个女人害了肖阿丹，否则，他也不会滑得那么远。

“吕正维从国外被缉拿归案了，还有许多问题你还没有交代清楚，不要再有什么侥幸心理了，你以为吕正维会替你承担责任吗？还会保你吗？”

肖阿丹闭上了那双熊猫眼，他真的要崩溃了！

接下来他开始一笔笔地回忆，他像竹筒倒豆子——直来直去，检察院掌握的、没有掌握的，像井喷一样，他全部说了。不要说，他的记性真好！

苏方圆从监控室发出一条指令，赃款去向！

王正义紧追不放：“你收受的这些钱呢？到哪里去了？我们在你家里只搜到了一些零钱。”

“打给了女儿600万元，是美金，还有一些金条和一个大明宣德炉都埋在了我父母的坟地里了。”

“肖阿丹，你的那个大明宣德炉是假的，我们找过‘范一眼’了，真的在他那里呢。”

这个狗日的“范一眼”！敢玩我！

“无所谓了，真的，假的，全都上缴国家。”肖阿丹说完了，他的人一下子轻松了，解脱了。

“肖阿丹，告诉你一个好消息，你的女儿怀孕了，她从美国发来的微信，让我们告诉你，你就要当外公了。”向东方将手机微信中的视频放给肖阿丹看。

“我要当外公了？”可让孩子一出生就背上贪官后代的骂名，真是罪过！

没了儿子，有了外孙，一喜一悲两件事情前后脚地降临，砸得肖阿丹晕晕乎乎像喝醉酒一样发懵。

肖阿丹从人生的悬崖边直接摔下来，头破血流，苟延残喘。那种从巅峰坠落谷底的痛苦，犹如从光明圣洁的天堂坠落到污垢凄厉的地狱。没有文件需要签批，没有会议需要出席，没有请示需要拍板，没有轿车接送，没有秘书随从，没有美酒佳肴，更没有美女相伴。权力、地位、金钱、美女，一切都成了过眼云烟。

他向窗外望去，从看守所的窗户里看到的有无数锯齿的山峰，仿佛是无数飞旋的碎片，让人头晕目眩。这一悲一喜，一失一得，如同冰火两重天。不知道是高兴，还是内疚，泪水从肖阿丹的熊猫眼里流了出来。

肖阿丹开始后悔了，原本他也是非常憎恨贪官的，如今却成了贪官。像一个经历沧桑的耄耋老人一样，在经历了太多的轰轰烈烈之后，方知晓平平淡淡才是人世间最最重要的。他渴望着寻常百姓的生活，就这一点小小的要求，现在对他来讲也是一种奢望，是那么遥不可及。

两个月后，肖阿丹受贿一案开庭审理。法庭正中悬挂着庄严的国徽，“啪——”一记法槌，敲开了被告人肖阿丹受贿一案的帷幕。苏方圆扫视了一下法庭，中纪委的领导、张检和省检察院相关部门的领导来听庭了。

苏方圆以国家公诉人的身份出席法庭支持公诉。苏方圆宣读了起诉书，讯问了被告人肖阿丹，出示了相关证据，庭审举证、质证，一路顺利。肖阿丹的认罪态度意想不到的好，进入了法庭辩论阶段。为进一步证实犯罪，指控犯罪，苏方圆发表了公诉意见：

“……身陷高墙，才倍感自由的可贵和亲情的温暖。被告人肖阿丹在忏悔中，追悔莫及。对不起九泉之下的父母；对不起善良贤惠的妻子；对不起在国外求学的女儿。公诉人认为，被告人肖阿丹最对不起的是党和人民。是人民养育了你，党培养了你。党是希望培养一名对人民尽心尽职的国家栋梁，而绝不是为了让你站在今天的被告席上的！”

被告席上的肖阿丹突然一反常态，号啕大哭起来。他大概是想到了那个即将出生的外孙了吧，他最对不起的应当是他。法庭一阵骚动。

“啪——”法官又一次敲响了法槌，“请保持法庭安静！被告人肖阿丹控制一下情绪。请公诉人继续发表公诉意见。”

“权力错位，公仆成囚，教训是惨痛的。不受制约的权力，必然导致腐败。权力，可以为拥有它的人写下辉煌的业绩，也可以为拥有它的人留下悲惨的结局。我在这里提醒为官者，无论你权有多大，位有多高，都不能凌驾于国家法律之上；谁要触犯了法律，终究都逃脱不了法律的追究！”

庭审结束了，肖阿丹认罪服法了。紧接着新一轮案件查处又将启动。

今天是周铁军的百天祭日，苏方圆要去看看他。这是一块风水宝地，前靠湖，后倚山，成排的花岗岩墓碑沿山坡逶迤而上，中间是一行行栽种整齐的苍松翠柏。

菊婶带着老太太和家人都来了，白发人送黑发人，人间的大悲伤，如抽筋剥骨般的痛。老太太浑然不觉，笑模笑样，神色轻松，丝毫不像是家里要办丧事的样子。身边的一个人悄悄地告诉她："你的儿子死了！"

老太太狠狠地瞪了他一眼："你瞎说，你的儿子才死了呢！我家三子马上要结婚了。"又转向苏方圆问："苏方圆，是吧？"

天啦！老太太别的记不得，竟然记得苏方圆的名字！

"妈妈，你说得对！"是的，我要和周铁军永结同心！一滴泪水从苏方圆的眼眶流出，她赶紧擦掉。菊婶紧紧地捂住嘴，不让自己哭出声，身子在剧烈颤抖。

"你看看，我说得对吧。"老太太得意地摇晃着脑袋，瘪嘴抖了一下，又要开唱了。周铁军的家人扶着老太太先走了，只留下了苏方圆和菊婶。

一股压抑已久的气流正从菊婶胸部穿越喉咙，往上涌动，声音终于冲破闭塞的喉管，化成一声凄厉的叫声："铁军——"菊婶扑倒在墓前。

苏方圆在周铁军的墓前放上了一盒香烟，拿出了一支点燃了，"铁大哥，我一到检察院就下了禁烟令，不让你抽烟。来，抽一支，我现在给您点上。"苏方圆将烟点燃了，放在墓碑上，徐徐轻烟回旋上升，随风而逝，苏方圆仿佛看见周铁军向她走来。

“苏检，我们私下就叫你苏小妹，不在意吧？”

“那我就叫你周大哥？”

“叫铁大哥，我一辈子铁习惯了。”

“铁大哥！”

“哎！”周铁军笑了，脸上的皱纹像水波一样向外荡漾。

“铁大哥！”苏方圆也笑了，泪水像两条小溪静静地流了下来，流进两个深深的酒窝，又漫了出去。

远处传来了周铁军老母亲唱的不着调的小曲：

东庄的哥哥出远门呐
西庄的妹妹来送行呐
呵呵咿呵呵
妹妹盼哥哥呵
月缺盼月圆呵
呵呵咿呵呵
天阴盼天晴呵
老百姓盼清官呵
呵呵咿呵呵
……

2016年11月30日初稿毕

2017年9月9日修改毕